Simone van der Vlugt

Rembrandts Geliebte

Roman

Aus dem Niederländischen von
Eva Schweikart

HarperCollins

Die Originalausgabe erschien 2019 unter dem Titel
Schilderslief bei Ambo | Anthos, Amsterdam.

Die Veröffentlichung wurde vom Dutch Foundation for Literature gefördert.
Der Verlag dankt für die freundliche Unterstützung.

Nederlands
letterenfonds
dutch foundation
for literature

1. Auflage 2021
© 2019 by Simone van der Vlugt
Deutsche Erstausgabe
© 2021 für die deutschsprachige Ausgabe
by HarperCollins
in der HarperCollins Germany GmbH
Gesetzt aus der New Baskerville
von GGP Media GmbH, Pößneck
Druck und Bindung von GGP Media GmbH, Pößneck
Printed in Germany
ISBN 978-3-95967-542-0
www.harpercollins.de

1

5. Juli 1650

Die Kutsche rast in voller Fahrt über die ungepflasterten Straßen. Ich werde in einem fort hin und her geschleudert. An Händen und Füßen gebunden, kann ich nicht verhindern, dass ich ständig gegen die Wand pralle. Bald habe ich das Gefühl, voller blauer Flecken zu sein. Das Dorf liegt längst hinter uns, aber noch immer kann ich nicht fassen, was mir geschehen ist.

Eben ging ich mit einem Korb am Arm den sandigen Feldweg entlang, da erklang plötzlich hinter mir Hufgetrappel. Ich blickte mich um und gewahrte eine Kutsche, die sich rasch näherte. Mit einem Sprung zur Seite brachte ich mich in Sicherheit. Der Kutscher nahm das Tempo zurück und hielt an.

Zornig raffte ich meine Röcke zusammen und ging hin, um ihm gründlich die Meinung zu sagen. Aber ehe ich dazu kam, flogen zu beiden Seiten die Türen auf, und zwei Männer sprangen heraus. An den Farben ihrer Kleidung und den Federn am Hut, schwarz und rot, erkannte ich sie als Gerichtsdiener aus Amsterdam.

»Geertje Dircx?«, fragte einer der beiden.

Da begriff ich, dass Gefahr im Verzug war. Ich rannte los, doch schnell hatten die Männer mich eingeholt, sie ergriffen mich und zerrten mich mit sich.

»Ihr seid festgenommen, im Namen des Amsterdamer Magistrats. Unser Auftrag ist es, Euch ins Zuchthaus von Gouda zu bringen.«

Ich wehrte mich nach Kräften, kam aber nicht gegen sie an. Sie fesselten meine Hände und schubsten mich in die Kutsche, um danach selbst einzusteigen. Ich schrie und trat um mich.

Die Kutsche setzte sich in Bewegung, und als sie scharf wendete, stieß ich mir den Kopf an. Während ich noch wie betäubt an der Wand lehnte, wurden mir auch die Füße gebunden, und ich konnte nichts mehr tun außer schreien. Kaum tat ich das, stopfte mir auch schon einer der Männer ein Stück Tuch in den Mund.

Mir gegenüber saß eine grau gekleidete Frau mit weißer Haube. Sie hielt die Hände im Schoß gefaltet und schien sich nicht zu wundern, dass man mich so grob in die Kutsche befördert hatte.

Erst versuchte ich noch, mich von den Fesseln zu befreien, doch dabei tat ich mir nur weh, sodass ich schließlich aufgab. Fragen, was um Himmels willen los war, konnte ich mit dem Knebel im Mund nicht. Ihn ausspucken ebenso wenig.

Jetzt sitze ich da wie erstarrt und kämpfe gegen die Angst an, die mehr und mehr Besitz von mir ergreift.

Die Frau lässt mich nicht aus den Augen. Bisher hat sie noch nichts gesagt, nun aber richtet sie das Wort an mich: »Wenn Ihr ruhig bleibt, nehmen wir Euch das Tuch aus dem Mund. Aber sobald Ihr schreit, ist es wieder drin.«

Ich nicke. Zwar bin ich alles andere als ruhig, aber bereit, mich zusammenzunehmen.

Die Frau bedeutet einem der Männer, mich von dem Knebel zu befreien. Er tut es, und ich hole erleichtert Luft.

»Mein Name ist Cornelia Jans«, fährt die Frau fort. »Ich arbeite für das Gericht und soll Euch ins Zuchthaus von Gouda begleiten.«

»Warum?«, stoße ich hervor, den Mund noch voller Fusseln.

»Wisst Ihr das denn nicht?«

Eine Vermutung habe ich natürlich, aber ich will es von ihr hören. Es gibt nur einen Menschen, der mir so etwas antun könnte, aber auch wenn ich weiß, wie er über mich denkt, habe ich doch nicht damit gerechnet, dass es so weit kommen würde.

»Ich will es von Euch hören«, sage ich heiser.

Ich meine, einen Anflug von Mitleid auf dem Gesicht der Frau wahrzunehmen, doch dann antwortet sie mit gleichgültigem Tonfall: »Ihr seid des Vertragsbruchs, des Diebstahls und der Hurerei für schuldig befunden worden. Euer Fall wurde den Bürgermeistern Cornelis Bicker, Nicolaes Corver und Anthony Oetgens van Waveren vorgetragen, und sie haben das Urteil gesprochen. Der vierte Bürgermeister, Wouter Valckenier, war nicht dabei, weil er im Sterben liegt. Die drei Herren jedoch waren sich einig.«

Ins Zuchthaus muss ich also … Darüber habe ich mehr als genug Geschichten gehört, und allein der Gedanke, wochenlang eingesperrt zu sein, versetzt mich in Angst und Schrecken. Aber ich bemühe mich, Ruhe zu bewahren.

»Ihr sprecht von Hurerei, das verstehe ich nicht …«

»Wirklich nicht? Man hat Erkundigungen über Euch eingezogen, und mehrere Zeugen haben ausgesagt, dass Ihr ein lasterhaftes Leben führt.«

»Wer behauptet das?«

»Unter anderem der Besitzer eines reichlich zwielichtigen Gasthauses. Wie heißt es doch gleich wieder?« Sie nimmt ein paar Blatt Papier aus ihrer Tasche. »*Het Swartte Bottje*, genau. Ein berüchtigter Ort, an dem Herren mit Dirnen zusammenkommen. Ihr wart dort wochenlang ansässig.«

»Aber doch nicht als Dirne! Ich hatte lediglich ein Zimmer gemietet.«

Die Frau hebt die Hand. »Es ist nicht an mir, darüber zu urteilen. Ich nenne nur die Tatsachen.«

Mit Bestürzung wird mir klar, wie die Dinge zusammenhängen. Er hat es wirklich getan. Hat mich festnehmen lassen wie eine x-beliebige Verbrecherin. Ich schaue der Frau ins Gesicht: »Zu wie vielen Wochen bin ich verurteilt worden?«

»Wochen? Man hat Euch zu zwölf Jahren verurteilt.«

Kaum fange ich an zu schreien, habe ich auch schon wieder den Knebel im Mund.

Die Kutsche hält bei einer Herberge. Es dunkelt bereits, Gouda werden wir vor Toresschluss nicht mehr erreichen. Dass wir auf halbem Weg übernachten, lässt neue Hoffnung in mir keimen. Vielleicht kann ich ja entkommen. Aber daran ist nicht zu denken. Zwar wird mir das Tuch aus dem Mund genommen, nicht aber die Fesseln von Händen und Füßen.

Es folgt eine lange, schlaflose Nacht. Fast bin ich erleichtert, als das Licht der Morgendämmerung durch die Fensterläden sickert und man mir befiehlt aufzustehen. Nach einem kargen Frühstück, das man mir Bissen um Bissen in den Mund steckt, geht es weiter.

Unterwegs ist es keinen Augenblick still in der Kutsche. Die beiden Männer und Cornelia Jans reden in einem fort, von mir nehmen sie kaum Notiz.

Ich schaue aus dem Fenster auf die vorbeiziehenden Wiesen, Wassergräben und Dörfer. Zwölf Jahre! Das muss ein Irrtum sein, nicht einmal notorische Diebe werden so hart bestraft. Aber wenn wir erst einmal in Gouda sind, wird die Sache sich bestimmt klären. Vermutlich geht es in Wirklichkeit doch nur um zwölf Wochen. Was schon übel genug ist. Wie soll ich die Zeit bloß überstehen?

Kurz nach Mittag kommt die Stadtmauer von Gouda in Sicht, und eine halbe Stunde später durchfahren wir das Stadttor.

Bedrückt starre ich nach draußen. Die Straßen, die Grachten, ein Markt, die Menschen ... alles wirkt so alltäglich. Und ich werde demnächst von alledem ausgeschlossen sein. Muss zwölf Wochen unter Dieben und Huren leben ... ein einziges Grauen, es kann gar nicht anders sein.

Als die Kutsche anhält, erfasst mich eine namenlose Furcht. Rechts sehe ich ein großes weißes Gebäude, offenbar ein Kloster. Ist darin das Zuchthaus untergebracht? Wohl schon, denn Cornelia Jans steigt aus.

Die Männer lösen die Fesseln um meine Füße und helfen mir aus der Kutsche. Mir zittern die Knie so sehr, dass ich mich kaum aufrecht halten kann.

Mehrere Leute sind stehen geblieben. Ein etwa Vierzehnjähriger ruft: »Da kommt wieder eine!« Und ein älterer Mann meint: »Eine Hure ist das nicht. Vermutlich hat sie gestohlen.«

Ein paar Jungen rufen Schimpfworte und bewerfen mich mit Unrat, doch als einer der Gerichtsdiener eine Drohgebärde macht, rennen sie davon.

Über dem imposanten eisenbeschlagenen Tor des Zuchthauses prangt ein Giebelstein mit drei Frauen, die spinnen, nähen und stricken, sowie drei Männern, die Holz sägen.

Cornelia hat bereits angeklopft. Das Tor geht auf, ein Mann in strengem Schwarz begrüßt sie und wirft einen kurzen Blick auf mich.

»Die Vorsteherinnen haben gerade eine Unterredung«, sagt er. »Bringt die Frau so lange in einer Arrestzelle unter.«

Ich werde durch einen Vorraum in einen Gang geführt, dann über einen lang gestreckten Innenhof, durch eine Tür und schließlich eine Treppe hinab. Erdiger Geruch schlägt mir entgegen. Unsere Schritte hallen unter dem Gewölbe.

Ein Wärter mit einem Schlüsselbund in der Hand tritt vor und winkt uns in einen weiteren Gang. Auf halber Strecke bleibt er stehen und schließt eine Zellentür auf. »Hier ist frei.« Die Gerichtsdiener führen mich hinein und binden meine Hände los. Dann verlassen sie grußlos die Zelle. Nur Cornelia Jans steht noch bei mir. »Auf Wiedersehen, Geertje«, sagt sie. »Alles Gute.«

Dann ist auch sie fort, und die schwere Holztür wird verschlossen.

Ich lasse mich auf die Bank sinken, immer noch unfähig zu begreifen, was mir widerfahren ist. Dass der Mann, den ich so sehr geliebt habe und der – dessen bin ich mir gewiss – mich auch geliebt hat, mir *das* antut ...

Meine Bestürzung weicht nicht. Sie ist noch da, als ich aus meiner Zelle geholt werde und die Aufseherin mich in das Zimmer der Vorsteherinnen bringt, wo man mir die Anstaltsregeln vorliest. Sie ist noch da, als ich stammelnd frage, ob meine Strafe in Wirklichkeit nicht zwölf Wochen beträgt. Ob das mit den zwölf Jahren vielleicht ein Irrtum sein könnte. Dem ist nicht so, bescheidet man mir.

Ich meine, so etwas wie Mitleid auf den Gesichtern der Vorsteherinnen zu lesen, doch was hilft mir das? Zwölf Jahre sind zwölf Jahre. Ich bekomme ein gerichtliches Dokument gezeigt, in dem steht, dass ich in Abwesenheit verurteilt wurde.

Ich weine und schreie nicht, als man mich in den Arbeitssaal führt, stattdessen verharre ich in stiller Verzweiflung, kann nur mehr vor mich hin starren und zurückblicken in eine andere Welt, ein anderes Leben, in dem ich *das* nie und nimmer für möglich gehalten hätte.

2

Hoorn, 1632

In der brechend vollen Schankstube war es so laut, dass ich die Bestellungen kaum verstehen konnte. Im dichten Tabaksqualm musste ich mich immer wieder zu den Gästen hinabbeugen, um besser zu hören. Und mehr als einmal warf ich einen wütenden Blick über die Schulter, weil jemand mir an den Hintern fasste.

Das *Morriaenshooft* war kein vornehmes Gasthaus, aber dank seiner Lage nahe dem Stadttor stets gut besucht. Obwohl ich es immer wieder mit schwieriger Kundschaft und Zudringlichkeiten zu tun bekam, fühlte ich mich dort rundum wohl. Immer war etwas los, kein Tag verlief wie der andere. Die Arbeit hingegen war schon immer gleich – sie hörte nie auf und erschöpfte mich bisweilen. Sonntags, wenn ich freihatte, war ich oft so müde, dass ich im Gottesdienst halb schlief.

Aber es war allemal besser als mein Leben in Edam, wo ich jahrelang den ganzen Tag Fische sortiert und geputzt hatte. Mein Arbeitsplatz war der Hafen gewesen, in dessen niedrigem Wasser modriges Holz, Algen und tote Fische trieben und einen scheußlichen Gestank verbreiteten.

Zu Hause, bei der Schiffszimmerei, wo mein Vater arbeitete und wir auch wohnten, roch es so stark nach frisch gehobeltem Holz, als wäre man mitten im Wald.

Ich selbst war noch nie in einem Wald gewesen, aber mein Vater sagte, genauso rieche es dort. Er behauptete, am Geruch des Holzes erkennen zu können, von was für einem Baum die Bretter stammten. Als Kind glaubte ich ihm, bis mein Bruder Pieter mir verriet, dass die Holzart in den Frachtbriefen angegeben war.

Zum Glück war die Arbeit im Edamer Hafen immer kurzweilig. Beim Fischesortieren bot sich stets Gelegenheit, mit den anderen Mädchen und Frauen zu plaudern und zu scherzen. Mit Trijn Jacobs zum Beispiel. Sie war ein paar Jahre älter als ich. Gleich an meinem ersten Arbeitstag hatte sie sich meiner angenommen und wurde mir eine gute Freundin. Auch meine Cousine Lobberich arbeitete im Hafen. Wir drei machten uns einen Spaß daraus, die Männer mit Fischen zu vergleichen. Die Schneidigen nannten wir Hechte oder Kabeljaue, die anderen waren Klieschen oder Heringe.

Ich war fünfzehn, als die Mannsleute sich nach mir umzublicken begannen. Einer der jungen Fischer, Coenraad, kam immer wieder vorbei, um mir Muscheln zu schenken, die in sein Netz geraten waren, oder um einen besonderen Fang vorzuzeigen.

»Ich glaube, der hat was für dich übrig«, meinte Trijn. »Die ganze Zeit guckt er zu dir herüber.«

»Er ist ein Hering.«

»Meinst du wirklich? Ich finde, eher ein silbriger Flussbarsch, so schlank und rank, wie er ist.«

»Ich will keinen schlanken Fisch, sondern einen kräftigen. Am liebsten einen Hecht.«

»Sei bloß vorsichtig mit deinen Wünschen«, sagte Trijn. »Hechte sind Raubfische. Und Coenraad ist, wenn ich's recht bedenke, doch eher eine Makrele. Gut gebaut und wendig. Und mit einem ansehnlichen Schwanz, das vor allem!«

Wir brachen in Gelächter aus und wagten nicht, einander anzusehen, als Coenraad vorüberging.

Wäre ich in Edam geblieben, hätte ich Coenraad vielleicht geheiratet. Oder einen wie ihn. Eine seltsame Vorstellung, weil mein Leben dann ganz anders verlaufen wäre. Ich hätte Kinder bekommen und wäre wohl nie aus meinem Heimatort herausgekommen. Aber vermutlich wäre ich zufrieden gewesen. So lief es üblicherweise; solch ein Leben, überschaubar und vorhersagbar, erwartete fast alle Edamer Mädchen.

Jedenfalls deutete nichts darauf hin, dass meines sich anders entwickeln könnte, doch als die Möglichkeit sich bot, griff ich zu.

Eines Tages berichtete Lobberich, sie habe gehört, in einem Gasthaus in Hoorn werde eine Bedienung gesucht. Hätte ihre Hochzeit nicht kurz bevorgestanden, hätte sie sich womöglich selbst um die Stellung bemüht.

»Wäre das nicht was für dich, Geertje?«, fragte sie. »Man muss hart arbeiten, aber dafür stinkt man nicht nach Fisch.«

An jenem Vormittag dachte ich zum ersten Mal über meine Zukunft nach. Die Vorstellung fortzugehen war aufregend, machte mir aber zugleich Angst. Mein ganzes bisheriges Leben hatte ich in Edam gewohnt, war nie in einer anderen Stadt gewesen. Hoorn war um einiges größer, wie würde es dort wohl sein? Und je länger ich überlegte, desto neugieriger wurde ich.

Inzwischen war ich zweiundzwanzig, und wenn ich wegwollte, dann jetzt. Wahrscheinlich war dies die einzige Gelegenheit. Mir war bewusst, dass ich keine besondere Begabung hatte, es sei denn die, immer wieder anzuecken, wie meine Mutter zu sagen pflegte. Aber *eine* nützliche Eigenschaft hatte ich: Ich fürchtete mich vor nichts und niemandem, nicht einmal vor dem Teufel.

Weil meine Eltern nicht sonderlich streng waren, rechnete ich nicht mit viel Widerstand. Am Abendbrottisch bei Bohnen und Fisch erzählte ich von der Stellung in dem Gasthaus.

»Ich möchte nach Hoorn gehen«, sagte ich. »Und wenn man mich nimmt, bleibe ich gleich dort.«

»Und falls es nicht klappt?«, fragte mein Vater.

»Warum sollte es nicht klappen?«

»Vielleicht ist die Stellung schon vergeben.«

»Dann suche ich mir eben eine andere Arbeit. Ich komme auf keinen Fall wieder, das Fischesortieren habe ich satt.«

Pieter musterte mich über den Tisch hinweg. »Soso, die Dame hat das Fischesortieren satt.«

Meine Mutter äußerte sich zunächst nicht, dann meinte sie: »Im Gasthaus hast du auch kein Zuckerschlecken. Da wirst du bis spätabends arbeiten müssen.«

»Das macht mir nichts aus.« Zwischen zwei Bissen sah ich meinen Vater an, der den Löffel sinken ließ.

»Wie hoch ist der Lohn?«, fragte er.

»Sechzig Gulden im Jahr, sagt Lobberich.«

Das verschlug ihm erst einmal die Sprache.

»Mehr, als du im Hafen je verdienen kannst«, stellte er dann fest. »Nun gut, Geertje: Geh nach Hoorn. Und wenn du die Stellung bekommst, schickst du ein Viertel deines Lohns nach Hause.«

So einfach war das.

Obwohl ich mächtig gespannt auf mein neues Leben war, fiel der Abschied nicht leicht. Ich umarmte meine Eltern lange, und als ich Pieter um den Hals fiel, hob er mich ein Stück vom Boden hoch.

»Ich komme dich besuchen«, sagte er.

Trijn begleitete mich zum Schepenmakersdijk. Dort übergab sie mir einen Beutel mit Geschenken, die ich mir erst in

Hoorn ansehen durfte. »Damit du mich nicht vergisst«, sagte sie.

»Als könnte ich das jemals«, erwiderte ich. »Und du kommst mich doch sicherlich auch einmal besuchen, oder?«

Das versprach sie. Ebenso, dass sie schreiben würde. Und mir nahm sie das Versprechen ab, auch ja zu antworten, denn sie wusste, dass ich mit dem Alphabet auf Kriegsfuß stand. Aber um Trijns willen war ich bereit, mich damit abzuplagen.

Von Edam nach Hoorn war es ein Fußmarsch von vier Stunden. Zum Glück nahm Lobberichs Vater, Onkel Jacob, mich auf seinem Pferdefuhrwerk mit.

Linker Hand erstreckte sich die sattgrüne Polderlandschaft, rechter Hand brachen sich die grauen Wellen der Zuiderzee am Deich. Hinter Scharwoude sah man in der Ferne die Mauern und Türme von Hoorn, und mein Herzschlag beschleunigte sich. Vor uns lag mein neuer Wohnort. So wie Edam unmittelbar am Wasser, aber größer und gewiss spannender. Dass es noch weitaus größere Städte gab, zum Beispiel Haarlem und Amsterdam, wusste ich, aber für mich war Hoorn schon ein Riesenschritt.

Durch die Westerpoort rumpelten wir in die Stadt hinein und befanden uns sogleich in einem Getümmel aus Wagen, Fußgängern, rennenden Kindern, rufenden Händlern und Vieh, das durch die schmalen Straßen getrieben wurde.

»Wo musst du hin?«, fragte Onkel Jacob.

»Ich weiß es nicht, weil ich noch nie hier war. Das Gasthaus heißt *Het Morriaenshooft*.«

»Das kenne ich.« Onkel Jacob ließ die Zügel auf den Rücken des Pferds klatschen, und es trabte schneller.

Wir fuhren eine breite Straße entlang, die vermutlich deshalb »Breed« hieß, und bogen dann nach rechts in die Oude

Noort. Etwa in deren Mitte befand sich das Gasthaus. Ich erkannte es an zwei hochkant stehenden Bierfässern neben dem Eingang, und darüber prangte ein Aushängeschild, das einen dunkelhäutigen Mann zeigte.

»In einer Stunde bin ich wieder da«, sagte Onkel Jacob. »Wenn es nichts wird, kannst du mit mir zurückfahren.«

»Dann suche ich mir eine andere Arbeit«, erwiderte ich und rutschte vom Bock. »Zurück gehe ich ganz bestimmt nicht.«

»Wie du willst.« Onkel Jacob reichte mir das Bündel mit meiner Kleidung und ein paar anderen Habseligkeiten, stieg dann ebenfalls ab und umarmte mich kurz. »Mach das Beste draus, Mädchen!«

Lächelnd tippte er sich an die Mütze und bestieg wieder sein Fuhrwerk.

Ich wandte mich der Eingangstür zu, holte tief Luft und betrat das Gasthaus.

Der Wirt war eine Frau und hieß Aecht Carstens. An der Art, wie sie mich scharf und prüfend musterte, merkte ich, dass sie eine Respektsperson war, auch für Männer. Später erwies sich, dass sie viel stärker war, als man es ihr auf den ersten Blick zutraute. Das wussten sämtliche Stammgäste, und wer es noch nicht wusste, der merkte es rasch. Gab es dann immer noch Schwierigkeiten, griff der Knecht Simon ein.

Als ich mich vorstellte, hatte Aecht wenig Zeit und machte einen gehetzten Eindruck, denn die Schankstube war berstend voll.

»Geertje heißt du also? Dann zeig mir doch gleich, was du kannst. Wenn ich zufrieden bin, darfst du bleiben.« Sie reichte mir eine Schürze, und ich machte mich ans Werk, indem ich mir bei ihr abschaute, was zu tun war.

Am Ende des Tages nickte sie wohlwollend. »An dir habe ich eine gute Hilfe.«

Hoorn war größer als mein Heimatort, dennoch fühlte ich mich dort rasch zu Hause. Mit ein Grund mochte sein, dass die Stadt ebenfalls an der Zuiderzee lag, sodass mir die Atmosphäre gleich vertraut war. Wie in Edam herrschte viel Betrieb in den Straßen, und beständig erklang das Klopfen und Hämmern von Küfern und Schiffszimmerleuten. Auch hier gingen Seiler und Segeltuchweber ihrem Handwerk nach. Im Hafen, wo die Fleuten, Lichter und Karavellen dicht an dicht lagen, traf man viele Fischer und Seeleute an.

In den Gasthäusern um den Roode Steen versammelte sich junges Volk zum Tanzen und um Hahnenkämpfen zuzusehen. An meinen freien Tagen schloss ich mich zumeist Elisabeth an, der anderen Bedienung, die aus Hoorn stammte und mich gern ins Schlepptau nahm. Durch sie lernte ich viele Leute meines Alters kennen, und es mangelte mir nicht an Verehrern, aber keiner von ihnen wollte mir gefallen.

Mein Arbeitstag begann mit dem Schüren des Herdfeuers in Küche und Schankstube. Danach holte ich an der Pumpe im Hof Wasser und schleppte die Eimer in die Küche, wo der Koch bereits das Frühstück herrichtete. Wir vom Gesinde aßen nur rasch nebenbei einen Happen. Dann fegte ich in der Gaststube den Sand zusammen, der am Vorabend verschüttetes Bier und Suppe aufgesogen hatte, und streute frischen aus. War ich damit fertig, so kamen auch schon die ersten Übernachtungsgäste die Treppe herab. Ich servierte ihnen Hering, Brot und Käse und eilte nach oben. In den Räumen, in denen mehrere Personen geschlafen hatten, roch es morgens immer schlecht. Ich stieß die Fenster weit auf, um den Schlafmuff und den beißenden Uringestank entweichen zu lassen. Anschließend trug ich die Nachttöpfe nach unten, entleerte sie in die Gracht, säuberte sie unter der Pumpe und kippte auch noch den Pisskübel an der Hintertür aus. Damit hatte ich die unangenehmsten Aufgaben hinter mir und konnte mich dem Geschirr zuwenden, das sich im Spültrog stapelte.

An einem frischen, sonnigen Mittag im Frühling betraten ganz unvermutet mein Vater und mein Bruder das Gasthaus.

Ich stürzte auf die beiden zu. »So eine Überraschung! Was führt euch hierher?«

»Wir wollen dich besuchen.« Mein Vater zog mich fest in seine Arme, dann fiel ich Pieter um den Hals.

Weil gerade nicht viel Betrieb war, meinte Aecht, ich könnte mir ruhig ein Stündchen freinehmen.

Kaum hatten wir an einem Ecktisch Platz genommen, überschüttete ich meinen Vater mit Fragen. Mutter habe nicht mitkommen können, weil sie krank sei, erzählte er, aber zum Glück nicht ernsthaft. Ansonsten gehe es allen Verwandten gut, auch meiner Freundin Trijn, die ihm einen Brief für mich mitgegeben habe.

»Wir machen neuerdings Geschäfte mit einem Hoorner Holzhändler«, sagte Pieter. »Auch aus dem Grund sind wir hier. In Zukunft werden wir öfter kommen, das heißt, zumindest einer von uns.«

Das waren ja großartige Aussichten! Ich nahm ihnen das Versprechen ab, meine Mutter mitzubringen, sobald es ihr wieder besser ging.

Nachdem sie sich mit Essen und Trinken gestärkt hatten, mussten mein Vater und Pieter wieder aufbrechen, und auch auf mich wartete Arbeit. Wir verabschiedeten uns, diesmal aber leichten Herzens, da wir uns bald wiedersehen würden.

In der Folgezeit traf ich die beiden des Öfteren, immer nur kurz, aber regelmäßig. Hin und wieder brachten sie an meinen freien Tagen meine Mutter mit, ebenso Trijn und Lobberich. Ich genoss das Zusammensein mit ihnen.

»Ich bin jetzt mit Albert verlobt«, berichtete Trijn bei einem der Besuche. »Hast du denn noch keinen Verehrer, Geertje?« Als ich verneinte, setzte sie hinzu: »Wirklich nicht?«

»Unsere Geertje ist eben wählerisch«, meinte Aecht, die gerade durch die Gaststube ging, mit einem Augenzwinkern. »Die Männer umschwärmen sie, aber bisher hat sie keinen erhört.«

Ich lächelte in mich hinein. Denn es gab durchaus einen, den ich erhören würde, aber das wollte ich vorerst lieber für mich behalten.

3

Er hieß Abraham und war Stammgast bei uns. Gleich zu Anfang war er mir aufgefallen: ein hochgewachsener Mann, der zudem blendend aussah. Unsere Blicke trafen sich öfter, und wenn ich mit dem Rücken zum Schanktisch stand, sah ich im blanken Bierkessel, dass er zu mir herschaute.

Ich hielt ihn für einen Seemann. Die wettergegerbte Haut und der Ohrring deuteten darauf hin, außerdem war er braun gebrannt, wie von weiten Reisen. Die letzte Reise musste *sehr* weit gewesen sein, denn ich hatte ihn schon etliche Wochen nicht mehr gesehen, als er auf einmal wieder da war. Während ich ihn und seine Freunde bediente, versuchte ich, etwas von ihrem Gespräch zu erlauschen, und erfuhr so, dass sie vor Kurzem nach Hoorn zurückgekehrt waren. Wo genau sie gewesen waren, wusste ich nicht, denn die Namen der Länder und Städte, die sie nannten, sagten mir nichts.

Betont langsam stellte ich die Krüge auf den Tisch und blickte dabei aus dem Augenwinkel zu Abraham. Weil er ebenfalls herschaute, mit den blauesten Augen, die ich je gesehen hatte, stieß ich vor Schreck fast den letzten Krug um.

»Hoppla!« Er griff danach, und dabei berührten sich unsere

Hände. Ein angenehmes Kribbeln durchlief mich. So etwas hatte ich noch bei keinem Mann erlebt. Ich lächelte, und er zwinkerte mir zu.

Etwa zwei Wochen später ging ich mit einem Brett voller Krüge durch die Gaststube und verteilte sie. Langsam näherte ich mich dem Tisch, an dem Abraham saß. Zu meiner Enttäuschung war er in ein Gespräch vertieft und nahm mich gar nicht wahr.

»He, Jungfer! Hast du für mich was Feuchtes?« Ein älterer Mann hatte sich mir zugewandt.

»Gern.« Ich stellte einen Krug Bier auf das umgedrehte Weinfass, das als Tisch diente.

Der Mann musterte mich von Kopf bis Fuß und legte mir dann breit grinsend seine Hand auf den Hintern. »Danke, Schätzchen. Aber was Feuchtes von dir selber wär mir lieber.«

»Bitte sehr!« Ich spuckte in seinen Krug.

Schallendes Gelächter ringsum. Das Gesicht des Mannes verzerrte sich vor Wut. Er packte mich am Arm und zog mich zu sich heran, sodass ich das Gleichgewicht verlor und die restlichen Krüge vom Brett auf den Boden krachten. Dann griff er mir in die Haare und riss meinen Kopf nach hinten.

»Was fällt dir ein, du Dreckstück!«, herrschte er mich an.

Um seinem stinkenden Bieratem zu entgehen, wollte ich das Gesicht wegdrehen, doch er beugte sich nur noch weiter über mich. »Küss mich!«, brüllte er, aufgestachelt vom Gelächter der anderen Zecher.

»Nun mach mal halblang, Krijn. Lass das Mädchen los, dann holt sie dir einen frischen Krug.« Abraham war hinter ihm aufgetaucht, legte ihm die Hand auf die Schulter und nickte mir beruhigend zu.

Einen Moment noch hielt Krijn mich fest, dann stieß er mich weg. Ich landete auf dem Fußboden. Abraham half mir auf und schob mich sanft zum Schanktisch.

In jener Nacht träumte ich von ihm.

Einige Tage darauf kam er am späten Vormittag ins Gasthaus und bestellte Dünnbier und drei Heringe mit Brot. Ich beeilte mich, alles zu holen, und hatte Herzflattern, als ich den Becher und den Teller vor ihn hinstellte. Ohne ein Wort begann er zu essen. Ich stand unschlüssig am Tisch.

»Vielen Dank noch für neulich«, sagte ich schließlich.

Er blickte auf. »Wofür? Ach so, du meinst die Sache mit Krijn.«

Ich nickte.

»Gern geschehen«, sagte er und aß weiter. Ich wollte mich gerade entfernen, da fragte er: »Wie heißt du eigentlich?«

»Geertje Dircx. Und Ihr?«

»Abraham Claeszoon Outgers. Wie lange arbeitest du schon hier?«

»Seit ein paar Monaten. Ich stamme aus Edam.«

»Bist du ganz allein hergekommen?«

»Nein, mein Onkel hat mich gebracht.«

»Aber hier bist du allein. Ich nehme an, du hast Logis bei Aecht. Wie alt bist du, Geertje Dircx?«

»Zweiundzwanzig.«

»Zweiundzwanzig …«, wiederholte er und schob sich ein Stück Hering in den Mund. »Und was hat dich nach Hoorn geführt, Geertje Dircx?«

»Ihr wart wohl noch nie in Edam, sonst würdet Ihr das nicht fragen.«

Er lachte und trank einen Schluck Bier. »Sag ruhig Du zu mir. So viel älter bin ich auch wieder nicht.«

»Wie alt bist du denn?« Seinem etwas verwitterten Gesicht nach schätzte ich ihn auf knapp vierzig.

»Dreißig«, sagte er. »Das wundert dich, was?«

»Ich dachte vierzig«, sagte ich, und er musste lachen.

»Du hattest also genug von Edam«, fuhr er fort. »Was erwartest du dir vom Leben, Geertje Dircx?«

Wahrscheinlich rechnete er damit, dass ich »einen Mann und Kinder« sagen würde, aber ich antwortete: »Freiheit.«

Abraham wischte sich mit dem Handrücken über den Mund und sagte nachdenklich: »Tja ...«

»Bist du denn verheiratet?«, wagte ich zu fragen.

Er schüttelte den Kopf. »Die Frauen sind nicht erpicht auf einen Mann, der sein halbes Leben auf See verbringt.«

»Du fährst zur See?«

»Ich bin Schiffstrompeter. Komm, setz dich ein wenig zu mir. Aecht ist fort, und es sind keine anderen Gäste da.«

»Auf mich wartet Arbeit«, wandte ich ein, machte jedoch keine Anstalten wegzugehen.

»Nur einen Augenblick.«

Ich konnte der Versuchung nicht widerstehen und setzte mich auf den Stuhl, den er für mich zurechtrückte.

»Bist du gern hier?«, wollte er wissen.

»Ja, Aecht ist eine gute Dienstherrin, und im Gasthaus gibt es viel Abwechslung.«

»Aber die Arbeit ist hart, nicht wahr? Ich sehe dich immerzu rennen.«

Leicht verwundert sah ich ihn an. Ein jeder musste für sein Brot hart arbeiten, daran war doch nichts Besonderes.

Abraham stopfte seine langstielige Tonpfeife, zündete sie an und stieß den Rauch aus, ohne mich dabei aus den Augen zu lassen. »Wenn du drei Wünsche frei hättest, was würdest du dir aussuchen?«

Ich hatte keine Ahnung. Wo ich herkam, äußerten die Leute kaum je einen Wunsch und schon gar keine drei. Ja, man wünschte sich, dass der Regen aufhörte, damit der Matsch auf den Straßen trocknete oder die Ernte eingebracht werden konnte. Oder dass Schnupfen und Halsschmerzen vergingen. Von Größerem hatte ich nie zu träumen gewagt. Obwohl – so ganz stimmte das nicht. Ich hatte ja aus Edam weggewollt, und dieser Wunsch war tatsächlich in Erfüllung gegangen. Nun hoffte ich im Grunde nur noch auf einen netten Mann, um mit ihm eine Familie zu gründen. Und der Mann mir gegenüber kam dafür sehr wohl in Betracht.

»Ich habe alles, was ich brauche«, erwiderte ich. »Ein Dach über dem Kopf. Und gute Arbeit. Eine bessere jedenfalls, als den ganzen Tag Fische zu sortieren und zu putzen und nachts im Bett noch voller Schuppen zu sein.«

Er schaute drein, als könnte er mich verstehen. »Aber du willst doch sicherlich auch mal dein Vergnügen haben, Geertje Dircx. Oder?«

»Natürlich. Nächste Woche ist Jahrmarkt.«

»Richtig. Hättest du Lust, mit mir zusammen hinzugehen?«

Ich jubelte innerlich, tat aber so, als müsste ich erst einmal darüber nachdenken. Als Abraham eine bedauernde Miene machte und etwas sagen wollte, wohl eine Entschuldigung, stimmte ich rasch zu. Mit einem Lächeln ging ich wieder an die Arbeit.

Leider konnte Aecht mich nicht entbehren. Jahrmarkt – das bedeutete nicht nur Trubel in den Straßen, sondern auch eine Wirtschaft voller Gäste, sodass jede helfende Hand gebraucht wurde.

Ich hatte damit gerechnet, dass Abraham im *Morriaenshooft* vorbeischauen würde. Wenn ich mit Bierkrügen durch die Schankstube ging, hielt ich fortwährend nach ihm Ausschau, ängstlich und hoffnungsvoll zugleich. Aber er ließ sich die ganze Woche nicht blicken. Bestimmt hat er ein anderes Mädchen gefragt, dachte ich, und in dem Fall ist es ohnehin besser, ich sehe ihn nicht mehr.

Ein paar Tage nach dem Jahrmarkt tauchte er wieder auf, jedoch nur, um mitzuteilen, er sei nun für eine Weile fort, diesmal gehe die Fahrt nach Elmina.

»Elmina?« Ich kam mir ein wenig dumm vor, weil ich mit dem Namen nichts anfangen konnte. Abraham schien das aber nicht zu wundern. »Elmina ist eine holländische Festung an der afrikanischen Goldküste. Wir, also die Westindien-Kompanie, machen dort Geschäfte. Mit Sklaven. Und mit Gold, daher hat die Küste ihren Namen«, erklärte er.

»Gold ...«, staunte ich.

»Davon bekomme ich allerdings nicht viel zu sehen«, sagte er. »Ich bin nur ein einfacher Schiffstrompeter.«

»Aber das ist doch eine wichtige Arbeit, oder?«

»So ist es. Wenn die Mannschaft nicht rechtzeitig die richtigen Signale erhält, kann alles Mögliche passieren. Dann läuft das Schiff auf eine Sandbank oder wird beschossen, von Spaniern oder Portugiesen.«

»Wann geht es los?«

»In drei Tagen.«

Eine kurze Stille, in der ich eifrig den Tisch abwischte, um mich zu sammeln. »Und wie lange wird die Reise dauern?«, fragte ich in bemüht lockerem Tonfall.

»Ungefähr ein halbes Jahr. Kann kürzer oder auch länger werden.«

Ich schwieg.

»Du wirst eine Zeit lang ohne meine Gesellschaft auskommen müssen, Geertje Dircx. Meinst du, das gelingt dir?« Er zwinkerte mir zu.

»Gewiss. Und ich hoffe, du kehrst wohlbehalten zurück.«

Er wies auf seinen silbernen Ohrring und sagte, einen solchen trage jeder Seemann für den Fall, dass er über Bord gehe. Daran könne der Meeresgott Neptun ihn leicht aus dem Wasser fischen. »Du brauchst dir also keine Sorgen zu machen«, schloss er.

»Und du selbst? Machst du dir nie Sorgen? Ich würde Todesängste ausstehen, mit dem vielen Wasser um mich herum.«

»Angst habe ich mitunter auch, vor allem, wenn es stürmt. Aber bei ruhiger See hat man keinen Anlass dazu, da ist die Seefahrt im Grunde genommen fast schon langweilig.«

»Warum machst du es dann?«

»Es hat sich so ergeben. Und anfangs hat es mir ja auch gut gefallen.«

»Jetzt nicht mehr?«

»Doch, man sieht etwas von der Welt, das reizt mich. Nur dauern die Reisen so lange, und es ist nicht leicht, immer wieder weit weg von allen vertrauten Menschen zu sein.«

Ich wagte kaum, die Frage zu stellen, die mir auf den Lippen lag. Ein wenig unbeholfen stand ich da, den leeren Weinkrug in der Hand.

»In den fernen Ländern gibt es bestimmt hübsche Mädchen, die dich trösten«, sagte ich schließlich.

»Schon …« Er nickte bedächtig. »Aber es geht darum, dass zu Hause jemand auf einen wartet. Nicht jede Frau hält es aus, mit einem Seemann verheiratet zu sein.«

»Ich würde warten.« Es war mir herausgerutscht, ehe ich michs versah. Ich spürte, dass meine Wangen glühten, bereute die Worte aber nicht. Gespannt wartete ich, was er sagen würde.

Er hob den Blick, und ein Lächeln glitt über seine Züge, dann schob er den Stuhl zurück. War ich zu aufdringlich gewesen? Ich traute mich nichts mehr zu sagen, stand einfach da, den Krug an meine Brust gepresst.

Abraham zwinkerte mir zu, legte ein paar Münzen auf den Tisch und verließ das Gasthaus.

Am nächsten Tag musste er aufs Schiff. In der langen Zeit seiner Abwesenheit machte ich mir nicht nur Sorgen um ihn, mir fehlten auch seine Geschichten, Scherze und die blitzblauen Zwinkeraugen. Hin und wieder bekundete ein anderer Mann Interesse an mir, aber keiner war wie Abraham. Keiner sah mich so an wie er, keiner fragte nach meinen Wünschen, keiner widmete mir so viel Aufmerksamkeit. Ohne ihn kam mir die volle Schankstube leer vor, und die Tage erschienen lang und eintönig. Selbst die Arbeit, die mir bisher gut gefallen hatte, tat ich nicht mehr gern. Mir wurde klar, dass ich mich vor allem Abrahams wegen im *Morriaenshooft* so wohlgefühlt hatte. Ohne ihn verlor alles seinen Glanz.

Ich dachte oft an Abraham, wusste aber nicht, wann mit seiner Rückkehr zu rechnen war. Ungefähr ein halbes Jahr sollte die Reise dauern, hatte er gesagt, aber sie konnte auch Wochen oder gar Monate länger werden. Jedenfalls kaum kürzer.

Als er eines Tages plötzlich vor mir stand, war ich nicht darauf vorbereitet und erschrak, als wäre er eine Geistererscheinung.

»Grüß dich, Geertje«, sagte er.

Seine Stimme hatte einen ungewohnten Klang, und auch sein Blick war anders als sonst. Forschend, so als sähe er mich zum ersten Mal, als suchte er nach etwas …

Plötzlich nahm er meine Hand und umschloss sie fest mit der seinen. Die Augen darauf gerichtet, sagte ich mir: Er hat meine Hand genommen. Er ist mehr als sieben Jahre älter als ich, ein richtiger Mann. Er hätte die Hand eines jeden anderen Mädchens nehmen können, aber es ist meine, die er festhält. *Meine.*

Als ich ihn anlächelte, beugte er sich zu mir und küsste mich. Ein paar atemlose Herzschläge lang spürte ich seine warmen Lippen, und mit einem Mal schien die Welt um uns zu versinken. Ich schloss die Augen, und als ich sie wieder aufschlug, sah ich nichts außer dem Blau der seinen.

Wie von weit her erklangen Rufe und Beifall, und als Abraham mich noch einmal küsste, hatte ich die Gewissheit, dass er mein Mann werden würde.

Am 26. November 1634 gelobten wir einander in der reformierten Kirche von Zwaag ewige Treue. Dort kam das Heiraten nicht so teuer wie in Hoorn, und Abraham, wenngleich keineswegs arm, fand es nicht nötig, Geld zu verschwenden. Mir war der Ort nicht wichtig, für mich zählte allein, dass ich einen ebenso netten wie gut aussehenden Mann gefunden hatte. Einen Mann, der mich liebte und dem ich mich mit Freuden hingeben würde.

Die Feier war schlicht und kurz, mit nur wenigen Gästen. Meine Eltern und Pieter kamen, außerdem Trijn, Lobberich und Onkel Jacob. Dazu noch ein paar Bekannte von Abraham aus Hoorn.

Ich hatte einige Ersparnisse, sodass ich mich für die Hochzeit neu einkleiden konnte: mit einem roten Rock, einer kurzen weißen Jacke mit Spitze an den Ärmeln, seidenen Handschuhen und Strümpfen. Mein langes Haar trug ich offen über den Schultern. Wie die Tradition es forderte, überreichte Abraham mir einen Blumenkranz, den ich den ganzen Tag auf dem Kopf hatte.

»Jetzt bist du meine Hausfrau«, sagte er, nachdem er mich vor den versammelten Gästen mehrmals geküsst hatte. »Meine Geertje aus dem Gasthaus. Schon als ich dich dort zum ersten Mal sah, wusste ich, dass es so kommen würde.«

»Das hast du aber gut verborgen«, meinte ich und lachte. »Ich war mir nämlich ganz und gar nicht sicher, ob ich dir gefalle.«

»Nun, du hast immer im Mittelpunkt gestanden, und viele Männer haben dir schöne Augen gemacht. Da dachte ich, solch ein Mädchen will gewiss keinen Schiffstrompeter, der stets aufs Neue ausfährt.«

»Ich werde immer auf dich warten!« Ich legte meine Arme um seinen Hals und küsste ihn wieder.

Abraham wohnte zur Miete in einem Haus am Appelhaven. Als ich zum ersten Mal als seine Ehefrau über die Schwelle trat, hatte ich das Gefühl, dort angelangt zu sein, wo ich schon immer hatte sein wollen. Dieses Haus mit Blick auf den Hafen war von nun an mein Zuhause. Von hier aus würde ich Abraham nachwinken, wenn sein Schiff auslief, hier würde ich ihn willkommen heißen, wenn er zurückkehrte, hier würden unsere Kinder geboren werden und aufwachsen. In diesem Haus würde ich glücklich sein.

Die Gegend gefiel mir. Ich genoss die Betriebsamkeit auf den Kais, das Knarren der Takelagen, das Schwappen des Wassers und die raue Sprache der Seeleute. Diese Welt kannte ich – und mehr noch nicht.

Ein halbes Jahr nach unserer Hochzeit musste Abraham wieder ausfahren, diesmal für vier Monate.

»Es ist so weit«, sagte er am Morgen des Abreisetags mit einem Seufzer. »Ich muss los. Wenn ich wiederkomme, tue ich mich nach Arbeit an Land um. Es behagt mir nicht, dich immer wieder allein zu lassen.«

»Ich komme schon zurecht«, versicherte ich, schmiegte mich an ihn und genoss seine feste Umarmung. »Vier Monate vergehen schnell. Andere Männer bleiben jahrelang weg.«

»Stimmt, ich bin ja bald wieder da. Lebwohl, meine Liebste, ich bringe dir auch etwas Schönes mit.« Noch einmal küsste er mich, dann trat er durch die Tür.

Wie abgemacht hatten wir uns zu Hause verabschiedet und nicht im Hafen, weil es eine ganze Weile dauern konnte, ehe die Schiffe ausliefen. Vom Fenster aus schaute ich hinüber, und als die Trossen losgeworfen wurden, hielt es mich nicht mehr im Haus. Ich lief los und hastete den langen Holzsteg entlang, um – so hoffte ich – noch einen Blick auf Abraham zu erhaschen. Zu sehen war er nicht mehr, dafür hörte ich ihn auf seiner Trompete das Signal zum Auslaufen der Flotte blasen.

Noch den ganzen Tag und die darauffolgende Nacht hallten die Töne in meinem Kopf.

Im Wissen, dass Abraham mich liebte, konnte ich diesmal ein wenig besser mit seiner Abwesenheit umgehen. Natürlich sehnte ich mich nach ihm, aber vor allem setzte mir zu, dass die Tage so lang und still waren. Das Nichtstun lag mir einfach nicht, darum nahm ich meine alte Arbeit im Gasthaus vorübergehend wieder auf. Dort ging es immer lebhaft zu, und die Stunden verflogen.

Vier Monate später kehrten die Schiffe zurück. Die Nachricht verbreitete sich wie ein Lauffeuer, alle Gäste, die zu uns kamen, sprachen davon. Ich warf Aecht einen fragenden Blick zu. Nachdem sie mir zugenickt hatte, legte ich das Tuch weg, mit dem ich gerade Becher abgetrocknet hatte, band die Schürze ab und lief ins Freie.

Auch in der Oude Noort war die Rückkehr der Flotte in aller Munde, und ich war beileibe nicht als Einzige zum Hafen unterwegs.

Außer Atem kam ich an und drängte mich durch die Menge am Kai. Obschon groß, waren die Schiffe keine Kauffahrteischiffe und hatten daher am Steg anlegen können. Ich renkte mir fast den Hals aus, um Abraham zu erspähen, entdeckte ihn aber nicht zwischen den Seeleuten an der Reling. Ungeduldig ließ ich den Blick über die vielen Gesichter gleiten und fragte mich, warum mein Mann nicht unter ihnen war. Bei seiner Größe hätte ich ihn eigentlich sofort ausmachen müssen.

»Es sind weniger geworden, scheint mir«, meinte ein alter Mann neben mir. Kaum hatte er das gesagt, fiel mir auf, dass sich unter den Wartenden Unruhe breitmachte, dass sie aufgeregt miteinander flüsterten.

Der Alte hatte recht, stellte ich fest. Es waren tatsächlich weniger Seeleute als beim Auslaufen, und die Männer lachten weder, noch winkten sie freudig.

Noch eine Weile mussten wir in Ungewissheit ausharren, dann erfuhren wir, was geschehen war. Auf der Rückreise war ein schlimmer Sturm losgebrochen. Eine ganze Anzahl Seeleute waren über Bord gegangen und ertrunken, Abraham gehörte zu den Opfern.

4

Sein schöner, starker Körper am Meeresgrund, halb aufgelöst vom Salzwasser und von Fischen angefressen. Ich sank zusammen. Eine Frau, die neben mir gestanden hatte, brachte mich nach Hause, wo die Nachbarn sich meiner annahmen.

Tagelang lag ich bei geschlossenen Vorhängen zusammengekrümmt im Bett. In den darauffolgenden Wochen hingegen hielt ich es in meinen vier Wänden kaum aus und war viel im Freien unterwegs. Am Stadtwall entlang ging ich zur Westerpoort und schaute lange hinaus auf das graue Wasser oder durchstreifte den Hafen.

Inzwischen wussten die Leute im Hafenviertel von meinem Schicksalsschlag, man grüßte mich und erkundigte sich nach meinem Ergehen.

Eines Tages hatte ich mich auf ein Mäuerchen gesetzt und beobachtete das Treiben auf dem Fischmarkt. Die Fischfrau Bellichje verließ ihren Stand, um mir einen Hering zu bringen. Ihre Kunden warteten geduldig und schauten teilnahmsvoll zu mir her. Zwar meinten sie es sicher gut, aber ich konnte es schwer ertragen, ständig bemitleidet zu werden. Darum stand ich rasch auf und entfernte mich; den Hering verzehrte ich im Gehen. Das Wetter war strahlend schön, und mir graute vor der Stille, die mich zu Hause erwartete. Also ging ich durch die Oude Doelenkade zum Luijendijk, wo ich keinen Bekannten begegnen würde. Nicht weit davon befanden sich die Schiffswerften der Vereinigten Ostindien-Kompanie; ich nahm den Geruch nach Holz und Pech wahr.

Mit Abraham, der sich auch für den Schiffbau interessiert hatte, war ich ein paarmal hier gewesen. Seine ganze Liebe hatte der See gegolten. Einmal hatte er gesagt, er werde wohl nicht alt, aber war das ernst gemeint gewesen? Hatte er eine Vorahnung gehabt? Oder einfach nur sagen wollen, er wisse um die Gefahren seines Berufs? Wäre er an Land geblieben, wenn er geahnt hätte, was ihm bevorstand? Und ich – hätte ich ihn überhaupt geheiratet mit dem Wissen, bald Witwe zu werden?

Ach, derlei Überlegungen anzustellen war sinnlos, letztendlich konnte ja keiner in die Zukunft blicken. Und ich hätte Abraham so oder so geheiratet, weil ich ihn liebte, und unsere kurze gemeinsame Zeit war besser gewesen als nichts.

Ein lautes Platschen riss mich aus meinen Gedanken. Ich hatte die zwei kleinen Kinder zwar bemerkt und mich gefragt, warum sie so ganz ohne Aufsicht dicht am Wasser spielten. Daher hatte ich sie aus dem Augenwinkel im Blick behalten. Just als ich kurz den Kopf wegdrehte, hatte es geplatscht. Jetzt stand nur noch das Mädchen am Kai, das kaum älter als drei Jahre war, und sah mich groß an. Der kleine Junge fehlte.

Ich rannte los.

Im Wasser trieb ein Ball, eine aufgepustete Schweineblase. Von dem Jungen war nichts zu sehen. Ein Mann mit Brettern auf den Schultern kam des Wegs. Aufgeregt rief ich ihm zu: »Ein Junge ist ins Wasser gefallen! Passt auf das Mädchen auf!«

Mit meinen Schwimmkünsten war es nicht weit her, aber für

das Wasser in der Werft würden sie wohl reichen. Ohne zu zögern, sprang ich.

Das Wasser war tiefer als gedacht: Ich ging unter. Eine namenlose Furcht erfasste mich. Gleich geht mir die Luft aus, und ich ertrinke, zuckte es durch meinen Kopf. Doch nein, ich musste nur den Atem anhalten. Und mich bewegen, damit die Kälte mir nicht die Glieder lähmte. Ich begann, mit Armen und Beinen zu rudern. Als ich die Augen aufmachte, gewahrte ich eine braungrüne Unterwasserwelt. Über mir war eine große dunkle Form, ein Bootskiel vermutlich. Und da ein brauner Fleck, Stoff, der sich im Wasser bauschte ... das Kleidchen des Jungen! Nun sah ich auch seinen Kopf. Blonde Haare, weiße Haut, Augen und Mund weit aufgerissen.

Der Kleine befand sich in greifbarer Nähe, ich packte seine Hand und machte mit dem anderen Arm Schwimmbewegungen, um nach oben zu gelangen. Dabei entwich mir das letzte bisschen Luft aus der Lunge; sie stieg in Blasen auf.

Meine Brust wurde eng und brannte. So also fühlte sich Ertrinken an. Kein schneller und schmerzloser Tod, wie manche Leute behaupteten, sondern entsetzliche Qualen. Aber ich wollte nicht sterben! Auch wenn ich noch so viel Kummer hatte und mir mein weiteres Dasein ohne Abraham nicht vorstellen konnte, wollte ich doch am Leben bleiben.

Wild trat ich mit den Beinen, und auf einmal klappte es, ich bewegte mich nach oben. Aber es ging nicht schnell genug, die Kleider behinderten mich, und das Kind wog schwer. Wir würden beide elend ertrinken, wenn ich es nicht losließ, doch das brachte ich nicht über mich.

Plötzlich näherte sich etwas Dunkles. Einen Moment fürchtete ich, es wäre der Kiel eines Boots, der uns erfassen würde.

Aber es war kein Boot, sondern ein Mann. Mit ein paar kräftigen Zügen war er bei uns und übernahm das Kind. Ein zweiter Schwimmer packte mich und zog mich mit sich.

Das Brennen in meiner Brust war unerträglich geworden, ich sah dunkle Flecken vor Augen und spürte, wie mein Körper erschlaffte.

Zu spät, zu spät!

Doch mit einem Mal wich die düstere Unterwasserwelt dem hellen Licht – wir waren aufgetaucht!

Keuchend schnappte ich nach Luft. Man hievte mich auf den Kai, wo ich entkräftet zusammensank.

Leute umdrängten uns, redeten und riefen durcheinander, dazwischen hörte ich das verzweifelte Schluchzen einer Frau. Ich nahm alles wie durch einen Schleier wahr.

Als mein Atem sich nach einer Weile wieder beruhigt hatte, setzte ich mich mühsam auf und sah in einiger Entfernung den Jungen liegen. Neben ihm kniete eine Frau. Sie war es, deren lautes Weinen ich gehört hatte. Immer wieder rief sie: »Jacob! Mein Jacob!«, und schüttelte den reglosen Körper des Kleinen.

Schließlich kam ein Arzt herbeigeeilt und prüfte, ob das Herz des Kindes noch schlug.

Dann sah er die Frau an, und in seiner Miene war zu lesen, dass keine Hoffnung mehr bestand. Auf den Gesichtern der Umstehenden zeichnete sich tiefe Erschütterung ab.

Ich hatte mein Leben aufs Spiel gesetzt – und letztlich auch das des kleinen Mädchens, weil ich es am Kai hatte stehen lassen. Gut, ich hatte dem Schauermann zugerufen, er solle auf die Kleine achten, war aber selbst ins Wasser gesprungen, um den Jungen zu retten. Nun überwog das Gefühl, versagt zu haben und somit für seinen Tod verantwortlich zu sein. Vielleicht wäre er noch zu retten gewesen, wenn ich besser schwimmen könnte.

Ich erfuhr, dass der kleine Jacob anderthalb Jahre alt war. Er und seine dreijährige Schwester Sijtje waren weggelaufen, als ihre Mutter kurz etwas zu tun hatte. Anscheinend hatte Jacob sich zu weit über die Kante gebeugt, nachdem der Ball ins Wasser gerollt war.

Die Kinder waren nicht weit von zu Hause weg gewesen, ihre Mutter hatte bereits nach ihnen gesucht. Sie hieß Geertruida Groot-Beets und war mit dem reichen Holzhändler Pieter Lammertszoon Beets verheiratet.

Eine Woche nach Jacobs Begräbnis suchten die beiden mich auf. Ich lag mit einer schweren Erkältung zu Bett, die Nachbarinnen schauten regelmäßig nach mir. Obwohl ich mich schwach fühlte, wollte ich aufstehen, als das vornehm gekleidete Ehepaar mein Zimmer betrat. Aber davon wollte Geertruida nichts wissen.

»Bleibt nur liegen, Ihr dürft Euch auf keinen Fall anstrengen«, sagte sie.

Ich ließ mich auf das Kissen zurücksinken und zupfte verlegen an der Decke herum.

»Es tut mir so sehr leid«, stammelte ich, und schon flossen die Tränen.

Auch Geertruida wurde ihrer Gefühle nicht mehr Herr und tastete nach einem Taschentuch. Ihr Gatte reichte ihr seines und legte die Hand auf ihre Schulter. Er blinzelte mehrmals, räusperte sich und sagte: »Wir möchten Euch danken. Ihr habt ungeheuer mutig gehandelt.«

»Ja.« Geertruida tupfte sich die Augen ab und ergänzte: »Insbesondere, zumal Ihr nicht einmal schwimmen könnt, wie wir gehört haben.«

»Ich hatte nicht damit gerechnet, dass das Wasser so tief ist«, sagte ich. »Könnte ich gut schwimmen, dann wäre ich schneller bei Eurem Söhnchen gewesen. Ach, es tut mir so sehr leid ...«

»Nun, Ihr habt es immerhin versucht, und unserer kleinen Tochter habt Ihr auf jeden Fall das Leben gerettet«, meinte

Pieter. »Ohne Euer beherztes Eingreifen wäre auch Sijtje zu nahe ans Wasser geraten und womöglich hineingefallen. Gott hat Euch geschickt, sodass wir nicht zwei Kinder auf einmal verloren haben. Dafür sind wir von Herzen dankbar.«

Ich sah Geertruida an und hatte nicht den Eindruck, dass es Dankbarkeit war, was sie bewegte.

»Wenn jemand die Schuld trägt, dann ich«, sagte sie leise. »Ich hätte besser auf Jacob und Sijtje aufpassen müssen. Aber das ist nicht leicht bei der vielen Arbeit, und wir haben neun Kinder.« Nach einem trockenen Schlucken berichtigte sie: »… acht.«

Sie war bleich, und ihre Züge waren von tiefem Leid gezeichnet. Ich stellte mir vor, dass sie jetzt Ähnliches durchmachte wie ich nach Abrahams Tod, dann aber dachte ich, dass es wahrscheinlich schlimmer war, ein Kind zu verlieren als den Mann.

»Ihr seht müde aus.« Geertruida steckte das Taschentuch weg und musterte mich besorgt. »Ich schicke Euch eines meiner Dienstmädchen, damit es für Euch einkauft und wäscht. Und ich lasse Euch jeden Abend eine warme Mahlzeit bringen. Nein, bitte keine Einwände! Nehmt diese Hilfe ruhig an, und wenn Ihr sonst noch etwas benötigt, ganz gleich was, dann lasst es uns wissen.«

Ich war ohnehin zu erschöpft zum Protestieren.

Nach diesen Worten standen die beiden auf und verabschiedeten sich. »Wir melden uns wieder«, sagte Pieter, als sie sich zum Gehen wandten.

Wenige Tage später suchte Geertruida mich auf, diesmal allein. Mir ging es inzwischen besser, ich saß auf einem Stuhl neben der Haustür.

Die Frühlingssonne hatte auch viele andere ins Freie gelockt, die jedoch – im Gegensatz zu mir – mit irgendwelchen

Arbeiten beschäftigt waren. Die Frauen wuschen Wäsche, und ein Stück weiter wurden Hühner geschlachtet. Unweit des Wassers flickten Jungen Netze, und Fischer strichen ihre Boote neu oder kalfaterten die Nähte.

Ich sah Geertruida schon von Weitem. Am Korenmarkt blieb sie stehen und hielt ein Schwätzchen, wohl mit einer Bekannten, die eben vor ihre Tür getreten war. Dann aber steuerte sie auf mich zu.

»Ich würde gern mit Euch sprechen«, sagte sie, nachdem sie mich freundlich begrüßt hatte. »Das heißt, falls es Euch gerade passt.«

Weil es mir unangebracht schien, dass eine Dame wie sie sich auf die Treppenstufe neben mir setzte, bat ich sie ins Haus. Wir nahmen am Tisch Platz. Durch das Bleiglasfenster fiel Licht herein und malte farbige Vierecke auf die Holzplatte.

»Ich habe Erkundigungen über Euch eingezogen«, begann Geertruida. »Aber nicht etwa aus Neugier, sondern weil ich eine Kinderfrau brauche. Mein Mann ist Holzhändler, seine Geschäfte laufen gut. Ich helfe mit, wo immer ich kann, führe zum Beispiel Gespräche mit Kunden, wenn Pieter unterwegs ist, und kümmere mich um die Beschaffung der Viktualien.«

»Viktualien?«

»Die Lebensmittel, die an Bord benötigt werden«, erklärte sie. »Wir haben eine Fleute, die alle drei Monate nach Norwegen segelt, und wenn erforderlich, fährt Pieter mit. Während er weg ist, bin ich für das Geschäftliche zuständig. Natürlich kann ich mich nicht um den Holzhandel kümmern und gleichzeitig unsere Kinder betreuen, darum hatten wir bisher eine Kinderfrau. Unsere Heyltje, die leider letzten Winter gestorben ist, war ein Goldstück, sie kannte all unsere Kinder von Geburt an. Danach hatten wir einige andere Kinderfrauen, aber keine hat zu unserer Zufriedenheit gearbeitet. Derzeit haben wir niemanden, aus diesem Grund konnten Sijtje und

Jacob weglaufen. Ich musste mit einem unzufriedenen Kunden sprechen, der wichtig für uns ist. Er war sehr aufgebracht. Um ihn zu beschwichtigen, habe ich ihm ein Glas Wein angeboten. Und während wir so zusammensaßen, sind die zwei Kleinen davongelaufen, und ich habe mein Söhnchen verloren ...« Tränen rannen ihr übers Gesicht.

Ich erhob mich und schenkte jeder von uns einen Becher Dünnbier ein.

»Ihr braucht also eine Kinderfrau«, sagte ich.

Geertruida nickte und wischte sich die Tränen ab. »Wie ich hörte, habt Ihr vor Kurzem Euren Mann verloren, da dachte ich, dass Ihr vielleicht Arbeit sucht.«

»Das stimmt. Hin und wieder bediene ich im *Morriaenshooft*, dort kann ich jedoch nicht bleiben. Aber sagt mir, wenn Ihr mich einstellt, würde mein Anblick Euch dann nicht immerzu an den kleinen Jacob erinnern?«

»Ich denke ohnehin ständig an ihn. Aber auch an Sijtje, die dank Eures Mutes noch lebt. Eine Frau wie Euch, die aufmerksam ist und entschlossen handelt, suchen wir.«

»Ich weiß nicht recht ...«

Geertruida sah mich verständnisvoll an. »Ihr habt wahrlich keinen Grund, Euch schuldig zu fühlen. Ich nehme an, in Hoorn geltet Ihr inzwischen als Heldin. Für uns jedenfalls seid Ihr das.« Sie legte ihre Hand auf meine: »Kommt zu uns ... bitte!«

Ihre fast schon flehentlichen Worte und die warme, vertrauensvolle Geste bewogen mich, ihr zuzusagen. Geertruida war mir angenehm, außerdem brauchte ich tatsächlich Arbeit. Ohne regelmäßige Einkünfte würde ich nicht mehr lange hier wohnen können. Zwar hatte Abraham mir eine Summe Geldes hinterlassen, aber beileibe nicht genug, um für den Rest meines Lebens die Miete zahlen zu können.

»Gut«, sagte ich. »Wann soll ich anfangen?«

5

Die Familie Beets bewohnte ein großes Haus mit Treppengiebel an der Oude Doelenkade. Ich kündigte mein Mietverhältnis, packte meine Habseligkeiten zusammen und zog zu ihnen. Die Arbeit im Haushalt wurde von zwei Dienstmädchen erledigt, sodass ich mich ganz den Kindern widmen konnte.

Die ältesten vier waren Mädchen: Lysbeth war fünfzehn, Anna vierzehn, Barber dreizehn und Geertje zwölf Jahre alt. Vom ersten Tag an machten die drei Großen sich einen Spaß daraus, »Geertje!« zu rufen, aber nicht mich zu meinen.

Der Nächste in der Geschwisterreihe war der zehnjährige Jan, dann kamen der siebenjährige Cornelis, der sechsjährige Geert und die kleine Sijtje mit ihren drei Jahren. Jacob war der Jüngste gewesen ... Dass die Eltern schon einmal ein Söhnchen namens Jacob verloren hatten, ließ seinen Tod noch tragischer erscheinen.

Trotz ihres Kummers hatten Pieter und Geertruida ein offenes Auge für das Leid anderer. Pieter bedachte etwa das Armen- und Waisenhaus am Veemarkt mit großzügigen Schenkungen. Viele der Jungen, die dort Aufnahme fanden, fuhren später zur See. Und wenn ihnen das nicht lag, bildete Pieter sie in seiner Holzhandlung aus.

Als ich zusammen mit dem Ehepaar Beets das Grab des kleinen Jacob aufsuchte, konnte ich nicht umhin zu fragen, wie sie es schafften, immer noch Gottvertrauen aufzubringen.

»Verluste und Kummer gehören zum Leben«, meinte Pieter. »Es hat keinen Sinn, darüber zu grübeln, warum etwas geschehen ist, und sich selbst oder gar Gott die Schuld daran zu geben.«

Geertruida stimmte zu: »Wir sind nicht auf Erden, um in allem unseren Willen zu bekommen. Glaub bloß nicht, dass wir unseren Kindern sämtliche Wünsche erfüllen. Wir hätten durchaus die Mittel dazu, aber Pieter und ich legen Wert darauf, dass unsere Kinder selbstständige Menschen werden. Dazu gehört, dass sie lernen, mit den Widrigkeiten des Lebens umzugehen, denn nur dann können sie Glück wirklich schätzen. Genauso will Gott es für uns, seine Kinder.«

Ich hätte mir gewünscht, ebenso viel Vertrauen in Gott zu haben und mich klaglos seinem Willen fügen zu können, aber das fiel mir schwer. Obwohl mein Kummer allmählich nachließ, träumte ich nachts oft von Abraham und wachte dann weinend auf. Unsere Ehe war so kurz gewesen, dass ich im Grunde mehr um das trauerte, was hätte sein können, als um das, was gewesen war. Aber zum Glück nahm mich meine neue Aufgabe vollständig in Beschlag, und für langes Grübeln und Hadern blieb – zumindest tagsüber – keine Zeit.

Sijtje, nunmehr das jüngste Kind, war schwächlich, auf sie achtete ich besonders. War eine Erkältung im Anzug, dann gab ich ihr Knoblauchzehen zu kauen. Sie ekelte sich vor dem Geschmack, doch als ich erklärte, Knoblauch reinige das Blut, kaute sie tapfer weiter.

Dennoch war sie oft krank und hustete manchmal wochenlang. Geertruida brachte mir bei, einen Sud mit gemahlenem

Pfeffer, Muskatnuss, Zimt und Ingwer zu bereiten. Weil die Zutaten kostbar waren, kam der Trank teuer, aber er linderte den Husten, und nur das zählte für Geertruida und Pieter.

Nach einem halben Jahr hatte ich mich so gut bei den Beets eingelebt, dass ich mir eher wie eine ältere Schwester der Kinder vorkam und weniger wie ihre Betreuerin. Zwar führte ich nicht das Leben, das ich mir einst erträumt hatte, war aber im Grunde recht zufrieden. Meine Eltern besuchten mich, ein anderes Mal ging ich nach Edam – für regelmäßige Besuche allerdings war die Entfernung doch zu groß.

Ein Jahr nachdem ich meine Stellung angetreten hatte, war Geertruida wieder guter Hoffnung. Das Kindchen sollte Ende Oktober oder Anfang November zur Welt kommen. Die Schwangerschaft machte ihr zu schaffen, sie litt unter Übelkeit und musste immer wieder erbrechen, darum bat sie mich, auch im Geschäft mitzuhelfen. Ich sollte Zahlen zusammenzählen und Listen schreiben. Als ich gestand, nicht gut rechnen und schreiben zu können, zog sie die Brauen hoch und meinte, dem müsse unbedingt abgeholfen werden. »Von nun an nimmst du am Unterricht der Kinder teil«, bestimmte sie. »Es ist wichtig, dass du rechnen und schreiben lernst.«

Jan, Cornelis und Geert besuchten die Lateinschule. Für die Mädchen hatten die Beets einen Hauslehrer. Fortan saß ich in den Schulstunden dabei, und das Lernen machte mir Freude. Nach dem Unterricht durften die Mädchen spielen, und ich holte die Jungen von der Schule ab. Das Mittagessen nahmen wir gemeinsam an einem langen Tisch im Speisezimmer ein, danach ging Pieter wieder an seine Arbeit, und Geertruida ruhte für eine Weile. Während sie schlief, machte ich zumeist einen Spaziergang mit den jüngeren Kindern. Wir schauten am Luijendijk vorbei, wo ihr Vater seinen Handel betrieb. Sijtje, Geert und Cornelis waren ganz erpicht aufs Bootfahren, und manche Kunden, die die Familie gut kannte, drehten mit ihnen eine Runde im Hafen. Dass ich mitfuhr, war selbstverständlich; ich ließ die jüngeren Kinder nie unbeaufsichtigt.

Neben dem Gebäude, in dem Pieter sein Kontor hatte, befand sich ein Gelände, wo große Holzstapel auf Abnehmer aus den verschiedensten Städten und auch aus dem Ausland warteten. Wenn die Kunden eintrafen, ging es hoch her. Mit einem Kran, den ein Junge aus dem Waisenhaus bediente, wurde die Ladung an Bord der Schiffe gehoben. Danach war es für eine Weile ruhig, bis neues Holz kam.

»Woher kommt das Holz?«, fragte ich eines Nachmittags, als ich in Pieters Kontor das Tintenfass nachfüllte und die Kinder mit Hobelspänen spielten.

»Hauptsächlich aus Norwegen«, sagte er. »Holz ist ein knappes Gut. Bei uns sind die meisten Wälder abgeholzt. Man hat die Bäume zum Bau von Häusern und Schiffen verwendet und natürlich auch zum Heizen. Jetzt muss das Holz aus dem Ausland herangeschafft werden. Ich hole es mit meiner Fleute her und verkaufe es denen, die es brauchen. Ein einträglicher Handel.«

»Ihr seid aber nicht der Einzige. Hier am Luijendijk verkaufen viele Holz, oder?«

»Die Nachfrage ist so groß, dass wir alle unser gutes Auskommen haben. Und in Hoorn selber wird auch Holz gebraucht, für den Schiffbau und die Instandhaltung des Hafens. Sei unbesorgt, Geertje.«

Das war ich, ich hatte allein aus Neugier gefragt. Draußen glitten braune und gelbliche Segel vorbei, und durch die offene Tür hörte man das Schwappen des Wassers und die schrillen Rufe der Möwen.

Gerade legte ein Boot an. Ein Mann ging an Land. Ich kannte ihn und auch die Frau, die ihm folgte. Unvermittelt sprang ich auf.

»Was ist los?«, fragte Pieter.

Statt zu antworten, rannte ich nach draußen. Und fiel dort erst meinem Bruder und danach Trijn in die Arme.

»Was macht ihr beiden denn hier?«, rief ich.

»Holz kaufen.« Mein Bruder grinste breit. »Da du nun für Beets arbeitest, dachte ich mir, am besten mache ich jetzt mit ihm Geschäfte. Auf diese Weise sehe ich dich öfter.«

»Und mich hat er mitgenommen.« Trijn strahlte.

Ich konnte es kaum fassen, dass die beiden Menschen, die mir – abgesehen von meinen Eltern – die liebsten auf Erden waren, so plötzlich vor mir standen.

Mein Bruder hatte eine Familie gegründet und war länger nicht mehr in Hoorn gewesen. Er kam mir größer vor als früher und auch breiter. Offenbar eine Folge seiner harten Arbeit als Schiffszimmermann.

»Wir können nicht lange bleiben, allenfalls eine Stunde. Aber um Neuigkeiten auszutauschen, wird die Zeit wohl reichen«, sagte Trijn.

Inzwischen war auch Pieter Beets ins Freie getreten und schüttelte meinem Bruder und Trijn herzlich die Hand. »Verwandte und Freunde unserer Geertje sind stets willkommen«, sagte er. »Kann ich Euch Speis und Trank anbieten?«

»Mein Bruder braucht einen neuen Holzlieferanten«, erklärte ich.

»Sieh an, in dem Fall kredenze ich Euch Wein statt Bier.« Er lachte, und wir stimmten ein.

Gemeinsam gingen wir die kurze Strecke zum Wohnhaus der Familie Beets. In der Küche stellte ich mit den Dienstmädchen eine einfache Mahlzeit zusammen, die wir im Speisezimmer verzehrten. Eine kleine Weile wurde erzählt und geplaudert, aber bald kamen mein Bruder und mein Dienstherr aufs Geschäftliche zu sprechen. Ich begab mich mit Trijn und den Kindern in die Wohnstube, die zum Garten hin lag.

»Wie geht es meinen Eltern?«, fragte ich. »Warum sind sie nicht auch mitgekommen?«

»Dein Vater ist krank. Nein, erschrick nicht, es ist nichts Ernstes. Er kann lediglich nicht reisen, und deine Mutter wollte ihn nicht allein lassen.«

»Ich verstehe. Aber schade ist es doch. Ich schreibe rasch einen Brief an sie, den gebe ich dir mit.«

»Rasch? Das Schreiben macht dir doch so viel Mühe.« Trijn sah mich verwundert an.

»Ich kann es jetzt gut«, sagte ich nicht ohne Stolz. »Weil ich am Unterricht der Kinder teilnehme.«

Trijns Blick wanderte zu Sijtje, Geert und Cornelis. »Ich spreche von den älteren Kindern«, sagte ich. »Die Familie Beets ist groß.«

»Wie bist du überhaupt zu ihnen gekommen? Das Letzte, was ich über dich hörte, war, dass dein Mann auf See umgekommen ist. Das muss schlimm für dich gewesen sein.«

»Ja, ich hatte eine schwere Zeit und bin noch nicht über den Verlust hinweg. Aber seit ich hier arbeite, geht es mir viel besser.«

Ich erzählte Trijn, wie ich versucht hatte, Jacob vor dem Ertrinken zu retten, und wie dankbar Geertruida und Pieter mir waren, dass ich zumindest verhindert hatte, dass auch Sijtje ins Wasser fiel.

»Oh Geertje, das sieht dir ähnlich!« Trijn schüttelte den Kopf. »Ins Wasser springen, um ein Kind zu retten, obwohl du selber nicht schwimmen kannst!«

»Ich kann es ein bisschen, aber nicht genug, wie ich feststellen musste.«

Dann erzählte Trijn mir von ihrem Leben. Sie war mittlerweile mit Albert Koeslager verheiratet, den sie über unsere gemeinsame Freundin Trijn Outgers kennengelernt hatte, deren Mann Fleischer war.

»Albert war Fleischerlehrling bei Trijns Mann, und jetzt hat er ein eigenes, gut gehendes Geschäft in der Oude Kerkstraat.«

»Habt ihr Kinder?«, wollte ich wissen.

»Zwei. Einen Jungen und ein Mädchen. Es wäre so schön, wenn du die beiden einmal sehen könntest.«

»Das wird nicht gehen«, meinte ich bedauernd. »Mir stehen zwar freie Tage zu, aber meine Dienstherrin ist guter Hoffnung und braucht mich. Nach der Geburt natürlich besonders.«

Pieter Beets betrat das Zimmer, gefolgt von meinem Bruder, und sagte: »So, wir sind handelseinig geworden. Das wollen wir begießen.« Er nahm den Krug mit dem Rotwein von der Kommode, schenkte vier Gläser voll und hob das seine.

»Auf gute Zusammenarbeit.«

»Auf gute Zusammenarbeit«, wiederholte mein Bruder und griff nach seinem Glas.

Trijn und ich stießen miteinander an. »Auf unsere Freundschaft«, sagte sie, und dem stimmte ich aus vollem Herzen zu.

Es war Mitte Oktober, als Geertruida plötzlich in die Wohnstube wankte. Mit schmerzverzerrtem Gesicht suchte sie Halt am Schrank. »Es hat angefangen«, presste sie hervor.

Ich ließ meine Näharbeit fallen und sprang auf. »Das Kind kommt?«

»Ja, das Wasser ist abgegangen. Viel zu früh, Geertje ...«

»Aber doch nur zwei Wochen«, versuchte ich zu trösten und führte sie zum Wandbett. »Bestimmt ist das Kind schon so weit. Keine Sorge, es wird gut gehen.«

»Ausgerechnet jetzt, da Pieter ein paar Tage fort ist.« Mit Mühe stieg sie in den Alkoven.

»Dann erwartet ihn bei der Rückkehr eine wunderbare Überraschung. Ich hole gleich die Hebamme.«

»Nein, bleib hier!« Mit eiserner Kraft hielt sie mich fest. »Gleich kommt das Kind! Ich spüre das! Schick lieber Lysbeth.«

Ich eilte in den Hof, wo die Mädchen mit einem Kreisel spielten, und trug Lysbeth auf, die Hebamme zu holen. Sie und ihre Schwestern starrten mich an, erfreut und erschrocken zugleich.

»Jetzt schon?«, fragte Barber.

»Ja, eure Mutter meint, es könne sehr schnell gehen. Darum beeil dich, Lysbeth.«

Ich bat Geertje, auf die kleine Sijtje aufzupassen, und hastete wieder ins Haus. Barber und Anna folgten mir in die Wohnstube, und Lysbeth ergriff ihren Mantel und lief los.

Auf der Bettkante sitzend, hielt ich Geertruidas Hand und sprach ihr Mut zu. Die Wehen kamen in immer kürzeren Abständen.

»Wo bleibt die Hebamme?«, keuchte sie.

Das fragte ich mich auch. Lysbeth war schon so lange fort, dass mir nichts Gutes schwante – womöglich war die Hebemutter bei einer anderen Gebärenden.

Inzwischen war kaum mehr eine Pause zwischen den Wehen, und selbst ich, die ich mit Geburten keine Erfahrung hatte, begriff, dass es nicht mehr lange dauern würde. Wie aber sollte ich Geertruida helfen, solange sie in dem Wandbett lag? Die Hebamme hatte versprochen, einen Gebärstuhl oder ein klappbares Bett mitzubringen. Aber wie es aussah, mussten wir uns so behelfen.

»Ihr müsst Euch auf den Fußboden legen«, sagte ich zu Geertruida und forderte die Mädchen auf, Decken zu holen.

Sie rannten los, froh, sich nützlich machen zu können. Mit ein paar Decken in den Armen kamen sie wieder. Wir breiteten sie auf dem Boden aus, anschließend half ich Geertruida aus dem Alkoven und geleitete sie zu dem Behelfsbett.

Sie stöhnte vor Schmerzen und stieß hervor, die Presswehen hätten eingesetzt. Kurz entschlossen schob ich ihren Rock hoch, hieß sie die Beine spreizen und kniete mich dazwischen. Jedes Mal, wenn sie aufschrie, brach mir der Schweiß aus. Die Dienstmädchen standen mit angstvollen Augen in der Tür, an ihnen würde ich keine Hilfe haben.

»Ihr müsst mir helfen«, sagte ich zu Barber und Anna.

Sie nickten, die Gesichter ernst und bleich.

»Als Mutter Jacob bekam, ist Wasser in einem Kessel warm gemacht worden, damit er gewaschen werden konnte. Und für eine Wärmflasche«, sagte Barber. Anna ergänzte: »Und gegen die Schmerzen hat Mutter Wein bekommen.«

Ich rief den Dienstmädchen zu, sie sollten unverzüglich Wasser aufsetzen und eine Karaffe Wein bringen. Barber und Anna trug ich auf, sich rechts und links neben ihre Mutter zu setzen, ihr den Schweiß von der Stirn zu wischen und hin und wieder einen Schluck Wein einzuflößen. Ich selbst verharrte zitternd in kniender Haltung zwischen Geertruidas Beinen. Wie Kälber auf die Welt kommen, hatte ich des Öfteren gesehen, aber noch nie die Geburt eines Kindes miterlebt. Ein allzu großer Unterschied wird es wohl nicht sein, versuchte ich mich in Gedanken zu beruhigen.

Zwischen Staunen und Angst schwankend, verfolgte ich, wie Geertruida mit aller Macht presste.

Plötzlich sah ich ganz kurz ein behaartes Köpfchen, und im gleichen Moment fiel jegliche Angst von mir ab. Von nun an galt meine ganze Aufmerksamkeit dem Kind, dem ich – dazu war ich fest entschlossen – gesund auf die Welt helfen wollte.

Wieder wurde das Köpfchen sichtbar, diesmal ein Stück mehr, und Geertruida stieß einen markerschütternden Schrei aus.

»Es kommt!«, rief ich.

Barber und Anna rissen die Augen weit auf.

Immer weiter schob sich das Köpfchen heraus. Die Nabelschnur lag um den Hals ... rasch zwängte ich meine Finger darunter und zog sie über den Hinterkopf nach vorn.

Sekunden später glitt das Kind vollends aus dem Mutterleib – in meine ausgestreckten Hände. Ein Mädchen, aber es war blau angelaufen und regte sich nicht.

Ich wollte es beatmen, da merkte ich, dass es etwas im halb geöffneten Mund hatte. Beherzt griff ich hinein und entfernte etwas Glibbriges, was auch immer es sein mochte. Dann blies ich dem Kind vorsichtig Luft ein.

Wie von fern hörte ich Geertruidas Stimme. Sie sagte etwas, immer lauter, aber ich nahm es kaum wahr. Für mich bestand die Welt nur aus dem Kindchen und mir, alles andere war wie versunken. Wieder und wieder hauchte ich ihm meinen Atem ein und rieb ihm die Brust, und als es endlich ein Quäken hören ließ, kamen mir die Tränen. Das winzige Mädchen schlug die Augen auf. Ohne zu ahnen, ob ein Neugeborenes schon sehen kann, hatte ich das Gefühl, dass es mich anschaute. Erst als es zu wimmern begann, legte ich es in die Arme der Mutter.

6

Es dauerte noch eine ganze Weile, bis die Hebamme mit dem Ammenkorb eintraf, den Kopf hochrot vom Laufen und Entschuldigungen rufend. Lysbeth war in Tränen aufgelöst.

»Alles ist gut gegangen, Liebes«, sagte Geertruida tröstend zu ihrer Tochter. »Ein Glück, das Geertje bei mir war.«

»Wie mir scheint, habt Ihr eine sehr tüchtige Kinderfrau.« Die Hebamme sah mich voller Bewunderung an.

Geertruida lehnte sich im Ammenkorb zurück und lächelte mir zu. »Geertje ist mehr als eine Kinderfrau. Viel mehr.«

»Ach, es ist ja ganz schnell gegangen, sodass ich gar nichts zu tun brauchte«, wiegelte ich ab.

»Oh doch«, mischte Barber sich ein. »Das Kindchen wäre fast erstickt. Ich habe selber gesehen, dass da etwas um seinen Hals war. Geertje hat es weggemacht.«

Mit einem Mal war es still im Raum. Die Hebamme und Geertruida wechselten einen erschrockenen Blick.

»Es war nichts Schlimmes«, beeilte ich mich zu sagen. »Die Nabelschnur hatte sich um den Hals gelegt, aber nicht allzu fest.«

»Nun hat Geertje zum zweiten Mal eines meiner Kinder gerettet«, murmelte Geertruida und betrachtete liebevoll ihr neugeborenes Töchterchen.

Mir wurde die große Ehre zuteil, einen Namen für das kleine Mädchen auszusuchen. Außerdem überreichte Pieter mir wenige Tage später zum Dank eine ansehnliche Summe.
»Das hätte übel ausgehen können«, sagte er. »Jede andere hätte herumgejammert oder wäre fortgerannt, um Hilfe zu holen. Dann wäre meine Frau auf sich allein gestellt gewesen, und das Kind hätte nicht überlebt.«
Ich machte ein paar Einwände, aber mehr der Form halber, denn die Belohnung freute mich doch sehr. Für die Kleine wählte ich den Namen Catharina oder kurz Trijn. Vom ersten Moment an fühlte ich mich auf besondere Weise mit ihr verbunden. Ich hatte ihr auf die Welt geholfen, ich hatte ihr Leben eingehaucht, und mich hatte sie als Erste angesehen. Es war fast so, als wäre sie *mein* Kind.
Wenn Trijntje kläglich schrie, brauchte ich sie nur hochzunehmen und leise zu singen, dann wurde sie ruhig.
»Was ist das nur mit euch beiden?«, sagte Geertruida mit einem Seufzer und gab mir Trijntje, wenn sie vergeblich versucht hatte, sie zu trösten. »Und dafür habe ich Schwangerschaft und Geburt auf mich genommen ...«
Aber es schien sie nicht zu stören, vor allem dann nicht, als sie sich von den Strapazen der Geburt erholt hatte und ihre Alltagsarbeit wieder aufnahm. »Wenn ich mein Kind jemandem gern anvertraue, dann dir, Geertje«, sagte sie.

Im Nachhinein betrachtet war die Zeit bei Geertruida und Pieter Beets die glücklichste meines Lebens, von meiner kurzen Ehe mit Abraham einmal abgesehen. Ich kümmerte mich hauptsächlich um die jüngsten Kinder, hatte aber auch für die älteren stets ein offenes Ohr. Und wenn Jahrmarkt war, gingen wir alle zusammen hin. Ich durfte sogar noch miterleben, dass Lysbeth einen Verehrer fand und ihn heiratete.

Ich selbst hätte auch heiraten können. Viele Männer machten mir Komplimente und einige sogar einen Heiratsantrag. Das fand ich schmeichelhaft, erwog aber nie ernsthaft, darauf einzugehen. Dabei hatte ich keineswegs vor, als alte Jungfer zu enden, im Gegenteil: Ich wünschte mir einen Mann und Kinder. Aber es war schlicht so, dass keiner der Bewerber Abraham das Wasser reichen konnte. Außerdem waren sie allesamt Schiffer und lebten in Rotterdam, Den Haag und Amsterdam. Und allein der Gedanke, Trijntje zu verlassen und aus Hoorn wegzuziehen, schnürte mir die Brust zusammen; das Kindchen brauchte mich. Wenn ich je wieder heiratete, dann nur einen Mann von hier.

Trijntje war zwei, als sie ein neues Geschwisterchen bekam. Im Jahr 1639 gebar Geertruida ein Mädchen, Vroutje, das jedoch nur kurze Zeit lebte. Im Haus an der Oude Doelenkade wurden die Spiegel schwarz verhängt, und die gesamte Familie, auch ich, trug wochenlang Trauer.

Eine Weile nach diesem Ereignis sagte Geertruida zu mir, ich solle mich setzen, denn sie habe mir etwas mitzuteilen. Ich sah an ihrer Miene, dass es nichts Gutes war, und nahm beunruhigt auf einem der spanischen Stühle im Speisezimmer Platz.

Geertruida versicherte mir zunächst, wie sehr sie meine Hilfe schätze, wie lieb ich ihnen geworden sei und dass die Kinder alle sehr an mir hingen. Doch mittlerweile, fuhr sie fort, seien Jahre vergangen, die Kinder würden allmählich groß. Anna und Barber könnten jetzt gut im Haushalt helfen und auch Trijntje hüten, meinte sie. Kurzum: Sie hatten meine Dienste nicht mehr nötig. »Du bekommst einen Monatslohn extra, und selbstverständlich helfen wir dir, eine neue Stellung zu finden«, versprach Geertruida. »Das sollte nicht allzu schwierig sein, schließlich kennt man dich gut in Hoorn. Ich habe mich bereits bei Verwandten und Freunden erkundigt.«

Während sie sprach, knetete ich meine Hände so fest, dass es wehtat. Was Geertruida sonst noch sagte, weiß ich nicht, weil ich wie betäubt war. Als ich schließlich aufstand, umarmte sie mich, und da konnte ich die Tränen nicht mehr zurückhalten. Auch sie musste weinen.

»Ach, Geertje, es tut mir unendlich leid«, sagte sie. »Bei alldem spielt auch eine Rolle, dass das Geschäft meines Mannes derzeit nicht genug Geld abwirft. Wäre das anders, hätte ich dich auf jeden Fall behalten, auch wenn die Kinder dich nicht mehr so sehr brauchen.«

Das glaubte ich gern, aber es änderte nichts. Wie einfältig war es doch gewesen, zu denken, ich könnte noch viele Jahre bei der Familie Beets bleiben. Dass es so kommen würde, hätte ich ahnen können. Schließlich gehörte ich nicht zur Familie, sondern war nur die Kinderfrau.

Obwohl Geertruida und Pieter mich nach Kräften unterstützten, indem sie mich allenthalben empfahlen, sah meine Zukunft düster aus, denn es fand sich keine Familie, die eine Kinderfrau brauchte. Wie sollte ich nun weitermachen?

»Zieh doch zu uns«, meinte mein Bruder Pieter, als er das nächste Mal in Hoorn war und ich ihm alles erzählte. »Marij ist wieder schwanger und könnte deine Hilfe gut gebrauchen.«

Pieter hatte Marij vor über drei Jahren geheiratet und in Ransdorp, dem Heimatort seiner Frau, Arbeit als Schiffszimmermann gefunden. Sein Angebot lockte mich durchaus. Ich könnte wieder als Kinderfrau arbeiten und zudem im Haushalt tätig sein, wenn auch bei Verwandten.

Eine Woche darauf packte ich meine Sachen, nahm Abschied von der Familie Beets und machte mich nach Ransdorp auf. Den ganzen Weg über weinte ich.

An das Leben in Ransdorp – oder Rarep, wie die Einwohner sagten – musste ich mich erst einmal gewöhnen. Der Ort, gelegen in einer grünen, von Wasserläufen durchzogenen Landschaft unweit von Amsterdam, war noch kleiner als Edam. Pieters Haus stand auf der Bloemendaler Weeren nördlich des Dorfs, an der Landstraße De Gouw. Einst war Ransdorp sehr wohlhabend gewesen, und obwohl diese Glanzzeit schon eine Weile zurücklag, lebten dort immer noch mehr Schiffszimmerleute und andere Handwerker als Bauern, die alle ihr gutes Auskommen hatten.

Pieters Frau Marij war nicht unfreundlich gegen mich, und wir hatten nie Streit, ich merkte dennoch bald, dass es ihr nicht behagte, eine andere Frau im Haus zu haben. Obwohl ich im Haushalt half, die Kuh versorgte, butterte, Gartenarbeit verrichtete und mich um die kleinen Kinder kümmerte, gab es Unstimmigkeiten. Anfangs hielt ich mich mit meiner Meinung zurück, wenn es um Kindererziehung ging, aber bald rutschte mir die eine oder andere Bemerkung heraus. Bei der Familie Beets hatte ich reichlich Erfahrung sammeln können und fand, Marij war zu nachgiebig den Kindern gegenüber und vernachlässigte sie mitunter sogar.

Ein knappes Jahr hielten wir es noch miteinander aus, hauptsächlich, weil Marij Zwillinge gebar und meine Hilfe dringend brauchte, dann aber kam ich zu dem Schluss, dass ich besser meiner eigenen Wege ging.

Geesken, eine Frau aus dem Dorf, die wie etliche andere täglich nach Amsterdam fuhr, um dort Milch zu verkaufen, wusste etwas für mich. Sie war in Amsterdam mit einer Dame ins Gespräch gekommen, die für ihre Schwester, verheiratet mit einem Kunstmaler, eine Kinderfrau suchte.

»Warum sucht die Mutter nicht selbst?«, wollte ich wissen.

»Weil sie sehr krank ist. Ihr kleiner Junge ist ein halbes Jahr alt und bekommt Milch aus der Flasche, eine Amme brauchen sie also nicht. Lediglich jemanden, der sich um den Kleinen kümmert«, erklärte Geesken. »Ich habe der Dame jedenfalls erzählt, dass du bei der Familie Beets in Hoorn gearbeitet hast und gegenwärtig eine neue Stellung suchst. Das war doch richtig so, oder? Du willst doch hier weg.«

»Ja, das war richtig«, bestätigte ich. »Weißt du denn, wo der Maler wohnt? Und wie er heißt?«

»Er heißt Rembrandt van Rijn. Seine Schwägerin sagte, er sei berühmt, jeder in Amsterdam könne dir den Weg zu seinem Haus in der Breestraat sagen.«

Rembrandt van Rijn – den Namen hatte ich noch nie gehört. »Wie berühmt?«, fragte ich.

»Sehr! Prinz Frederik Hendrik hat ihm mehrere Bilder abgekauft – und König Charles von England ebenfalls.« Ihr Tonfall war ein wenig hochtrabend und zugleich geringschätzig, so als wüsste das ein jeder im Lande, nur ich nicht.

Ich bedankte mich für den Hinweis und besprach mich am Abend mit Pieter und Marij.

»Das solltest du machen«, sagte Marij sofort. »Man stelle sich vor: Amsterdam! Und dann noch bei einem berühmten Maler!«

Letzteres war mir nicht sonderlich wichtig und Ersteres im Grunde auch nicht, denn es gefiel mir recht gut in Ransdorp. Aber als ich Marijs hoffnungsvolle Augen sah, begriff ich, dass sie mich lieber heute als morgen los wäre.

»Und was sagst du dazu?«, wandte ich mich an Pieter.

Nach einem raschen Blick zu seiner Frau und einem Löffel voll Bohnen in Fischsoße sagte er: »Ich finde auch, du solltest es machen. Es ist an der Zeit, Geertje.«

Wofür genau es an der Zeit war, führte er nicht aus, aber ich konnte es mir denken.

»Nun gut«, sagte ich. »Dann werde ich zusehen, dass ich die Stellung bekomme.«

Am nächsten Morgen verabschiedete ich mich von Bruder und Schwägerin und bestieg eines der Milchboote, die in der Weersloot lagen. Eigentlich durften sie keine Reisenden befördern, aber wenn man bereit war, für die Fahrt zu zahlen, und notfalls ein wenig beim Rudern half, drückten die Milchhändler ein Auge zu.

Der Morgen des 5. März 1642 war kühl, darum hatte ich mich warm angezogen. Die Fahrt durch den Polder dauerte knapp drei Stunden. Auf den schmaleren Wasserwegen war Segeln nicht möglich, da kamen die Ruder zum Einsatz.

Bei Nieuwendam ließen wir das ländliche Gebiet hinter uns. Die Türme von Amsterdam kamen in Sicht, und wir passierten das Galgenfeld. Nur noch das breite Ij trennte uns von der Stadt.

Kurz darauf durchfuhren wir eine Schleuse, dann glitt das Boot auf die glitzernde Wasserfläche hinaus. Ein kräftiger Windstoß fuhr in das Segel und schob uns in hohem Tempo ans jenseitige Ufer.

Durch die Haarlemmerpoort gelangten wir in die Brouwersgracht. Das Boot hielt bei der Melkmeisjesbrug, wo der Milchmarkt abgehalten wurde. Ich stieg aus und sah mich erst einmal um.

Ich war noch nie in Amsterdam gewesen, aber vom Ransdorper Kirchturm aus konnte man die Stadt liegen sehen, und ich hatte geglaubt, zu wissen, was mich erwartete. Weit gefehlt. Wie hätte ich es auch ahnen können, da ich nur Edam, Hoorn und Ransdorp kannte?

Die Stadt überwältigte mich; sie schien mich mit ihren Reihen hoher, schmaler Kaufmannshäuser regelrecht erdrücken zu wollen. Auf den Grachten waren unzählige Boote unterwegs und in den Straßen so viele Kutschen, Handkarren und Fußgänger, dass kaum ein Durchkommen war. Und dann der Lärm! Ein unaufhörliches Stimmengewirr, unterlegt mit Räderrattern und Pferdegewieher, drang an meine Ohren. Am lautesten aber waren die Glocken. Ihr Geläut, das nicht nur die Zeit angab, sondern auch von Hochzeiten, Begräbnissen und Hinrichtungen kündete, schien von überallher zu kommen; es verstärkte sich zwischen den Hausgiebeln und bildete eine Geräuschwolke, die alles einhüllte.

Ich hatte mich noch nicht ganz bis zum Dam durchgefragt, von dem es angeblich nicht mehr weit bis zum Haus des Malers in der Breestraat war, da plagten mich bereits Kopfschmerzen, und das Gedränge verursachte mir Beklemmungen.

Auf dem Dam selbst herrschte ein unbeschreibliches Durcheinander. Dort wurde gerade ein großes Gebäude errichtet, die Gerüste nahmen die gesamte Breite des Platzes ein. Das musste das neue Rathaus sein, von dem ich gehört hatte. Zudem war ein Markt im Gange. Ich zwängte mich durch das Gewimmel der Marktleute und ihrer Kundschaft und vorbei an Handwerkern, die Steine schleppten oder Zement anmischten.

Endlich hatte ich den Platz überquert, fragte erneut nach dem Weg und ging weiter durch die Stadt, die mir inzwischen unendlich groß vorkam. Mein Bündel wog immer schwerer, und mir wurde warm. Ich blieb stehen, wischte mir den Schweiß von der Stirn und schob ein paar Haarsträhnen, die sich gelöst hatten, unter die Haube.

Dann fragte ich eine Frau, wie weit es noch zum Haus des Kunstmalers sei.

»Meister van Rijn? Sein Haus ist das vierte nach der Anthonie-Schleuse. Ihr müsst in diese Richtung.« Sie streckte den Arm aus. »Es hat rote Fensterläden.«

Wenig später war ich an der Schleuse vorbei und zählte die Häuser. Vor dem vierten, das ganz aus Stein gebaut war und rote Läden hatte, blieb ich stehen und hob den Blick. Es hatte zwei Stockwerke.

Ich betätigte den Türklopfer und wartete. Ein Dienstmädchen öffnete und sah mich fragend an. Ich nannte meinen Namen und brachte mein Anliegen vor, daraufhin ließ sie mich ein. Als sie verschwunden war, um ihren Herrn zu benachrichtigen, schaute ich mich um.

Kein Zweifel – der Maler war ein erfolgreicher, vermögender Mann. Ich befand mich in einer geräumigen Diele. Der Boden war schwarz-weiß gefliest. An einer Seite stand eine Sitzbank aus Eichenholz mit farbenfrohen Kissen, und an den Wänden hingen unzählige Gemälde im sanften Licht, das durch das Bleiglasfenster fiel.

Die Bilder begeisterten mich. Noch nie hatte ich so lebensecht gemalte Figuren gesehen.

»Nun, gefallen Euch meine Arbeiten?«, tönte es hinter mir.

Wie ertappt fuhr ich herum. Ich hatte damit gerechnet, dass das Dienstmädchen wiederkommen und mich holen würde, aber der hochgewachsene Mann, der mit einem Malerkittel angetan in einer der beiden Türen stand, musste der Meister persönlich sein. Er hatte rötlichbraunes lockiges Haar, und seine Stimme klang ein wenig barsch, obwohl er freundlich dreinschaute.

Ich machte einen Knicks und sagte: »Von Kunst verstehe ich leider nicht viel.«

»Das braucht es auch nicht. Ein Bild berührt einen – oder auch nicht.«

»Das stimmt. Im Haus meines früheren Dienstherrn in Hoorn hingen auch viele Gemälde. Hauptsächlich von Vasen mit Blumen. Ich habe sie mir aber nie genau angesehen. Wenn ich Blumen betrachten möchte, stelle ich lieber echte hin.«

Ein Lächeln huschte über sein Gesicht, und er musterte

mich sekundenlang. »Ihr kommt wegen der Stellung als Kinderfrau, richtig? Wie heißt Ihr?«

»Geertje Dircx, Mijnheer.«

Er forderte mich auf, ihm in ein Nebenzimmer zu folgen, in dem noch mehr Bilder hingen. Dort befand sich auch ein Alkovenbett, dennoch wirkte es wie eine Mischung aus Empfangsraum und Laden.

Van Rijn bot mir einen Platz am Tisch an und setzte sich ebenfalls. Dann stellte er mir Fragen. Ich schilderte, wie mein bisheriges Leben verlaufen war, berichtete von meinen Erfahrungen als Kinderfrau und überreichte ihm ein Empfehlungsschreiben von Geertruida und Pieter Beets. Er las es aufmerksam und nickte dann. »Ich werde mich erkundigen, auch wenn mein erster Eindruck ein guter ist. Nun aber möchte ich Euch erklären, weshalb ich eine Kinderfrau brauche. Meine Frau Saskia ist krank. Vor fünf Monaten hat sie unseren Sohn Titus geboren, ist aber zu schwach, um ihn zu versorgen. Wie Ihr gesehen habt, beschäftige ich ein Dienstmädchen, aber Neeltje ist noch sehr jung und unerfahren. Für Titus' Erziehung und die Führung des Haushalts braucht es eine etwas ältere Person.«

Das hörte sich an, als suchte er jemanden, der länger bliebe, womöglich gar Jahre. Ich fragte vorsichtig, was seiner Gattin denn fehle. Schlagartig veränderte sich sein Gesichtsausdruck, und die Stirn legte sich in Kummerfalten. Seine Frau leide an der Auszehrung, sagte er mit leiser Stimme.

Ich erschrak. Schwindsucht! Von dieser Krankheit genas so gut wie niemand.

»Wie schrecklich, Mijnheer, das tut mir sehr leid«, sagte ich.

»Es bedeutet, dass Ihr Euch nicht nur um Titus kümmern müsstet, sondern auch um meine Frau«, fuhr er fort. »Keine leichte Aufgabe. Wollt Ihr unter diesen Umständen überhaupt hier arbeiten, Geertje Dircx?«

Im Grunde hatte ich mich schon so gut wie entschieden, und dass er mich beim Vor- und Nachnamen nannte, wie Abraham seinerzeit, gab den letzten Ausschlag.

»Wenn nötig, kann ich sofort anfangen«, sagte ich.

7

Nötig war es tatsächlich. Rembrandt, wie ich ihn für mich respektlos nannte, war es mehr als recht. Er führte mich in die Wohnstube, wo seine Frau zu Bett lag.

Sie saß, von mehreren Kissen gestützt, im Alkoven, daneben stand die Wiege mit ihrem Söhnchen.

Rembrandt stellte uns vor.

»Wie schön, dass Ihr da seid, Geertje. Eure Hilfe kann ich gut gebrauchen«, sagte Saskia. Sie war bleich und schien Fieber zu haben.

Ich bewunderte den schlafenden Säugling. »Was für ein hübsches Kind! Und Titus ist ein sehr besonderer Name.«

»Er ist nach meiner Schwester Titia benannt, die voriges Jahr verstorben ist.«

»Das tut mir leid.«

»Sie war meine Lieblingsschwester. Jetzt wacht sie vom Himmel aus über Titus, dessen bin ich mir sicher.«

»Ist Titus Euer erstes Kind?«

Sie schüttelte den Kopf. »Wir hatten noch einen Sohn und zwei Töchter, alle drei sind kurz nach der Geburt gestorben.«

So viel Leid! Mir fehlten die Worte.

Rembrandt ließ uns allein, und eine kleine Weile blieb es still. Saskia und ich betrachteten den kleinen Titus und mussten beide lächeln, als er im Schlaf das Gesichtchen komisch verzog. Wenn er wimmerte und es den Anschein hatte, er würde gleich aufwachen, zog Saskia an einer Schnur, die an der Wiege befestigt war, und versetzte sie damit in Bewegung.

Die ganze Zeit ruhte ihr Blick so liebevoll auf dem Kind, dass es mir ins Herz schnitt. Wie mochte diese Frau sich fühlen, die drei Kinder hatte begraben müssen und nun, da ihr viertes gesund und kräftig war, selbst auf der Schwelle des Todes stand?

»Erzählt mir von Euch, Geertje«, sagte sie. »Woher kommt Ihr?«

»Ursprünglich aus Edam. Aber ich habe lange in Hoorn gewohnt und danach einige Zeit in Ransdorp.« Als ich ihr von den Jahren bei der Familie Beets erzählte, lauschte sie besonders aufmerksam.

»Mir scheint, Ihr habt es dort gut gehabt«, meinte sie schließlich. »Die Familie fehlt Euch, nicht wahr?«

»Sehr sogar. Vor allem die kleine Trijntje. Bei ihrer Geburt habe ich geholfen, weil die Hebamme zu spät kam. Ich war der erste Mensch, den sie angeschaut hat, und mir war dabei, als würde sie mich tatsächlich sehen. Ein ganz besonderes Erlebnis. Mevrouw Beets war mir so dankbar, dass ich einen Namen für die Kleine aussuchen durfte. Ich habe sie nach meiner Freundin Trijn benannt.«

»Ach, wie schön«, sagte Saskia. »Habt Ihr denn noch Verbindung mit dem Mädchen?«

»Ja, ich schreibe ihr regelmäßig, und ihre Mutter liest ihr meine Briefe vor. Inzwischen ist sie viereinhalb Jahre alt.«

Die Tür ging auf, und eine Frau um die vierzig trat ein. Sie stellte einen Korb mit Einkäufen auf den Tisch. Dann wanderte ihr Blick zu mir. »Sieh an, die Kinderfrau. Ich habe schon gehört, dass Ihr gekommen seid. Aus Ransdorp, nicht wahr?«

Ich stand auf und knickste. »Jawohl, Mevrouw. Ich heiße Geertje Dircx.«

»Und ich bin Hiskia van Loo, die Schwester von Mevrouw van Rijn.« Sie musterte mich eingehend, dann wandte sie sich an Saskia: »Du musst jetzt schlafen, Saske.«

Diese nickte erschöpft und ließ sich in die Kissen sinken.

»Kommt, Geertje, ich zeige Euch das Haus.«

Wir gingen durch das Erdgeschoss, und sie erzählte mir, sie wohne in Friesland, in einem Dorf namens Sint Annaparochie, und müsse in Kürze wieder nach Hause. Zwei Wochen habe sie in Amsterdam verbracht, nun aber brauche ihre Familie sie. Wäre ihre andere Schwester, Titia, nicht gestorben, hätte diese einspringen können, so aber laste alles auf ihr. Nicht dass sie klagen wolle, nein, sie tue es ja aus Liebe …

»Mein Mann Gerrit und ich haben uns immer um Saskia gekümmert«, sagte sie. »Sie ist zehn Jahre jünger als ich und war erst zwölf, als unsere Eltern starben. Damals haben wir sie bei uns aufgenommen.«

»Welch ein Glück, dass Ihr beide für sie da wart«, sagte ich. »Habt Ihr noch mehr Geschwister?«

»Wir waren zu sechst, aber jetzt leben nur noch unser Bruder Edzart und Saskia und ich, wobei ich fürchte …« Sie beendete den Satz nicht, aber ich konnte mir denken, was sie meinte.

Hiskia holte tief Luft und fuhr dann fort: »Bitte, sorgt gut für meine Schwester und meinen kleinen Neffen.«

»Darauf könnt Ihr Euch verlassen. Ihr braucht Euch keine Gedanken zu machen.«

»Gedanken mache ich mir dennoch. Hat Saskia erwähnt, dass sie drei Kinder verloren hat?«

Ich nickte.

»Dieser Kummer hat ihr das Herz gebrochen. Und sie krank gemacht«, sagte Hiskia. »Davon bin ich fest überzeugt.«

Die vielen Zimmer des Hauses waren schön möbliert und die Wände fast vollständig mit Gemälden behangen. Hinter der Diele und dem Nebenraum, der tatsächlich zum Ausstellen der Bilder und als Laden diente, lag die Wohnstube. Dort im Alkoven, wo ich Saskia kennengelernt hatte, befand sich das eheliche Bett. Seit Saskias Erkrankung nächtigte Rembrandt allerdings nicht mehr bei ihr, er schlief jetzt im Alkoven des Ladens. Neeltjes Kammer war auf dem Speicher, und mir war das Wandbett in der im Untergeschoss liegenden Küche zugedacht, einem ziemlich finsteren Raum. Vom Hof her fiel nur spärlich Licht herein.

»Normalerweise ist es hier nicht so düster«, erklärte Hiskia. »Aber zurzeit nutzt mein Schwager einen Teil des Hofs als Werkstatt, weil er an einem sehr großen Bild arbeitet.«

Ich folgte ihr auf den Innenhof, wo man unter einem schmalen Vordach waschen, schlachten und alle anderen Arbeiten tun konnte, die man besser im Freien erledigte. Nun aber waren der Vorplatz und auch ein Teil des Hofs mit Holzwänden verkleidet, die große Fenster hatten.

In dieser behelfsmäßigen Werkstatt befand sich ein Gemälde von etwa sechs Schritt Breite und fünf Schritt Höhe. Es war mit Tüchern verdeckt, sodass ich nicht sehen konnte, was es darstellte.

Anschließend führte Hiskia mich in den ersten Stock und zeigte mir die Malwerkstatt, einen großen Raum, der die gesamte Breite des Hauses einnahm und vier Fenster hatte, die das Tageslicht ungehindert hereinließen. Etliche junge Burschen standen an Staffeleien. Sie schauten her, als wir eintraten.

»Rembrandts Schüler«, sagte Hiskia zu mir, um dann fortzufahren: »Meine Herren, das hier ist Geertje Dircx, Titus' Kinderfrau.«

Freundliches Nicken, dann fuhren die Schüler mit ihrer Arbeit fort.

Auch im Stock darüber waren Schüler zugange, diesmal aber in kleinen, durch Stellwände getrennten Abteilen.

»Das ist der kleine Malsaal«, sagte Hiskia. »Aber hier herauf werdet Ihr nicht oft kommen. Allenfalls, wenn jemand Euch als Modell braucht. Die jungen Herren sind froh, wenn jemand ihnen umsonst Modell steht. Das wird aber nur ausnahmsweise der Fall sein, denn Eure Aufgabe ist es ja, Euch Titus zu widmen.«

In der ersten Nacht schlief ich schlecht. Zum einen ging mir der durchdringende Geruch nach Terpentin und Farbe nicht aus der Nase, zum anderen fühlte ich mich in dem großen Haus noch nicht heimisch. Mehrmals weckte mich Saskias Husten oben in der Stube. Ich überlegte, ob ich aufstehen und zu ihr gehen sollte, doch jedes Mal erklangen gleich darauf Rembrandts schwere Schritte und sein tiefer Bass, sodass ich die Augen wieder schloss.

Als ich in grauer Frühe Titus weinen hörte, sprang ich sogleich aus dem Bett, fuhr in die Pantoffeln, warf mir den Morgenmantel über und eilte die Treppe hinauf.

Saskia war ebenfalls wach und wirkte erleichtert, als sie meiner ansichtig wurde, war sie doch zu geschwächt, um aufzustehen und ihren Sohn hochzunehmen.

»Schlaft noch eine Weile«, sagte ich und hob Titus aus der Wiege.

»Daraus wird wohl nichts«, meinte sie. »Bleibt mit dem Jungen ruhig hier, Geertje.«

Ich nickte. Es war Zeit, dass Titus sein Fläschchen bekam, darum legte ich ihn zu seiner Mutter ins Bett und ging in die Küche, um Milch zu wärmen.

Am Kaminfeuer sitzend, das ich zuvor geschürt hatte, fütterte ich das Kind. Saskia schaute zu, immer wieder von Hustenanfällen geschüttelt. Nachdem Titus beim Trinken eingeschlafen war, stellte ich das tönerne Fläschchen auf den Kaminsims.

»Ich bin so froh, dass Ihr da seid«, flüsterte Saskia und lächelte.

Behutsam, um das Kind nicht aufzuwecken, bettete ich es in die Wiege und wandte mich dann Saskia zu. Ihre Augen glänzten fiebrig. Ich legte meine Hand auf ihre Stirn – sie glühte geradezu.

Rasch holte ich zwei Tücher und eine Schüssel kaltes Wasser, die ich auf einen Stuhl am Bett platzierte. Ich tauchte die Tücher abwechselnd hinein, um Saskias erhitztes Gesicht damit zu kühlen. Sie wurden so schnell warm, dass ich sie alle dreißig Herzschläge wechseln musste.

Saskia ließ die Prozedur mit geschlossenen Augen über sich ergehen. »Danke«, murmelte sie.

Allmählich wurde es heller. Ich holte hin und wieder frisches Wasser an der Pumpe und setzte die Behandlung fort.

Plötzlich stand Rembrandt in der Tür – im Nachthemd, unter dem seine haarigen Beine hervorschauten. Schnell wandte ich die Augen ab.

»Wie geht es ihr?«, fragte er.

»Sie schläft jetzt. Endlich.«

»Ist der Husten besser geworden? Ich habe seit einer Weile nichts mehr gehört.«

»Ich glaube, das Fieber macht ihr mehr zu schaffen als der Husten. Aber jetzt scheint es ein wenig gesunken zu sein.« Sachte befühlte ich Saskias Stirn. Und nickte.

Rembrandt warf einen Blick auf die Schüssel und die nassen Tücher. »Danke, Geertje«, sagte er. »Ihr solltet Euch jetzt anziehen, und dann richtet bitte den Frühstückstisch her. Titus wacht sicherlich auch bald auf.«

In der Küche suchte ich in den Schränken zusammen, was ich brauchte. Zinnteller, Becher, Besteck … Ich war gerade dabei, den Tisch zu decken, als Neeltje hereinkam. Schnurstracks ging sie zum Herd, um das Feuer zu schüren.

»Meister van Rijn sagt, hier unten ist es immer so kalt und dunkel«, sagte sie.

»Und trotzdem speist er in der Küche?«

»Ja, aber erst, seit Mevrouw krank ist. Sie schläft viel. Und Doktor Tulp hat angeordnet, dass kein Essen in ihrer Nähe sein darf, weil sie so hustet. Jedenfalls nicht das, was wir essen.«

Ich stellte Käse und Butter auf den Tisch. »Was hat der Doktor sonst noch gesagt?«

»Dass es die Schwindsucht ist.« Sie schlug ein Kreuz, als wäre schon das Aussprechen der Krankheit ansteckend.

»Ich weiß, Meister van Rijn hat es mir gesagt. Aber was tut der Doktor dagegen? Besteht noch Hoffnung?«

»Er hat gesagt, die Ursache ist ein böser Dampf namens Stimmstaub. Und wenn dann auch noch die Himmelskörper falsch stehen, ist das nicht gut für das Gleichgewicht der Körpersäfte, und man wird krank.«

»Aber diesen Staub atmen doch auch andere ein, oder? Warum werden die dann nicht krank?«

»Das weiß ich nicht«, bekannte Neeltje. »Dazu hat der Doktor nichts gesagt.«

Rembrandt aß im Stehen ein Stück Brot mit Käse, trank dazu einen Becher Dünnbier und verschwand in den Hof, um sich seiner Arbeit zu widmen. Ich fragte Neeltje, ob auch die Schüler, die nun nacheinander eintrafen, ein Frühstück bekämen.

»Nein, die essen am Morgen zu Hause«, antwortete sie. »Aber mittags kriegen sie Heringe und Brot.«

Sie machte sich an ihre täglichen Aufgaben, und ich ging wieder nach oben, um Titus zu winden und frisch anzuziehen.

Anschließend bekam er seinen Brei – in der Wohnstube, damit Saskia zuschauen konnte. Sie wirkte sehr müde und sprach kaum ein Wort. Hin und wieder fielen ihr die Augen zu, aber Schlaf war ihr nicht vergönnt, weil sie immer wieder husten musste.

Als ich Titus gefüttert hatte, war sie aber doch eingeschlafen. Ich verließ mit dem Kleinen das Zimmer. Und überlegte, was die Mutter, wäre sie gesund, nun mit ihrem Kind getan hätte. Ich könnte Neeltje fragen, doch es schien mir besser, Rembrandt um Auskunft zu bitten, darum ging ich mit Titus auf dem Arm in den Hof.

Er stand auf einer Treppenleiter und malte konzentriert an dem Bild.

Da es nun nicht mehr bedeckt war, konnte ich sehen, was es darstellte. Es war ein Gruppenbild von Schützen vor einem Stadttor, ziemlich düster, nur zur Mitte hin erleuchtet. Dort waren die Farben auch lebhafter: Tiefrot, Moosgrün und Sommergelb, dazu verschiedene Braun- und Goldtöne. Im hellen Vordergrund machte ein Mann im schwarzen Tuchanzug mit roter Schärpe ein Handzeichen. Neben ihm stand ein anderer, angetan mit einem fast schon leuchtenden Waffenrock aus Goldbrokat.

Auf dem Bild war so viel zu sehen, dass ich gar nicht wusste, wohin zuerst schauen. Fast alle Personen waren mit etwas beschäftigt. Einer lud seine Muskete, und ein Zweiter schlug bereits die Trommel, während andere sich vor dem Abmarsch noch ein wenig unterhielten. Und inmitten der Männer war eine kleine Frau abgebildet.

Szenen wie jene auf der Leinwand kannte ich aus Hoorn: Die Schützen versammelten sich und nahmen ihre Plätze ein, ehe es ans Ausrücken ging. Warum aber hatte Rembrandt gerade diesen Augenblick gewählt und nicht den glorreichen Zug durch die Stadt? Das kam mir sehr ungewöhnlich vor.

Titus drehte den Kopf, entdeckte seinen Vater und gab einen Jubellaut von sich.

Rembrandt blickte über die Schulter. »Bei der Arbeit will ich nicht gestört werden«, beschied er mir barsch.

»Verzeihung, Mijnheer. Ich wollte nur fragen, was ich machen soll ... Ich meine ... gibt es in Eurem Haus einen festen Tagesablauf oder ...«

»Kümmert Euch um den Jungen, geht mit ihm ins Freie, spazieren oder was auch immer. Das wird ihm gefallen.«

Ich nickte. »Wenn ich mit Titus spazieren gehe, könnte ich auch gleich Besorgungen machen. Braucht Ihr etwas?«, fragte ich.

Er überlegte kurz und meinte dann, er brauche rotes Pigment. Am Ende der Breestraat sei ein Geschäft für Malerbedarf, dort solle ich es holen.

Mein Blick wanderte zu dem Mann in der Bildmitte. »Für die Schärpe des Hauptmanns, nicht wahr?«

Rembrandt nickte mir zu. »Richtig, für den Hauptmann. Es handelt sich um Frans Banninck Cocq. Ihr werdet ihn demnächst hier sehen, er kommt alle paar Tage und will wissen, wie weit ich bin.« Es klang nicht gerade erfreut, aber doch gleichmütig, so als hätte er sich mit den Besuchen abgefunden.

»Und wer ist das?« Ich machte eine Kopfbewegung zu dem Mann in Goldbrokat hin.

»Das ist Leutnant Willem van Ruytenburch«, kam es sofort. »Die Schützenkompanie besteht aus etwa hundertachtzig Mann, aber diese beiden Herren sind die wichtigsten, denn sie führen den Trupp an.«

Für jemanden, der nicht gestört werden wollte, war er überraschend gesprächig. Meinen Blick suchend, fragte er: »Was sagt Ihr zu dem Bild?«

Die Frage irritierte mich. Was zählte schon die Meinung

einer Kinderfrau? – Damals wusste ich noch nicht, dass für Rembrandt *jede* Meinung zählte, die einfacher Leute womöglich mehr als jene der Patrizier.

»Es ist ein wenig dunkel«, sagte ich. »Aber schön.«

Lächelnd malte er weiter.

8

Ich band Titus in ein Tragetuch und machte mich mit ihm auf den Weg. Die Frühlingssonne hatte bereits Kraft und wärmte angenehm. Sie lockte noch viele andere aus den Häusern.

In der Breestraat gab es etliche Läden, sodass mir immer wieder ein anderer Geruch in die Nase stieg. Es roch nach frischem Brot und Waffeln, dann nach Schlachtabfall und schließlich nach Gerbsäure und Leder.

Wie Rembrandt gesagt hatte, befand sich das Geschäft für Malerbedarf am Ende der Straße, an der Ecke Kloveniersburgwal. Ich erstand das rote Pigment und ließ es für Meister van Rijn anschreiben. Dann ging ich gemächlich zur Brücke und genoss den Anblick der grünen Gracht und der hohen Häuser. Schöne Häuser gab es auch in Hoorn, ebenso groß wie diese und gleichermaßen reich verziert, aber längst nicht so viele. Die Straßen und Grachten kamen mir unendlich lang vor, sodass ich dachte, Amsterdam müsse riesengroß sein. Wahrscheinlich hatte ich bisher nur einen winzigen Teil davon gesehen.

Ein aufregendes Prickeln erfasste mich. Ich, Geertje Dircx, lebte nun in dieser großen Stadt, im Haus eines berühmten

Kunstmalers. Wer hätte das je gedacht, als ich noch im Edamer Hafen Fische sortierte!

Lächelnd nahm ich Titus, der unruhig geworden war, aus dem Tragetuch und setzte ihn so auf meinen Arm, dass er mir über die Schulter blicken konnte. Dann ging ich weiter durch die mir noch unbekannte Stadt.

Als ich zurückkam, war es Zeit für das Mittagessen. Ich hatte an einem Marktstand Heringe gekauft und putzte sie nun in der Küche.

»Trägst du sie nachher zu den Schülern hinauf?«, fragte ich Neeltje.

»Das ist nicht meine Aufgabe, ich bin zum Saubermachen da.«

»Wer hat das gemacht, bevor ich kam?«

»Mevrouw Saskia. Sie wollte nicht, dass ich allein zu den Schülern gehe, aber als sie krank wurde, musste ich doch.«

»Wie alt bist du, Neeltje?«

»Fünfzehn.«

Nun gut, meine Aufgabe war es auch nicht, dennoch griff ich nach dem Teller. Titus war bei Saskia in guter Hut, also konnte ich das Essen selbst hinaufbringen.

Als ich den Malsaal im ersten Stock betrat, richteten sich sogleich aller Augen auf mich. Gemurmelte Scherzworte flogen hin und her, und unterdrücktes Lachen drang an meine Ohren. Die meisten Schüler mochten sechzehn, siebzehn Jahre alt sein, einige wenige älter. Dass ich schon über dreißig war, schien für sie keine Rolle zu spielen.

Das Kinn vorgereckt, schritt ich auf den Tisch zu. Ich beugte mich vor, um den Teller abzustellen, da spürte ich auch schon eine Hand am Hintern. Ich fuhr herum und sah einen Jungen, nicht älter als achtzehn, aber groß und kräftig gebaut. Er grinste und dachte gar nicht daran, die Hand wegzunehmen.

»Nett, dass du dich mal sehen lässt, Geertje«, sagte er. »Bringst du uns etwas Leckeres?«

»Und ob! Guten Appetit!« Ich nahm einen Hering und ließ ihn blitzschnell in das offene Hemd des Burschen gleiten. Der kalte Fisch rutschte ihm bis in die Hose. Er schrie auf und fasste sich in den Schritt.

Ohne ihn noch eines Blickes zu würdigen, verließ ich den Raum, hinter mir erklang Gelächter.

Im Flur traf ich Neeltje an, die mir neugierig gefolgt war und alles durch die offene Tür mit angesehen hatte. Sie hielt sich vor Lachen die Seiten.

»Wer war das?«, fragte ich.

»Barent. Er ist kein schlechter Kerl, aber wenn er eine Gelegenheit wittert, versucht er's eben. Mich hat er erst in Ruhe gelassen, als ich mich bei Mevrouw Saskia beklagt habe. Sie kann mächtig streng sein und achtet sehr darauf, dass die Schüler sich gut benehmen. Jetzt aber ...«

Die letzten Worte bedeuteten wohl, Saskia könne nun, da sie krank zu Bett lag, nicht mehr über Sitte und Anstand wachen, und wir seien in diesem Haus voller Männer auf uns allein gestellt.

»Ich habe früher in einem Gasthaus gearbeitet und werde mit diesen Rotzbengeln schon fertig«, meinte ich. »Wenn sie dir lästig fallen, sag mir Bescheid.«

In unserer Gegend wohnten viele reiche jüdische Kaufleute. Sie stammten aus Spanien und Portugal und hatten ihres Glaubens wegen von dort fliehen müssen. Wie die ansässigen Künstler hatten sie ihre Häuser von vermögenden Amsterdamern gekauft, die in den neu angelegten Grachtengürtel gezogen waren. Insbesondere die Portugiesen kleideten sich gern wie die Regenten in der Amsterdamer Stadtregierung – schwarze Tuchanzüge mit weißen Kragen und hohen Hüten –, und sie beschäftigten dunkelhäutige Bedienstete.

Ich fühlte mich in dem Viertel rasch wohl, weil dort alles so anders war, als ich es bisher kannte, und weil man im Nu am Stadtrand war. Dort brauchte ich nur durch das Tor zu gehen, und schon konnte ich, mit Titus im Tragetuch, durch Felder und Wiesen spazieren.

Wenn Titus ein wenig kränkelte und ich daher ans Haus gebunden war, begnügte ich mich mit dem Frühlingsgrün der Bäume und dem Plätschern des Wassers, das durch die Anthonie-Schleuse in die Stadt floss.

Mit den Schülern gab es nach dem Vorfall mit Barent Fabritius keine Schwierigkeiten mehr. Im Grunde waren sie keine unguten Burschen, auch Barent nicht, aber aufgrund ihrer Jugend schnell für weibliche Schönheit entbrannt.

Carel Fabritius, ebenfalls ein Schüler Rembrandts, entschuldigte sich für seinen jüngeren Bruder. »Es wird nie wieder vorkommen«, versicherte er. »Ich habe Barent klargemacht, welch große Ehre es ist, bei Meister van Rijn lernen zu dürfen, und dass er dieses Vorrecht nicht durch ungebührliches Verhalten aufs Spiel setzen soll.«

Fortan wurde keiner mehr zudringlich. Zwar starrten mich etliche der Schüler weiterhin an und machten zweideutige Scherze, doch darüber ging ich einfach hinweg.

Wenn ich ein wenig Zeit hatte, unterhielt ich mich gern mit Carel und auch mit Samuel van Hoogstraten. Letzterer war mit seinen fünfzehn Jahren der jüngste der elf Schüler. Er stammte aus Dordrecht, und wenn er von seinem Zuhause sprach, war zu spüren, dass er unter Heimweh litt. Mag sein, dass er in mir eine Art Ersatzmutter sah …

»Mein Vater war Silberschmied und Kunstmaler«, erzählte er. »Er hatte eine eigene Malwerkstatt. Mein Bruder und ich gingen bei ihm in die Lehre.«

»Ist dein Vater gestorben?«, fragte ich.

»Ja, vor zwei Jahren.«

»Dann hast du schon als Dreizehnjähriger deinen Vater verloren.« Ich legte ihm die Hand auf die Schulter. »Bestimmt fehlt er dir sehr.«

»Er war ein großer Bewunderer Meister van Rijns. Darum wollte meine Mutter mich zu ihm nach Amsterdam schicken, als ich einen neuen Lehrmeister brauchte. Es hat eine Weile gedauert, bis ich bei ihm anfangen konnte. Als die Nachricht kam, es wäre ein Platz frei, bin ich sofort abgereist.«

»Wie lange bist du schon hier?«

»Erst seit drei Wochen.« Sein schiefes Lächeln verriet sowohl Freude als auch Kummer.

»Es ist nicht einfach, so weit weg von zu Hause zu sein, aber du wirst dich daran gewöhnen. Und dass es ein Glücksfall ist, von Meister van Rijn angenommen zu werden, brauche ich dir sicherlich nicht zu erklären.«

»Nein, das weiß ich wohl«, erwiderte Samuel und machte sich wieder daran, Farbpigmente zu mörsern.

Ich sagte nichts mehr, hatte ich doch gemerkt, dass sein jugendlicher Stolz das Heimweh wieder in den Hintergrund gedrängt hatte.

Jedes Mal, wenn ich auf den Abtritt im Hof musste oder durch das Fenster der Wohnstube blickte, konnte ich sehen, wie das Schützenbild Fortschritte machte. Es schien mir, als könnten die gemalten Personen im nächsten Moment aus der Leinwand hervortreten. Beim ersten Betrachten waren sie für mich noch gesichtslose Unbekannte gewesen, inzwischen war ich einigen der Herren persönlich begegnet. Irgendwie belustigte es mich, Menschen, die ich nur von einem Gemälde kannte, leibhaftig vor mir zu sehen.

Rembrandt lag daran, ihre Besuche möglichst kurz zu halten, was nicht immer gelang. Blieb einer zu lange, gab er nach einer Weile einfach keine Antwort mehr und arbeitete weiter.

Der Mai hielt Einzug und brachte ungewöhnlich warme Tage. Ich öffnete die Fenster weit, aber bis zu Rembrandt in den Hof kam kein Windhauch. Sein Malerkittel wies bald große Schweißflecken unter den Achseln auf.

Ein paarmal am Tag sah er im Vorübergehen zu Saskia hinein, die in der Wohnstube im Bett lag, warf ihr eine Kusshand zu und lächelte. Zumeist aber ging er ganz in seiner Arbeit auf und vergaß dabei alles und jeden um sich herum.

Saskias Zustand verschlechterte sich immer mehr. Sie hatte ständig Fieber und wurde Tag und Nacht von so schlimmen Hustenanfällen geplagt, dass sie Blut spuckte.

Die Anrede »gnädige Frau« gebrauchte ich nicht mehr. Denn was zählen Umgangsformen, wenn ein Mensch, der jünger ist als man selbst, sich an einen klammert und zu ersticken droht?

In der zweiten Maihälfte war Saskias einstige Schönheit endgültig dahin. Ich hatte sie nie gesund erlebt, kannte aber das letzte Bild, das Rembrandt von ihr gemalt hatte. Aus der jugendlich-frischen Frau, die, eine Blume in der Hand, von der Leinwand herablächelte, war eine jammervolle Gestalt geworden, die Wangen eingefallen, die Augen mit dunklen Ringen und tief in den Höhlen liegend.

Mit Neeltjes Unterstützung sorgte ich dafür, dass es weder ihr noch Titus an etwas mangelte. Unsere Welt schrumpfte zusammen. Die Schüler arbeiteten ohne Anleitung, so gut es ging, und es wurden keine Besucher mehr empfangen, abgesehen von Saskias Verwandten und dem Arzt, Doktor Nicolaes Tulp.

Eines Tages, als es ihr besonders schlecht ging, fuhr er in seiner Kutsche vor. Vornehm gekleidet wie immer, mit Talar, weißem Kragen und Hut eilte er nach einem kurzen Gruß neben Rembrandt in die Wohnstube. Dort stellte er seine Tasche ab und untersuchte die Kranke. Er fühlte den Puls und horchte mit einem röhrenförmigen Ding ihre Lunge ab. Ich stand derweil an der Tür. Doktor Tulp lächelte Saskia aufmunternd zu, doch mir entging nicht, dass er dabei einen Seufzer unterdrückte. Er trug mir auf, künftig die Fenster geschlossen zu halten, damit die Luft im Zimmer rein blieb, dann nahm er einen Aderlass vor, um ungesunde Körpersäfte abzuführen.

Anschließend brachte Rembrandt den Arzt zur Tür. Ich blieb bei Saskia und befühlte ihre Stirn; sie glühte geradezu. Das Nachthemd war schweißnass, und sie zitterte am ganzen Körper.

»Durst …«, kam es leise von ihren Lippen.

Ich gab ihr zu trinken und wischte ihr mit einem Tüchlein den Schweiß vom Gesicht. Titus in seiner Wiege gab kleine Jammerlaute von sich.

»Mein Kind«, murmelte Saskia und drehte beunruhigt den Kopf. »Wo ist mein Sohn? Was hat er?«

»Nichts«, sagte ich. »Er ist aufgewacht und möchte beachtet werden, mehr nicht. Es ist alles gut.«

»Ist er krank?« Sie wollte sich aufrichten, aber ich hielt sie davon ab.

»Bleibt ruhig liegen. Titus ist nicht krank, mit ihm ist alles in Ordnung. Keine Sorge.«

»Ich will mein Kind … mein armes Kind!« Sie begann zu weinen.

Prompt kam Rembrandt herbeigeeilt, um nach dem Rechten zu sehen.

»Ist etwas passiert?«, fragte er.

»Nein. Aber sie fiebert stark und hat Angst, Titus könnte krank sein.«

»Mein armes Kind«, jammerte Saskia.

Rembrandt hob den Knaben aus der Wiege und legte ihn in ihre Arme. »Hier ist er, meine Liebste. Keine Bange, er hat nichts. Schau nur, wie er lacht.«

Titus lachte ganz und gar nicht, sondern war unleidlich, weil er Hunger hatte. Aber immerhin beruhigte Saskia sich und wiegte ihren Sohn. »Mein armer Junge«, flüsterte sie. »Lieber, kleiner Titus.« Und sie begann, mit bebender Stimme ein Schlaflied zu singen. Auf ihrer Stirn standen schon wieder Schweißperlen.

Ich sah Rembrandt fragend an. Er bedeutete mir mit einer Geste, sie gewähren zu lassen. Erst als sie einen neuerlichen Hustenanfall bekam, nahm er Titus weg und gab ihn mir. Mit einer Engelsgeduld strich er seiner Frau tröstend über den Rücken. Ich stand mit Titus ein paar Schritte entfernt und schaute zu.

Rembrandt malte nicht mehr. Den ganzen Tag saß er an Saskias Bett, las ihr vor oder sprach leise mit ihr. Nicht einmal, wenn sie schlief, wich er von ihrer Seite. Wenigstens setzte er sich dann in den bequemen Lehnstuhl, wo er sie zeichnete. Dutzende Male. Als es ihr immer schlechter ging, vernichtete er abends die Blätter. Es war, als hätte er das Bedürfnis, alles festzuhalten, nicht aber, es aufzubewahren – wohl wissend, dass er die Erinnerung an ihr Leiden nicht würde ertragen können. So landeten die Zeichnungen im Kaminfeuer.

Als Rembrandt einmal aus dem Raum ging, zog ich rasch die noch nicht angesengten obersten Blätter heraus und versteckte sie in meinem Bettalkoven. Warum ich das tat, hätte ich nicht erklären können.

Anfang Juni ging es Saskia so schlecht, dass sie ihr Testament machen wollte. Der Notar Pieter Barcman wurde für den 5. Juni morgens um neun bestellt.

Er setzte sich neben Saskias Bett. Flüsternd und mit Unterbrechungen diktierte sie ihm ihren Letzten Willen und unterzeichnete dann mit zitternder Hand. Neun Tage später, am 14. Juni 1642, verstarb sie, noch keine dreißig Jahre alt.

Fünf Tage nach ihrem Tod bewegte sich ein langer Trauerzug durch die Breestraat. Acht Träger hatten den Sarg geschultert, der von einem schwarzen Tuch mit Fransen bedeckt war. Dahinter gingen Rembrandt und die Anverwandten; ich folgte mit Titus auf dem Arm in zwei Schritten Abstand.

Das Wetter war inzwischen hochsommerlich, und auf der Straße herrschte reges Treiben. Bei unserem Herannahen aber verstummten die Leute, nahmen ihre Hüte ab oder neigten die Köpfe. Das Geläut vom Turm der Zuiderkerk dröhnte, während wir den Kloveniersburgwal und später die Warmoesstraat entlanggingen, es mischte sich mit dem der Oude Kerk, je näher wir dieser kamen.

Eine große Menge Leute erwartete uns auf dem Kirchplatz, auch sie nahmen die Hüte ab oder neigten die Köpfe.

Von der Trauerfeier in der Kirche bekam ich kaum etwas mit, weil ich fortwährend damit beschäftigt war, Titus im Zaum zu halten, der für seine acht Monate sehr beweglich war und ständig zappelte. An die Gesänge allerdings, die unter den mächtigen Bogengewölben hallten, erinnere ich mich noch gut, ebenso an die Grabplatten auf dem Boden vor unserer Bank. Bei jedem Atemzug war ich mir der Toten in der Erde bewusst und der Tatsache, dass wir alle über kurz oder lang dort liegen würden. So war es dem Menschen bestimmt, der Tod war der Preis für das Leben. Man konnte einzig darum beten, dass das Ende spät kommen und gnädig ausfallen möge.

Rembrandt hatte eine Grabstelle hinter der Kanzel gekauft, nicht weit von der Orgel. Als der Sarg in den Boden gesenkt wurde, ließ ich die Augen über die Anwesenden gleiten.

Verwandte und Bekannte, Freunde und Nachbarn ... Mein Blick blieb an Rembrandt hängen.

Die Krankheit seiner Frau war der Grund gewesen, dass ich eine Stellung bekommen hatte, die nun womöglich dauerhaft wurde. Dennoch hätte ich Saskia, das schwöre ich, ohne Zögern zurückgeholt, hätte das in meiner Macht gestanden, so sehr schnitt mir sein Anblick ins Herz. Ein gebrochener Mann, am Boden zerstört. Es hätte mich nicht gewundert, wenn er vor Kummer tot niedergesunken wäre, sodass man ihn zu Saskia ins Grab hätte betten müssen.

In den darauffolgenden Nächten träumte ich von Abraham, und wenn ich beim Morgengrauen erwachte, dachte ich darüber nach, wie viel Leid und Elend es doch auf dieser Welt gab. Aber offenbar waren wir Menschen stärker, als wir glaubten. Wir brachen nicht unter dem zusammen, was uns auferlegt wurde, selbst dann nicht, wenn es unerträglich schien.

9

In dem großen Haus an der Breestraat war es still geworden. Keiner wagte es mehr, laut zu reden oder gar zu lachen. Wann immer ich Heringe und Bier zu den Schülern hinauftrug, war es im Saal so leise, dass man die Pinsel über die Maltafeln streichen hörte. Weil mir die Tritte meiner Pantoffeln auf dem Dielenboden zu laut erschienen, ging ich in Strümpfen und auf Zehenspitzen.

Rembrandt hatte sich ganz und gar in die Arbeit an seinem Schützenbild gestürzt.

Rückblickend bin ich überzeugt, dass dieser Auftrag seine Rettung war. Ohne ihn hätte er bestimmt nur noch Bildnisse seiner Frau gemalt oder wäre in eine jahrelange Lethargie verfallen. Aber so elend ihm auch zumute war, das Gemälde *musste* fertig werden, warteten die Auftraggeber doch mit Ungeduld darauf.

An einem brütend heißen Julitag war es so weit: Das Werk war vollendet. Es trug den Titel *Offiziere und andere Schützen des Bezirks II in Amsterdam unter Führung von Hauptmann Frans Banninck Cocq und Leutnant Willem van Ruytenburch.* Am Nachmittag der Fertigstellung – die Farbe war noch nicht ganz trocken – erschienen die Herren, um es in Augenschein zu nehmen.

Neeltje und ich hatten auf dem Tisch, der sonst immer voller Farbtöpfe und Malzubehör gewesen war, Speisen und Getränke aufgetragen, denn der große Moment sollte gefeiert werden. Die Herren redeten durcheinander, prosteten sich zu und lobten Rembrandt. Ein paar allerdings machten säuerliche Mienen, weil sie sich in den dunklen Bereichen abgebildet fanden, und auch die Auftraggeber waren nicht rundherum zufrieden. »Dieses Gemälde passt überhaupt nicht zu den anderen im großen Saal unseres Schützenhauses«, nörgelte einer.

Im Allgemeinen jedoch war man begeistert.

Ich selbst hatte noch gar keine Zeit gehabt, mir das fertige Bild genau anzusehen. Jetzt, da ich davorstand, merkte ich, was Rembrandt die letzten zwei Tage so beschäftigt hatte: Die junge Frau, die zwischen den Männern hindurchzuhuschen schien, hatte nun Saskias Züge.

Wenige Tage später wurde das Bild zusammengerollt und per Karren in die Nieuwe Doelenstraat gebracht, wo es im Festsaal der Amsterdamer Schützengilde seinen Platz fand.

Sechzehnhundert Gulden erhielt Rembrandt als Bezahlung. Ein hoher Betrag, der jedoch in die Tilgung von Schulden floss. Rembrandts Schulden waren hoch, obwohl er gut verdiente; für ein Porträt verlangte er die stattliche Summe von hundert Gulden.

Seit die Haushaltsführung mir ganz oblag, wusste ich um die Probleme hinter der herrschaftlichen Hausfassade. Ich hatte das Kassenbuch liegen sehen und darin geblättert. Ob mir das erlaubt war, wusste ich nicht, aber es konnte ja nicht schaden, einen raschen Blick hineinzutun. Aus dem raschen Blick wurde eine gute Stunde, und dann wusste ich Bescheid.

Rembrandt und Saskia hatten über ihre Verhältnisse gelebt. Für das Haus, das sie 1639 bezogen hatten, war ein sehr hoher Kaufpreis vereinbart worden, der noch längst nicht vollständig entrichtet war. Rembrandt war anscheinend davon ausgegangen, dass die Nachfrage nach seinen Bildern weiterhin groß sein, wenn nicht gar wachsen würde.

Dann aber hatte das Schicksal zugeschlagen: Saskia war erkrankt, und seitdem waren sehr viel weniger Gemälde entstanden.

Zwar hatte Rembrandt nach ihrem Tod neue Aufträge erhalten, doch er beeilte sich nicht, sie auszuführen. Und von Carel Fabritius erfuhr ich, dass noch eine unangenehme Sache anhängig war. Vor einiger Zeit, so erzählte er, habe Rembrandt den Bürgermeister Andries de Graeff porträtiert, jedoch nicht zu dessen Zufriedenheit.

»De Graeff beklagte die mangelnde Ähnlichkeit und verweigerte die Bezahlung«, sagte Carel. »Sie steht nach wie vor aus.«

»Mangelnde Ähnlichkeit?« Ich war verwundert. »Das kann ich mir kaum vorstellen. Meister van Rijn malt doch so naturgetreu.«

»Vielleicht zu sehr. Er schmeichelt den Leuten nicht, sondern stellt sie so dar, wie sie aussehen: mit Doppelkinn, Pusteln, Tränensäcken und so weiter. Das schätzt nicht jeder, schon gar nicht ein ehrgeiziger Ratsherr.«

»Eine Frage der Eitelkeit also. Kann er das Porträt denn nicht ein wenig abändern?«

Carel musste lachen. »Da kennt Ihr den Meister aber schlecht! Das würde er keinesfalls tun. Selbst wenn er dann sein Geld bekommen würde.«

»Um welche Summe geht es?«

»Fünfhundert Gulden«, sagte Carel.

Fünfhundert Gulden! Mit diesem Betrag wäre die Schuldenlast zwar bei Weitem nicht abgetragen, aber zumindest nicht mehr ganz so hoch. Ich musste mit Rembrandt darüber reden. Womöglich konnte er die Zahlungen für das Haus bald nicht mehr leisten, und wir würden alle auf der Straße stehen. Streng genommen war das Ganze nicht meine Angelegenheit, aber ich konnte unmöglich zulassen, dass alles den Bach hinunterging.

Ich entschloss mich, ihn in seiner Werkstatt aufzusuchen.

Dort war es drückend warm, kein Fenster stand offen. Und weil die Läden halb geschlossen waren, gelangte nur durch die oberen Fensterflügel ein wenig Licht herein.

Rembrandt saß mit dem Rücken zu mir. Er arbeitete an einem Porträt Saskias und schien mich nicht gehört zu haben. Ich klopfte an die halb offene Tür, faltete die Hände vor dem Schoß und wartete.

Schließlich warf er Palette und Pinsel beiseite und drehte sich mit einem Seufzer um. »Was gibt es, Geertje?«

Ich nahm all meinen Mut zusammen und sagte: »Ich möchte mit Euch über Geld sprechen.«

»Muss das jetzt sein?«

»Es ist ohnehin Essenszeit. Das Mittagsmahl ist in der Küche angerichtet.«

»Bringt mir das Essen, ich will weiterarbeiten.«

Mein Blick wanderte zu Saskias Bildnis. Es war wunderschön, aber natürlich nicht zum Verkauf bestimmt. Die Dunkelheit im Raum verursachte mir allmählich Beklemmungen. Ich holte tief Luft und sprudelte dann heraus, was ich auf dem Herzen hatte.

»Wenn es so weitergeht, kann ich bald keine Einkäufe mehr machen. Die Krämer und Marktleute wollen nicht mehr anschreiben, und die Rechnungen stapeln sich. Ich mache mir Sorgen«, schloss ich.

»Aber das Geld für das Schützenstück ist doch eingegangen, oder?«

»Schon, aber das reicht nicht.«

»Sechzehnhundert Gulden! Wie sollte das nicht reichen?«

Ich konnte kaum fassen, dass er über seine finanzielle Lage so wenig im Bilde war.

»Eure Schulden sind um ein Vielfaches höher. Es ist vonnöten, dass neue Aufträge hereinkommen. Und die fünfhundert Gulden für das Bürgermeisterporträt werden auch dringend gebraucht.«

Seine Züge verhärteten sich, und er stand so unvermittelt auf, dass sein Hocker umfiel. Mit großen Schritten eilte er an ein Fenster, riss es auf und stieß die Läden zur Seite. Endlich Licht und frische Luft – ich atmete auf.

»Was genau hat der Auftraggeber an dem Bild bemängelt?«, fragte ich vorsichtig.

»Der Auftraggeber ist ein aufgeblasener Tölpel, der nichts von Kunst versteht und sich für den Größten hält. Er will ein Porträt, das ihm zu Ehre und Ruhm gereicht, auch wenn es ihm nicht ähnlich sieht.«

»Lassen die Leute sich denn nicht immer aus diesem Grund malen?«

Rembrandt fuhr herum. »Für eitle Gecken arbeite ich nicht! Wenn ich jemanden porträtiere, muss derjenige hinnehmen, dass ich male, was ich sehe!«

Seine Worte überraschten mich nicht – so ähnlich hatte Carel es auch ausgedrückt.

»Heißt das, wir bekommen das Geld nicht?«, fragte ich nach kurzer Stille.

»Und ob wir es bekommen! Notfalls gehe ich vor Gericht!«

»Aber de Graeff ist doch als Bürgermeister mit der Gerichtsbarkeit betraut«, wandte ich erschrocken ein.

»Zusammen mit drei weiteren Bürgermeistern und den Schöffen. Aus diesem Grund haben wir *vier* Bürgermeister: Die Macht darf nicht bei nur einer Person liegen.«

»Somit müssen die anderen Bürgermeister ein Urteil über Mijnheer de Graeff sprechen?«

»Darauf läuft es hinaus.«

»Befürchtet Ihr nicht, dass sie parteiisch sein könnten?«

»Darauf bin ich tatsächlich höchst gespannt«, meinte Rembrandt, »aber wie auch immer die Sache ausgeht, sie sollen wissen, dass mit mir nicht zu spaßen ist.«

Der Fall mit dem Bürgermeisterporträt kam nicht vor Gericht, sondern wurde von einem Ausschuss aus Künstlern und Regenten behandelt. Rembrandt empfand es als Demütigung, dass andere Maler, die ihm seiner Meinung nach nicht das Wasser reichen konnten, sein Werk beurteilen sollten, und in seiner Wut fertigte er eine Zeichnung an, die an Deutlichkeit nicht zu übertreffen war. Sich selbst stellte er als Künstler dar, der sich nach Verrichten seiner Notdurft den Hintern mit einem Blatt voller Stellungnahmen abwischte. Neben ihm standen vornehm gewandete Männer, die sein Gemälde begutachteten, sowie mehrere Schüler, die Farbpigmente zerstießen und sich das Lachen über die dummen Bemerkungen der Gutachter nicht verbeißen konnten. Den Bürgermeister Andries de Graeff hatte er als Esel abgebildet.

Er wollte die Zeichnung veröffentlichen, aber ich ließ sie verschwinden und gab mich ahnungslos, als er schimpfend und fluchend danach suchte.

Kurz darauf trat der Ausschuss zusammen, und Rembrandt bekam recht. Bürgermeister de Graeff musste ihm die geschuldete Summe zahlen, was er auch tat, danach jedoch wurde es stiller um Rembrandt. Die Porträtaufträge der Patrizier ergingen nun nicht mehr an ihn, sondern an ehemalige Schüler wie Govert Flinck und Ferdinand Bol.

Er schien sich nichts daraus zu machen. An Ehre und Ansehen war ihm nicht viel gelegen, so etwas tat er als Prahlerei ab, und um Geld machte er sich schon gar keine Gedanken.

»Alles Großtuer, diese feinen Herrschaften«, sagte er einmal, als wir beim Abendessen saßen. »Tanzen zum Modellsitzen mit einem ganzen Gefolge von Dienstmädchen und Sekretären an und schneiden hochmütige Fratzen, aber wenn ich sie so male, passt es ihnen auch nicht. Sie sind eben gewohnt, dass jeder ihren Willen tut. Aber ich nicht!«

Seine Abneigung gegen die »feinen Herrschaften« führte mitunter zu peinlichen Situationen. Er empfing sie zwar, ließ aber deutlich merken, dass man ihn aus der Arbeit herausgerissen hatte, bot nichts zu trinken an und gab sich wortkarg. Für reiche Kaufleute, die ihr Kommen angekündigt hatten, nahm er sich Zeit, er stand aber höchst ungern im Ladenraum, um seine Bilder anzupreisen.

»Das hat immer meine Frau gemacht«, sagte er.

»Ich könnte es tun«, bot ich an.

Er musterte mich zweifelnd.

»Titus ist ein ruhiges Kind, er macht mir nicht viel Arbeit. Und er mag Neeltje sehr gern«, sagte ich, gespannt, wie seine Entscheidung ausfallen würde. Mich solcherart zu betätigen fand ich reizvoll, außerdem käme Geld herein, wenn ich den Leuten Radierungen und Zeichnungen verkaufen könnte, die stets gefragt waren.

Aber Rembrandt war nicht vollends überzeugt. »Ich werde darüber nachdenken«, beschied er mir.

Nicht lange danach begann er mit der Arbeit an einem Historiengemälde und musste mich wohl oder übel in den Laden schicken. Selbst hatte er nun keine Zeit mehr dafür, zumal er auch noch seine Schüler unterweisen musste.

Eines Nachmittags hatte ich etwas in seiner Werkstatt zu erledigen und trödelte herum, weil ich gern wissen wollte, was das Bild darstellte. Ich reckte gerade den Hals, da blickte er zur Seite, lachte und winkte mich heran.

Ich trat vor die Leinwand. Von Nahem waren nur willkürliche Pinselstriche zu sehen, doch als ich ein paar Schritte Abstand nahm, gewahrte ich einen hellblauen Mantel, der so täuschend echt aussah, dass ich versucht war, mit den Fingerspitzen darüberzustreichen.

»Ich nenne das Bild *Davids Abschied von Jonathan*«, sagte Rembrandt. »Kennt Ihr die Geschichte?« Ohne meine Antwort abzuwarten, sprach er weiter: »Jonathan war der Sohn König Sauls und der beste Freund von dessen Feind David. König Saul wollte David töten lassen, weil er glaubte, dieser trachte nach dem Thron. David aber konnte rechtzeitig fliehen. Hier verabschiedet er sich gerade von seinem Freund Jonathan.«

Mit einem Mal spürte ich die große Verzweiflung, die aus dem Bild sprach. Ich musste an Abraham denken und biss mir auf die Lippe.

»Was ist mit Euch?« Rembrandt sah mich forschend an.

Ich schluckte ein paarmal und sagte leise: »Ich musste an meinen Mann denken. Er ist seit Jahren tot, aber manchmal kommt es mir vor, als wäre er gestern erst gestorben.«

»Trauer kennt keine Zeit.« Rembrandt hob den Pinsel und tupfte an Jonathans Haaren herum. »Wie lange ist es her, dass Euer Mann gestorben ist?«

»Acht Jahre. Er war zweiunddreißig, so alt wie ich heute bin.«

Wortlos malte Rembrandt weiter. Die Stille währte so lange, dass ich mich schon zurückziehen wollte, da legte er plötzlich den Pinsel weg.

»Was für ein Gott ist das, der erst mit vollen Händen gibt und dann alles wieder nimmt?«, murmelte er.

Ich setzte mich auf einen Hocker. Den Blick auf das Bild

gerichtet, sagte ich: »Das habe ich mich beim Tod meines Mannes auch gefragt. Wir hatten erst ein paar Monate zuvor geheiratet. Warum hat Gott ihn mir so früh wieder genommen? Warum hat er mir nicht wenigstens ein Kind gegönnt, das mir Trost hätte sein können?«

»Saskia und ich hatten eine schöne gemeinsame Zeit«, fuhr Rembrandt nach kurzem Schweigen fort. »Aber wir haben drei Kinder verloren, einen Sohn und zwei Töchter. Rombertus ist nur zwei Monate alt geworden, und die beiden Mädchen haben keine zwei Wochen gelebt. Was haben wir in Gottes Augen falsch gemacht, dass wir solches Leid verdienen?«

Gewiss erwartete er keine Antwort, ich wollte aber doch versuchen, ein wenig Trost zu spenden. »Ich glaube nicht, dass wir etwas falsch gemacht haben«, sagte ich. »Es geschieht einfach so. Meine frühere Dienstherrin Geertruida Beets hat einmal gesagt, Eltern hätten die Aufgabe, ihren Kindern nicht in allem nachzugeben, weil ihnen das im Leben nicht weiterhilft. Was Glück ist, kann nur der ermessen, der Unglück erlebt hat – und Gott will, dass wir schätzen, was wir haben.«

Rembrandt sah mich aus dem Augenwinkel an. »Und das glaubt Ihr?«, fragte er.

»Natürlich glaube ich das«, erwiderte ich leicht verwirrt.

»Ich nicht. Ich glaube ohnehin nicht an Gott. Schon sehr lange nicht mehr.«

Seine Worte verunsicherten mich vollends. Ich wies auf das Gemälde und fragte: »Warum malt Ihr dann das hier? Warum eine Geschichte aus der Bibel?«

»Weil ich so Dramatik und Gefühle darstellen kann. Biblische Szenen eignen sich gut dafür, anders als Porträts oder Landschaften.«

»Aber Ihr ... Es kann doch nicht sein, dass Ihr *gar nicht* an Gott glaubt?«

»Ein bisschen glauben kann man nicht«, sagte Rembrandt. »Wenn Gott will, dass ich wieder zum Glauben finde, muss er sich mehr Mühe geben.«

Dazu wollte ich mich lieber nicht äußern. Denn ich war, ehrlich gesagt, entsetzt. Noch nie hatte ich erlebt, dass jemand ganz offen und ohne jegliche Skrupel sagte, er glaube nicht an Gott.

Dennoch: Das Gespräch bewirkte, dass ich meinen eigenen Glauben infrage stellte. Die ganze dunkle Nacht rang ich mit den Dämonen des Zweifels, um beim Morgendämmern erleichtert zu dem Schluss zu gelangen, dass mein Vertrauen in den Herrn ungebrochen war.

10

Der ungewöhnlich warme Spätsommer verlockte Rembrandt des Öfteren, das Haus zu verlassen. Sobald das Stadttor geöffnet wurde, machte er sich mit dem Skizzenbuch unter dem Arm auf den Weg. Irgendwo an der Amstel ließ er sich nieder, manchmal ging er auch bis nach Diemen.

Am 22. September wurde Titus ein Jahr alt. Ich nahm ihn mit zum Nieuwmarkt und kaufte ihm einen Kreisel.

Sein Vater war den ganzen Tag unterwegs. Als es Zeit zum Abendessen war, stand er plötzlich in der Küchentür. Seine große Gestalt verdeckte einen Teil des einfallenden Lichts.

»Heute ist Titus' Geburtstag«, sagte ich mit leicht vorwurfsvollem Tonfall.

»Das weiß ich.«

»Es wäre schön gewesen, wir hätten mit ihm gefeiert.«

»Ein einjähriges Kind weiß noch nicht, was Feiern ist.« Rembrandt trat in die Küche und schenkte sich einen Krug Bier ein. »Ich war bei Saskia«, sagte er und war im nächsten Moment verschwunden.

So ging das eine ganze Weile. Erst als die Schüler zu murren begannen, weil Rembrandt sie nicht mehr unterwies, blieb er öfter zu Hause.

Eines warmen Oktobernachmittags tat Titus unter meiner Aufsicht in der Diele, wo reichlich Platz war, seine ersten Schritte. Ich hatte die oberen Fensterflügel geöffnet, um für ein wenig Kühle zu sorgen. Nun ging ich in die Hocke und breitete die Arme aus. Titus sah niedlich aus mit seinen rotbraunen Locken, dem dunkelblauen Samtkleidchen und der silbernen Rassel im Händchen. Letztere hatte sein Vater ihm geschenkt, nicht nur als Spielzeug, sondern auch, um böse Geister fernzuhalten.

»Komm zu Geertje, mein Schatz!«, ermunterte ich ihn. »Mach einen Schritt. Ja. Gut so. Und noch einen … und noch einen!«

Titus fiel mir entgegen, und ich küsste ihn auf die Bäckchen.

Als ich mich mit dem Jungen in den Armen aufrichtete, bemerkte ich, dass Rembrandt uns durch das ovale Fenster des Treppenhauses zusah.

Schnelle Schritte auf den Stufen, und schon stand er da. »Seit wann kann mein Sohn laufen?«, fragte er.

»Erst seit Kurzem. Anfangs hat er nur einen Schritt gemacht, jetzt schafft er schon drei. Ganz ohne Festhalten!« Ich sagte es so stolz, als wäre ich seine Mutter.

Rembrandt nahm mir das Kind ab und lachte es an. »Gut gemacht, mein großer Junge!«

»Papa …« Titus griff in seines Vaters Bart.

»Hast du das gehört?« Rembrandt, der mich inzwischen duzte, wirkte überrascht.

Ich nickte lächelnd.

»Hat er das zum ersten Mal gesagt?«

»Ja«, antwortete ich, doch das war eine Lüge. Titus hatte schon öfter »Papa« gesagt und auf eines der Selbstbildnisse oder auf die geschlossene Werkstatttür gezeigt.

»Neeltje hat gesagt, während du vorhin auf dem Markt warst, habe jemand nach dir gefragt«, fuhr Rembrandt fort. »Dein Bruder, glaube ich.«

»Pieter?« Vor Freude bekam ich Herzklopfen. »Wo ist er jetzt?«

»Das weiß ich nicht, frag Neeltje. Ich muss wieder an die Arbeit.«

Er gab mir Titus und stieg die Treppe hinauf.

Ich eilte in den Hof, wo Neeltje beim Waschen war. Ja, es sei in der Tat Pieter gewesen, sagte sie, er wolle später wiederkommen.

»Wann?«, fragte ich.

»Das hat er nicht gesagt.«

Gegen Abend kam er. Neeltje und ich saßen gerade bei einem Becher Dünnbier in der Diele. Der lauen Luft wegen war nur der untere Teil der Tür geschlossen, und mit einem Mal erschien darüber das Gesicht meines Bruders.

Ich sprang auf, stellte meinen Becher auf den Stuhl und beeilte mich, ihn hereinzulassen.

»Wie schön, dass du kommst! Ich habe schon befürchtet, du könntest bereits nach Ransdorp zurückgegangen sein.« Ich umarmte ihn herzlich.

Er küsste mich auf die Wange und hielt mich dann ein wenig von sich ab. Seine Miene verriet, dass es für sein Kommen einen ernsten Grund gab.

Mein Herz setzte ein paar Schläge aus. »Ist es ... Mutter?«

»Vater«, sagte er. »Vor einer Woche ist er gestorben. Ganz plötzlich.«

»Aber wie ... wie kann das sein? War er krank?«

»Nein, es ist mitten in der Arbeit geschehen. Sein Herz hat aufgehört zu schlagen, er ist einfach umgefallen.«

Mir kamen die Tränen, und Pieter zog mich wieder an sich. »Er war nicht mehr der Jüngste, Geertje, und hat immer hart gearbeitet. Zu hart. Es war damit zu rechnen, dass so etwas passiert.«

Mag sein, dass Pieter damit gerechnet hatte, ich jedenfalls nicht. Unser Vater war immer gesund und kräftig gewesen. Harte Arbeit, so sagte er oft, habe noch keinem geschadet – offenbar ein Irrtum.

Neeltje hatte inzwischen Rembrandt Bescheid gesagt und bestellte uns von ihm, Pieter sei eingeladen, zu übernachten und mit uns zu essen.

»Ich bin in einer Herberge in der Nähe untergekommen«, sagte Pieter, »aber eine Mahlzeit schlage ich nicht aus.«

Wenig später aßen wir zu viert in der Wohnstube und hatten es, trotz des traurigen Anlasses für Pieters Besuch, recht gemütlich.

Ich beobachtete, wie angeregt Rembrandt sich mit meinem Bruder unterhielt. Dabei wurde mir innerlich ganz warm, und zugleich empfand ich so etwas wie Stolz.

Pieter hatte noch eine weitere Neuigkeit: Er werde künftig als Schiffszimmermann in Diensten der Vereinigten Ostindien-Kompanie zur See fahren. Das ließ Rembrandt aufhorchen; er bat meinen Bruder, ihm von seinen Reisen Muscheln und fremdländische Kleidungsstücke mitzubringen, er wolle ihn dafür auch reichlich entlohnen. Pieter war gern bereit, ihm den Gefallen zu tun; überhaupt zeigte er sich von Rembrandt sehr beeindruckt.

Beim Abschied schüttelten die beiden Männer einander lange die Hand und vereinbarten ein baldiges Wiedersehen. Ich stand dabei, und mir war, trotz der Trauer um meinen Vater, seltsam leicht ums Herz.

Die Tage wurden kürzer, aber immer noch war es schön. Das Laub der Bäume flammte rot im goldenen Herbstlicht. Erst Ende November schlug das Wetter um, und es regnete tagelang. Ich beschloss, in der Kunstkammer sauber zu machen. Diesen Raum hatte ich bisher noch nie betreten, weil Rembrandt ihn verschlossen hielt, aber dass auch dort einmal Staub gewischt werden musste, sah er ein. Er händigte mir den Schlüssel aus, nicht ohne mich zu ermahnen, auch ja vorsichtig mit seiner Sammlung zu sein.

Ich betrat das Zimmer, blieb aber schon nach zwei Schritten stehen, weil ich mich in einer vollkommen fremden Welt wähnte.

Ich sah federgeschmückte Indianerkleidung, alte Rüstungen und Helme sowie Waffen aller Art: Pfeile und Wurfspieße, Musketen und Pistolen. Die Waffen fesselten meine Aufmerksamkeit nicht sehr, umso mehr die anderen Sachen: ausgestopfte bunte Vögel, weiße und rosa schimmernde Steine, bunt gemusterte Stoffe, glänzende Lackdosen und merkwürdig anmutende Musikinstrumente wie Zithern und Nasenflöten. Mir gingen fast die Augen über, und mit einem Mal begriff ich, warum Rembrandt meinen Bruder um Mitbringsel von seinen Fahrten gebeten hatte.

Um diese Sammlung zusammenzutragen, musste er zahllose Nachlassversteigerungen besucht und Unsummen ausgegeben haben. Kein Wunder, dass das Geld knapp war.

Ich machte mich ans Staubwischen und achtete sorgfältig darauf, nichts umzustoßen. Als ich fertig war und wieder nach unten ging, begegnete ich Rembrandt auf der Treppe.

»Komm mit«, forderte er mich auf.

Ich folgte ihm in seine Werkstatt, wo er auf einen Hocker deutete. Gehorsam setzte ich mich. Er musterte mich kurz, dann legte er mir eine rote Halskette um und sah mich erneut prüfend an.

Ich lachte, um meine Verlegenheit zu überspielen, er jedoch blieb ernst. Sein Blick haftete an der Leinwand; mir wurde klar, dass er darauf bereits das Bild sah, das er im Kopf hatte.

»Schau ein wenig zur Seite«, sagte er. »Und leicht nach unten. Ja, so. Nicht lachen.«

Und dann malte er mich, mit hastigen Pinselstrichen, so als wollte er das späte Licht bis zur Neige nutzen.

Bestrebt, meine Sache als Modell gut zu machen, blieb ich reglos sitzen, obwohl mir nach einer Weile der Rücken schmerzte und es an der Wange juckte.

Jedes Mal, wenn er zu mir hersah, durchlief mich ein wohliger Schauer. Ich musste blinzeln. Aber er rügte mich nicht, vielleicht war es ihm gar nicht aufgefallen, oder er störte sich nicht daran.

So plötzlich, wie die Sitzung begonnen hatte, war sie auch wieder zu Ende. »Danke«, sagte er und hieß mich aufstehen.

Zu gern hätte ich mir das Gemälde angeschaut, doch er lehnte es mit der Bildseite nach hinten an die Wand.

»Es ist noch nicht fertig«, sagte er. »Sobald es fertig ist, bekommst du es.«

Eine Woche später war es so weit. Auch nach längerem Betrachten wusste ich nicht recht, ob das Bild mir gefiel. Es war unleugbar gut, nur wirkte ich darauf sehr bleich und müde. Ob Rembrandt mich so sah?

Dennoch freute es mich. Er hatte mich gemalt! Mich!

11

Mitte Dezember brach der Winter herein. Als ich eines Morgens aus dem Fenster schaute, waren die Straßen, Dächer und Brückengeländer schneebedeckt.

Ich gab Titus zu essen, zog ihm dann seine dicksten Sachen über und trug ihn in die Diele. Dort trafen wir Rembrandt an.

»Du gehst doch hoffentlich nicht mit dem Kind nach draußen?«, fragte er stirnrunzelnd.

»Doch. Es hat geschneit. Das wird Titus gefallen.«

»Bist du närrisch? Er wird krank!«

»Er ist warm eingepackt. Und die kalte Luft ist rein, Frostwetter ist gesund.«

»Aber der Schnee ist nass. Wenn der Kleine hinfällt, werden auch seine Kleider nass, und er hat sich im Nu verkühlt. Er bleibt im Haus!«

Ich legte Rembrandt die Hand auf den Arm. »Ich verstehe, dass Ihr besorgt seid. Aber Ihr könnt Euren Sohn doch nicht einsperren, er muss im Freien spielen können. Und es sind so viele Kinder auf der Straße, hört doch nur!«

Von draußen waren Kinderstimmen zu hören, die fröhlich durcheinanderriefen.

Rembrandt schwieg. Er spähte durch das Bleiglasfenster und meinte dann, nach einem Blick auf seinen eingemummelten Sohn: »Nun gut. Aber nur kurz. Und wenn er nass wird, bringst du ihn sofort ins Haus.«

Ich nickte und ging mit Titus hinaus, ehe sein Vater es sich anders überlegen konnte. Vor den verschneiten Stufen setzte ich ihn ab. Er konnte inzwischen einigermaßen laufen und war ganz verzückt, als seine Stiefelchen bei den ersten Schritten im Schnee einsanken.

Mit dem Kind an der Hand ging ich ein Stück durch die Breestraat, vorbei an Fuhrwerken, die sich einen Weg bahnten. Zur Straßenmitte hin hatte sich die weiße Pracht bereits in braunen Matsch verwandelt und war mit Pferdeäpfeln übersät. An den Rändern jedoch, nahe der Häuser, war der Schnee noch unberührt.

Titus war hellauf begeistert. Mit vor Staunen großen Augen stapfte er durch das seltsame Weiß und lachte beim Anblick eines Hundes, der die Schnauze hineinsteckte.

Ich formte einen Schneeball und legte ihn in seine Hand.

»Den musst du werfen!«

Titus warf ihn nach mir, und ich tat, als würde ich erschrecken und beinahe umfallen. Er lachte übers ganze Gesicht und bückte sich sogleich, um selbst einen Schneeball zu machen. Ich half ihm und sah aus dem Augenwinkel, dass Samuel aus dem Haus kam.

Ich warf den Schneeball nach ihm und noch einen zweiten, dann aber sah ich sein Gesicht. Den dritten Schneeball ließ ich fallen, nahm Titus bei der Hand, und wir gingen auf Samuel zu.

»Was ist passiert?«, fragte ich. »Hast du geweint?«

Er grinste verlegen, wie Jungen seines Alters es oft tun, wischte sich übers Gesicht und schüttelte den Kopf.

»Aber du hast doch etwas?«, beharrte ich. »Was machst du hier draußen?«

»Es ist nichts. Ich wollte nur kurz an die frische Luft.« Seine Stimme klang ein wenig heiser.

»Komm, lass uns ein Stück laufen.«

Samuel übernahm Titus, und wir gingen durch die Breestraat in Richtung Stadttor.

»Es ist nicht immer einfach, bei Meister van Rijn Schüler zu sein«, begann er schließlich. »Ich weiß sehr gut, dass es ein Vorrecht ist, und er bringt mir auch ungeheuer viel bei, aber ...« Er verstummte und drehte das Gesicht weg, wohl um zu verbergen, dass ihm die Tränen kamen.

»Ich weiß, dass er hohe Anforderungen stellt«, sagte ich. »Und manchmal höre ich ihn schimpfen. Aber nicht nur mit dir.«

»Ja, wir bekommen alle unser Teil ab. Aber es gibt Tage, da halte ich das nicht gut aus.«

»Und warum heute nicht?«

Er zuckte mit den Schultern. »Ich bin ein bisschen traurig. Heute jährt sich der Sterbetag meines Vaters, und da wäre ich gern zu Hause gewesen.«

»Das verstehe ich. Du hast dich gut mit deinem Vater verstanden, nicht wahr?«

Es brauchte nur diesen kleinen Schubs, damit Samuel von seiner Familie erzählte. Er sprach mit so viel Liebe über seine Eltern, die drei Brüder und vier Schwestern, dass ich nachempfinden konnte, weshalb es ihn hart ankam, so ganz allein in Amsterdam zu sein.

Inzwischen hatten wir das Stadttor erreicht und durchquerten es. Auf dem Wall blieben wir stehen und blickten schweigend über das verschneite Land.

»Das würde ich gern malen«, sagte Samuel nach einer kleinen Weile. »Diesen bleichen Himmel, diese reine unberührte Landschaft mit dem Kirchturm in der Ferne ... ist das Diemen?«

»Ich glaube schon.«

»Es ist schön hier. Fast so schön wie um Dordrecht.«

»Schnee ist überall weiß«, sagte ich, und das brachte ihn zum Lachen.

»Wir sollten zurückgehen.« Samuel hielt Titus so, dass er ihm ins Gesichtchen schauen konnte. »Es wird Zeit, dass der kleine Mann wieder ins Warme kommt, er hat schon eine ganz rote Nase.«

Wir machten uns auf den Rückweg. Unterwegs fragte Samuel nach meiner Familie und wollte wissen, was mich nach Amsterdam verschlagen hatte. Ich erzählte, und ehe wirs uns versahen, waren wir zu Hause.

Wir traten uns gerade bei der Tür den Schnee von den Schuhen, da hörten wir schnelle Schritte auf der Treppe, und gleich darauf stürmte Rembrandt auf uns zu. Er riss seinen Sohn an sich und brüllte, was zum Teufel mir einfalle, so lange mit dem Kleinen draußen zu bleiben, ob er denn krank werden solle, damit er *noch* ein Kind verliere ... Ob ich ganz und gar den Verstand verloren hätte?

Verunsichert ob dieser Standpauke schaute ich von Rembrandt zu Titus, der mit seinen frischen roten Bäckchen ein Muster an Gesundheit war.

Rembrandt ließ mir keine Gelegenheit zur Rechtfertigung, sodass ich es für das Beste hielt, zu warten, bis seine erste Wut verraucht war. Samuel war unterdessen die Treppe hinaufgeschlichen.

Titus begann zu weinen. »Da siehst du, was du angerichtet hast: Er fühlt sich unwohl!«, fuhr Rembrandt mich an.

»Ich glaube eher, er weint, weil sein Vater so fürchterlich schreit.« Kurz entschlossen nahm ich das Kind an mich. »Wir waren keinesfalls zu lange im Freien. Titus hat es genossen. Er war warm eingepackt und hat nicht gefroren. Und jetzt mache ich ihm warme Milch mit Anis.«

Ohne Rembrandts Gegenrede abzuwarten, ging ich mit Titus in die Küche. Ich hatte mir den Anschein von Ruhe gegeben, doch als ich das weinende Kind in seinen Stuhl setzte, zitterten mir die Hände. Und meine Stimme bebte, als ich es mit sanften Worten zu beruhigen suchte.

Um Rembrandt nicht gleich wieder über den Weg zu laufen, ging ich mit Titus auf den Speicher, nachdem er seine Milch getrunken hatte. Dort lag – wie ich wusste – altes Spielzeug, das früher Saskia gehört hatte.

Der Speicher nahm die gesamte Länge und Breite des Hauses ein. Im spärlichen Licht, das durch zwei Dachfenster hereinfiel, kramte ich in den ausgemusterten Sachen herum und wurde dabei allmählich ruhiger.

Titus tapste bald hierhin, bald dorthin und zeigte auf verschiedene Gegenstände.

»Ja, ein Spinnrad«, sagte ich. »Und das da ist ein Blasebalg, aber der scheint kaputt zu sein. Warum dein Vater den wohl aufbewahrt hat, wo hier schon so viel Plunder herumliegt? Oh, was haben wir denn da?«

Zwischen Körben und Kisten hatte ich ein Schaukelpferd entdeckt. Ich zog es hervor, wischte den Staub ab und setzte Titus darauf.

Während er vergnügt schaukelte, zog ich eine kleine Truhe heran. Es war ein schönes Exemplar aus Eichenholz, eisenbeschlagen und mit Schnitzereien verziert.

Ich öffnete den Deckel. Die Truhe enthielt Kleidung für Säuglinge: die Sachen von Rombertus und von den Mädchen, die beide Cornelia geheißen hatten.

Ich nahm die winzigen Hemdchen, Höschen und Mützchen nacheinander in die Hand und stellte mir dabei die Kinder vor, so bildlich, dass ich ihr Wimmern und Weinen zu hören meinte.

Würde ich jemals ein eigenes Kind haben? Die qualvolle Niederkunft durchstehen, um hinterher mit anderen Müttern in verbrämten Worten darüber zu sprechen? Würde ich je erfahren, was es bedeutete, ein Kind auszutragen, auf die Welt zu bringen und es bedingungslos zu lieben?

All dies schien mir unerreichbar, und ich tröstete mich mit dem Gedanken, dass mir so Schmerzen und Sorgen erspart blieben, ganz zu schweigen von der Gefahr, im Wochenbett zu sterben.

»Per!«, rief Titus.

Lächelnd wandte ich mich zu ihm um. »Du magst das Pferd, was? Sollen wir es mit nach unten nehmen?«

Er streckte die Ärmchen nach mir aus. Ich hob ihn vom Schaukelpferd und drückte ihn fest an mich, die Wange an seinen Lockenkopf geschmiegt.

Im oberen Flur kam mir Barent entgegen, der gern bereit war, das Schaukelpferd vom Speicher zu holen und es in der Wohnstube neben dem Kamin aufzustellen.

Titus schaukelte begeistert, und ich hatte mir gerade eine Flickarbeit vorgenommen, als Rembrandt hereinkam. Er wirkte gehetzt, schien etwas zu suchen, doch beim Anblick seines jauchzenden Sohnes blieb er stehen.

»Ich habe das Schaukelpferd auf dem Speicher gefunden«, sagte ich. »Ihr habt hoffentlich nichts dagegen, dass ich es heruntergeholt habe?«

»Nein«, sagte er. »Natürlich nicht. Es hat Saskia gehört, sie wollte es für unsere Kinder aufbewahren.«

Er ging neben Titus in die Hocke und stieß das Schaukelpferd an.

Nach einer Weile hatte das Kind genug, und Rembrandt nahm es auf den Arm. Er drehte sich zu mir um: »Du sorgst gut für meinen Jungen, Geertje. Dafür danke ich dir.«

Jener erste Winter in Amsterdam war sehr streng. Wie viele andere Bewohner der Stadt verbrachten wir die meiste Zeit im

Haus. In der behaglich warmen Wohnstube harrten wir des Frühlings wie Tiere in ihrer Höhle.

In der Diele war es kalt, der Ladenraum hingegen, in dem die Bilder im fahlen Winterlicht an den Wänden hingen, seit Monaten unverkauft, wurde geheizt.

Rembrandt hielt sich nun fast ständig im Malsaal auf, wo im Kamin ein Torffeuer brannte und gusseiserne Öfen zusätzlich Wärme verbreiteten. In dem großen Raum herrschte eine heitere Stille, nur hin und wieder unterbrochen vom Gemurmel der Schüler, wenn sie eine Fragestellung besprachen, oder von Rembrandts Bass, wenn er Anweisungen erteilte. »Mach das Licht auf ihrem Gesicht etwas heller, Samuel. Es kommt von draußen, von der Sonne, nicht von einer Kerze.«

Wenn ich in der großen Werkstatt zu tun hatte, bekam ich einiges mit und lernte beispielsweise, dass man Kreide- und Kohlezeichnungen mit Reiswasser oder Feigenmilch fixierte und dass man die Farben nicht im Laden kaufte, sondern selbst anmischte. Regelmäßig musste ich Zutaten dafür besorgen: zermahlenes Glas, Edelsteine und Lacke. Letztere wurden aus Käferschilden und aus Pflanzen gewonnen.

Rembrandt trug mir sogar auf, draußen Pferdeäpfel aufzusammeln. Erst dachte ich, er machte einen Scherz, doch dann erklärte er mir, er brauche sie, um daraus – mit Blei und Essig vermischt – Bleiweiß herzustellen.

Die Pigmente, die ich kaufte, mussten zerstoßen werden, und die Farben hatten klingende Namen wie Karminrot, Chromgelb, Kobaltblau, Sienabraun und Kremserweiß.

Ich machte mich länger als nötig am Torfkorb zu schaffen und warf aus dem Augenwinkel Blicke auf die Arbeiten der Schüler. Es erstaunte mich immer wieder, wie diese begabten Jungen es verstanden, allein mit Pinsel und Farbe die Wirklichkeit so naturgetreu abzubilden.

Früh am Morgen oder spät am Abend, wenn niemand mehr

im Malsaal war, hielt ich mich manchmal ein Weilchen dort auf. Dann setzte ich mich vor Rembrandts Staffelei und strich sachte über die Pinsel, die seine Hand gehalten hatte – stets unter den wachsamen Augen Saskias, denn ihre Porträts hingen überall im Haus. Sie war allgegenwärtig und folgte mir mit ihrem Blick.

Anfangs irritierte mich das, nach einer Weile jedoch störte ich mich nicht mehr daran. Sie war tot, und ich lebte. Rembrandt hatte sie geliebt, eines Tages aber würde er erkennen, dass man sich neu verlieben konnte.

An einem düsteren Winternachmittag tat ich etwas, was ich schon länger hatte tun wollen. Rembrandt war oben in seine Arbeit vertieft, mit seinem Auftauchen in der Wohnstube war in den nächsten Stunden nicht zu rechnen.

Im sanften Grau der aufziehenden Dämmerung kniete ich mich vor die Truhe mit Saskias Kleidung, hob den Deckel hoch und nahm die Sachen, die sie zu Lebzeiten getragen hatte, nacheinander heraus. Spitzenhauben, seidene Strümpfe, knöpfbare Wechselärmel in den verschiedensten Farben … Ich legte alles neben die Truhe und griff nach dem nächsten Stück, einem Kleid aus Silberbrokat mit feinem Spitzenbesatz. Darunter entdeckte ich noch mehr blütenweiße Spitze: Kragen und Handschuhe, wie ich feststellte.

Ich hielt die Teile hoch, bestaunte sie, schnupperte daran, um auszumachen, ob ihnen noch Saskias Duft anhaftete. Und ich fragte mich, wie sich die edlen Stoffe auf der Haut anfühlen mochten.

Ehe ich michs versah, war ich aufgestanden, löste die Schnüre meines schwarzen Mieders und schlüpfte aus den Ärmeln. Dann ließ ich meinen roten Rock zu Boden fallen und legte das bauschige Brokatkleid an. Meine schlichte Leinenhaube vertauschte ich gegen eine Spitzenhaube und streifte mir schließlich ein Paar perlenbestickte Handschuhe über.

Alles passte. Saskia war etwas größer gewesen als ich, aber ansonsten hatten wir die gleiche Statur. Auch das gleiche runde Gesicht, das war mir schon zu Anfang auf den Porträts aufgefallen.

Im Fenster erblickte ich sie. Zwar wusste ich, dass es mein eigenes Spiegelbild war, dennoch dachte ich, sie wäre als Gespenst über den Hof geschwebt und starrte mich durch die Scheibe an.

Ich starrte zurück und strich sanft über den Stoff, dem ein feiner Duft entstieg. Langsam bewegte ich mich zum Fenster hin. Mir wurde ganz leicht im Kopf, als ich das Gesicht studierte ... Saskia.

Schritte im Treppenhaus holten mich in die Wirklichkeit zurück. Erschrocken fuhr ich herum, lauschte. Das konnte doch nicht Rembrandt sein ... um diese Zeit? Aber die Schritte hörten sich nach ihm an, langsam und schwer. Jedenfalls anders als die der Schüler, die oft vor Eile fast über die eigenen Füße stolperten.

Mit zittrigen Fingern versuchte ich, das Kleid zu öffnen, kämpfte mit den Miederschnüren, die sich prompt verhedderten. Die Zeit reichte nicht mehr fürs Umziehen, geschweige denn fürs Wegpacken von Saskias Sachen, das war mir klar, dennoch versuchte ich es und schickte ein Stoßgebet zum Himmel, die Schritte möchten verklingen, ohne dass jemand hereinkam.

Sie schienen sich zu entfernen. Das Rauschen in meinen Ohren nahm ab. Jedoch nur, um Augenblicke später wieder anzuschwellen, als sie sich plötzlich doch der Wohnstube näherten, diesmal ziemlich schnell. Ich hätte die Tür abschließen sollen ... warum hatte ich nicht eher daran gedacht?

Wie gelähmt wartete ich auf das Unvermeidliche, den Moment, in dem die Tür aufging. Ich zählte die Sekunden.

Als es geschah, war ich innerlich so angespannt, dass mir schwindlig wurde.

Rembrandt stand in der Tür.

Mein Herz klopfte zum Zerspringen, meine Wangen glühten.

Er sagte kein Wort, und auch ich schwieg, unfähig, etwas zu meiner Entschuldigung vorzubringen. Mir blieb nur abzuwarten, was er tun würde.

Aber er tat nichts. Starrte mich nur völlig entgeistert an. Ich konnte mich nicht rühren, ich war steif vor Angst. Es gelang mir nicht einmal, die Augen niederzuschlagen – sein brennender Blick hielt mich gefangen.

Mein Atem ging schneller. Einzelne Wörter zuckten mir durch den Kopf, und als ich gerade die bleischwere Stille durchbrechen wollte, kam Rembrandt langsam auf mich zu.

Sein Gesichtsausdruck hatte sich verändert, die Augen waren leicht verengt, und um seinen Mund lag ein Zug, wie ich ihn noch nie an ihm gesehen hatte. Er packte mich an den Armen. Sekundenlang glaubte ich, er wollte mir das Kleid vom Leib reißen. Doch stattdessen zog er mich an sich.

Noch nie war ich ihm so nahe gewesen. Der Terpentingeruch, der ihm anhaftete, betäubte mich fast, als er mich küsste.

Es kam mir gar nicht in den Sinn, Widerstand zu leisten, als er mich zur Bettstatt drängte. Dass ich meine Ehre und meinen guten Ruf verlieren würde und schwanger werden könnte, war mir gleichgültig. Ich war bereit, alles aufs Spiel zu setzen, selbst wenn ich nur ein einziges Mal das Bett mit ihm teilen sollte.

Als unsere Lippen sich erneut fanden und ich seine Hände auf der Haut spürte, wusste ich, dass ich diesen Mann liebte. Auf eine andere, weniger gewisse Art als Abraham, aber nicht minder leidenschaftlich.

In dem Bett, in dem er Saskia beigewohnt hatte, in dem ihre Kinder zur Welt gekommen waren und in dem sie gestorben war, kam er zu mir. Ich sagte mir, dass seine Leidenschaft nicht mir, Geertje, galt, aber das machte mir nichts aus. Es war ein überwältigendes Gefühl, begehrt zu werden.

Danach zog er sich an und verließ die Wohnstube. Ich räumte Saskias Sachen ordentlich in die Truhe zurück und ging hinab in die Küche, um das Abendessen vorzubereiten.

Bei der gemeinsamen Mahlzeit fiel kein Wort über das Geschehene.

Auch der folgende Tag verlief wie immer, aber ich spürte deutlich, dass sich etwas verändert hatte, ja, das *alles* anders geworden war. Dafür brauchte es keine Worte – ein Blick, ein Lächeln genügte. Es erfüllte mich mit Freude und Stolz, dass er sich mir zugewandt hatte.

Dass er Saskia über den Tod hinaus liebte und niemals ganz der Meine sein würde, war mir klar. Aber das hatte keine Bedeutung. Auch dass er rein äußerlich nicht dem entsprach, was ich an einem Mann schätzte, tat meinen Gefühlen keinen Abbruch. Sie fegten alles beiseite, was ich über die Liebe zu wissen geglaubt hatte, offenbarten mir etwas ganz Neues. Etwas, das mich unwiderstehlich anzog und zugleich ängstigte.

12

Von da an kamen wir regelmäßig zusammen. Mitten am Tag bei verschlossener Tür oder auch am Abend, wenn die Schüler das Haus verlassen hatten und in ihre gemieteten Zimmer zurückgekehrt waren.

Es dauerte nicht lange, und Neeltje bekam Wind von unseren heimlichen Liebesstunden. Sie äußerte sich aber nicht dazu, und ich wiederum fand nicht, dass ich ihr eine Erklärung schuldete. Weil sie sich mir gegenüber nicht anders verhielt als sonst, mir keine abschätzigen Blicke zuwarf oder dergleichen, nahm ich an, dass unser Verhältnis ihr gleichgültig war.

Auch den Schülern blieb wohl nicht verborgen, dass sich zwischen Rembrandt und mir etwas verändert hatte und meine Position im Haus damit eine andere geworden war. Mag sein, dass sie sich ihre Gedanken dazu machten, anmerken ließen sie sich jedenfalls nichts.

Eines Nachmittags fasste ich mir ein Herz und weihte in einem günstigen Moment Carel ein, mit dem ich mich inzwischen duzte.

»So wie ich es sehe, hast du Meister van Rijn vor dem Abgrund gerettet«, sagte er, ohne den Pinsel aus der Hand zu legen.« Und weil das unserem Unterricht zugutekommt, habe ich den anderen gesagt, sie sollten dir dankbar sein. Ansonsten ist das eine Angelegenheit zwischen dir und dem Meister, die keinen etwas angeht.«

»Das stimmt, aber der Tod seiner Frau ist noch nicht lange her. Ich fürchte, wenn die Leute davon erfahren, gibt es Klatsch und Tratsch.«

»Klatsch und Tratsch gibt es immer. Über dich redet man schon, seit du Mevrouw Saskias Platz im Laden eingenommen hast.«

»Ich mache mir weniger Gedanken um meinen eigenen Ruf. Es wäre schlimm, wenn Rembrandts guter Name Schaden nimmt.«

Carel lachte hellauf. »Solche Dinge lassen Meister van Rijn kalt.«

»Aber er braucht neue Aufträge. Derzeit ist sein einziges Einkommen das Lehrgeld von euch Schülern.«

»Mach ihn glücklich.« Carel ließ die Hand sinken und sah mich eindringlich an. »Wenn er glücklich ist, wird auch alles andere gut.«

An einem kühlen Frühlingstag 1643 stand ein junger Mann vor der Tür, in einem weinroten Mantel, schwarzen Kniehosen und Schuhen mit Silberschnallen. Er fragte nach Rembrandt.

Weil dieser mir eingeschärft hatte, ihn nicht jeder Kleinigkeit wegen zu stören, fragte ich den Besucher nach seinem Anliegen.

»Ich möchte ihm Guten Tag sagen«, antwortete er. »Wir haben uns zwei Jahre nicht gesehen, weil ich auf Reisen war. Sagt ihm, Jan Six wünsche ihn zu sprechen.«

Den Namen kannte ich. Rembrandt hatte mir von der Familie Six erzählt, die durch Färberei und Tuchhandel zu

Reichtum gekommen war, und dass er ein Porträt von Anna Six angefertigt und dabei deren Sohn Jan kennengelernt hatte. Obwohl Jan zwölf Jahre jünger war als Rembrandt, verstanden die beiden sich gut.

Ich rief Neeltje herbei und bat sie, den Meister zu holen. Dann wandte ich mich wieder Jan Six zu, der eingehend die Bilder an den Wänden betrachtete.

»Darf ich Euch etwas zu trinken anbieten?«, fragte ich.

»Gern.« Er blieb vor einem Gemälde stehen und sagte, ohne es aus den Augen zu lassen: »Ein eindrucksvolles Werk ...«

Ich eilte ins Nebenzimmer, wo der marmorne Weinkühler stand, füllte ein Glas und brachte es ihm.

»Vielen Dank. Und Ihr heißt ...?«

»Geertje Dircx.« Ich knickste, jedoch ohne die Augen niederzuschlagen, wie sich das für Dienstmädchen geziemte. »Ich bin Titus' Kinderfrau.«

Jan Six richtete nun den Blick auf ein Porträt von Saskia, und Trauer verschattete sein Gesicht. »Ich habe davon gehört«, sagte er leise. »Es muss ein furchtbarer Schlag für ihn gewesen sein. Saskia war seine große Liebe, sie hat ihm alles bedeutet.«

Ich nickte.

»Habt Ihr sie noch kennengelernt?«, wollte er wissen, doch ehe ich antworten konnte, dröhnten Schritte auf der Treppe, und da tauchte Rembrandt auch schon auf.

»Jan!« Mit ausgestreckter Hand eilte er auf seinen Freund zu.

Der ergriff sie und schüttelte sie herzlich.

»Wie schön, dass du wieder im Lande bist, Jan. Du warst viel zu lange fort. Wie ich sehe, hat Geertje dich bereits mit Wein versorgt. Komm, wir setzen uns in die Wohnstube.«

Einander Fragen stellend und sich gegenseitig auf die Schulter klopfend, gingen sie hinüber und nahmen am Tisch neben dem Kamin Platz. Ich brachte auch Rembrandt ein Glas Wein und lief dann in die Küche, um Oliven, Käse und Muscheln zu holen.

Als ich alles vor sie hingestellt hatte, ergriff Rembrandt meine Hand und schaute mir sekundenlang in die Augen.

»Danke«, sagte er dann und ließ meine Hand wieder los.

Mit einem Lächeln auf dem Gesicht ging ich zur Tür. Bevor ich sie hinter mir zuzog, sah ich aus dem Augenwinkel, dass Jan Six mir einen aufmerksamen Blick nachsandte.

Von dem Tag an kam er fast täglich vorbei. Voller Begeisterung erzählte er Rembrandt von seiner Italienreise, von den prachtvollen Städten, den schönen Frauen, der südlichen Lebensart und den zahlreichen Kunstgegenständen, die er erstanden hatte. Er teilte Rembrandts große Vorliebe für das klassische Altertum.

Jan war ein angenehmer Mensch. Ein Freigeist wie Rembrandt, der tat, was ihm beliebte, ohne sich um Regeln zu scheren. Mich behandelte er so freundlich und höflich, als wäre ich ihm gleichgestellt. Wenn Rembrandt sich nicht von seiner Arbeit lösen konnte, unterhielt Jan sich mit mir und ließ sich die Bilder im Laden zeigen. Meist kaufte er eine der Zeichnungen, die Rembrandt auf seinen Streifzügen durchs Umland gefertigt hatte, und schließlich sogar ein großes Historiengemälde. Auf diese Weise kam wieder Geld herein. Noch wichtiger aber war, dass seine Unterstützung den Bann lockerte, mit dem man Rembrandt belegt hatte.

Dass dieser sich in den letzten Jahren in Amsterdam reichlich unbeliebt gemacht hatte, wusste ich schon länger, wie schlimm es tatsächlich stand, wurde mir aber erst jetzt klar. Außer Jan Six, so schien es, gab es nur wenige andere, mit denen Rembrandt nicht zerstritten war. Und dass er nach wie vor Schüler hatte, verdankte er allein seinem überragenden Können.

Es war ihm nicht gegeben, Freundschaften und Familienbande zu pflegen. Mit Saskias Angehörigen hatte er kaum mehr Verbindung, und auch seine eigenen Verwandten in Leiden sahen ihn so gut wie nie.

Trotz alledem ... Saskia hatte ihn geliebt, und auch mir hatte er eine andere Seite von sich gezeigt. An kaum einem Bettler ging er vorbei, ohne ein Almosen zu geben, und aus vielen seiner Bilder sprach große Anteilnahme. Sein aufbrausendes Wesen und seine Grobheiten standen dazu in starkem Gegensatz.

Zu mir war er stets gut und freundlich – weil er mich gernhatte, so hoffte ich, oder vielleicht sogar mehr. Andererseits war er Titus' wegen auf mich angewiesen. Dem Haushalt hätte auch eine andere Frau vorstehen können, meine innige Verbindung mit dem Kind jedoch machte mich unentbehrlich.

Rembrandt hatte es sich zur Gewohnheit gemacht, Leute, denen er Geld schuldete, mit Bildern zu bezahlen, manchmal sogar mit noch nicht gemalten, deren Ausführung er dann vor sich herschob. Ich war des Öfteren der Verzweiflung nahe, wenn er wieder einmal bei einer Versteigerung allerlei Kuriositäten erworben hatte, obwohl sich die unbezahlten Rechnungen stapelten. Aber ich hatte es aufgegeben, mich dazu zu äußern, und letztlich war es auch nicht meine Sache.

Nach wie vor schlief ich im Alkoven in der Küche, obwohl ich – so oft, wie wir inzwischen das Bett teilten – auch bei Rembrandt in der Wohnstube hätte nächtigen können. Doch unser Verhältnis war Außenstehenden bisher weitgehend verborgen geblieben. Unverheiratet zusammenzuleben war gesetzlich verboten, Zuwiderhandelnde wurden mit hohen Geldstrafen belegt und mussten – so sie ihren Lebenswandel beibehielten – sogar mit Verbannung rechnen. Die reformierte Kirche schloss Gemeindemitglieder aus, die sich solchermaßen versündigten. Das bereitete Rembrandt allerdings kein Kopfzerbrechen, weil er nicht gläubig war.

»Ich bestimme selbst, wie ich lebe«, pflegte er zu sagen.

Mich hatte man bisher noch nicht vor den Kirchenrat zitiert, denn man konnte mir, selbst wenn es Gerüchte gab, kein sündhaftes Verhalten nachweisen.

Rembrandt würde mir ohnehin in Bälde einen Heiratsantrag machen, dessen war ich mir gewiss. Wahrscheinlich, sobald Saskias erster Sterbetag vorüber war, vorher wäre es ohnehin unschicklich. Bis dahin musste ich mich damit begnügen, Titus' Kinderfrau zu sein.

Hiskia teilte per Brief mit, dass sie nach dem langen, strengen Winter Ende April nach Amsterdam reisen und bei dieser Gelegenheit Familienbesuche machen wollte. Unterkommen könne sie beim Bruder ihres verstorbenen Ehemanns Gerrit. Sie freue sich besonders auf ihren kleinen Neffen Titus, der inzwischen sicher tüchtig gewachsen sei.

»Zum Glück will sie nicht hier wohnen«, sagte Rembrandt, nachdem er mir den Brief vorgelesen hatte. »Sie ist eine gute Seele und hat viel für Saskia getan, aber sie ist auch eine sehr aufdringliche Person.«

»Hat Saskia das auch so gesehen?«, fragte ich.

»Sie war daran gewöhnt. Als sie mit zwölf Jahren Waise wurde, haben Hiskia und Gerrit sie bei sich aufgenommen. Für Saskia waren die beiden eine Art Ersatzeltern, und Gerrit war überdies ihr Vormund. Aber auch nach unserer Heirat hat Hiskia sie noch betüdelt und sich laufend in unser Leben gemischt. Hätte sie nicht in Friesland gewohnt, wäre sie wohl täglich hier aufgetaucht.«

»In welcher Hinsicht hat Hiskia sich eingemischt?«

»In Geldangelegenheiten. Sie war der Meinung, wir hätten zu große Ausgaben, würden uns zu viel Luxus leisten.«

Vermutlich zu Recht, dachte ich, behielt dies aber wohlweislich für mich und schüttelte nur mitfühlend den Kopf.

Was ich von Hiskia halten sollte, wusste ich nicht so recht. Sie war vierzig, sah aber wesentlich älter aus und hatte einen mürrischen Zug um den Mund. Zwar lebte sie im Wohlstand, hatte aber etliche Schicksalsschläge hinnehmen müssen. In noch jungen Jahren, mit Anfang zwanzig, hatte sie die Eltern verloren, und von ihren vielen Geschwistern war nur noch ein Bruder am Leben, nachdem eine weitere Schwester vor einigen Jahren gestorben war. Saskias Tod musste sie besonders schwer getroffen haben. Denn anders als bei unserer ersten Begegnung ging sie gebeugt, ließ die Schultern hängen und hatte einen stumpfen Blick.

Dennoch empfand ich kein Mitleid. Ihre misstrauische Miene gefiel mir ebenso wenig wie das grußlose Auftreten bei unserer ersten Begegnung. Darum knickste ich nicht, sondern sah ihr ungerührt in die Augen, froh darum, dass wir gleich groß waren.

Meine Hand krampfhaft festhaltend, barg Titus, als seine Tante sich bückte und die Arme nach ihm ausstreckte, das Gesichtchen in meinen Rockfalten.

»Er fremdelt ein wenig«, sagte ich. »Das hat man oft bei Kindern in diesem Alter.«

»Das brauchst du mir nicht zu sagen, ich habe selber Kinder«, gab Hiskia schroff zurück.

Ich zuckte mit den Schultern und ging mit Titus in die Küche. Sollte Rembrandt, der gerade dazukam, sich mit der Frau abgeben.

Kurz darauf erschien er, um Titus zu ihr zu bringen. Während er mit seiner Schwägerin in der Wohnstube zusammensaß, zog ich es vor, in der Küche zu bleiben, und schickte Neeltje mit einer kleinen Mahlzeit hinauf.

»Worüber reden sie?«, fragte ich, als sie wiederkam.
»Über das Testament der gnädigen Frau. Und über Euch.«
»Über mich?«
»Mevrouw sind Gerüchte zu Ohren gekommen. Sie hat den Meister gefragt, ob er ein Verhältnis mit Euch hat.« Neeltje warf mir einen bedeutungsvollen Blick zu.
»Was hat er geantwortet?«, fragte ich.
»Dass sie das nichts angeht.«

Ich runzelte die Stirn, denn damit hatte Rembrandt gewissermaßen zugegeben, dass dem so war.

»Meister van Rijn hat seine Frau sehr geliebt, das ist allgemein bekannt«, fuhr Neeltje fort. »Ich glaube nicht, dass viele Leute den Klatsch ernst nehmen.«

Ich konnte mir gut vorstellen, was die Leute dachten, nämlich das Gleiche wie Hiskia: dass ein gesunder kräftiger Mann von siebenunddreißig Jahren sich eben nahm, was die Kinderfrau seines Sohnes zu geben bereit war. Dass es allein um Fleischeslust ging, also kein Grund, etwas Ernsthaftes zu vermuten.

Dennoch bemühte, nur ein Stockwerk höher, Hiskia sich offenbar, herauszufinden, ob ich womöglich die Stelle ihrer Schwester eingenommen hatte.

Zu meiner Erleichterung liefen wir uns nicht noch einmal über den Weg. Sie ging bald wieder, sodass Rembrandt und ich, wie gewohnt, zusammen mit Neeltje das Abendessen einnehmen konnten. Rembrandt fand, nicht mit den Bediensteten am selben Tisch zu essen sei Regentenmanier und zeuge von Hochmut. Schon bevor ich in seine Dienste trat, sei das hier Sitte gewesen, hatte Neeltje mir erzählt.

Sosehr ich Rembrandts Einstellung schätzte, an jenem Abend hätte ich Neeltje lieber nicht dabeigehabt, denn ich brannte darauf, zu erfahren, wie die Unterredung mit Hiskia verlaufen war.

Pfiffig, wie sie war, merkte Neeltje das und ließ uns allein, kaum dass die Mahlzeit beendet war. Aber zu meiner Enttäuschung gab Rembrandt sich wortkarg. Mehr als »Ich habe ihr gesagt, dass da nichts ist« war nicht aus ihm herauszubekommen, und so drängte ich nicht weiter.

13

Die Wochen vergingen. Es wurde Juni, und je näher Saskias Sterbetag rückte, desto mehr war Rembrandt in sich gekehrt. Es gelang mir nicht, ihn aus seinem Trübsinn zu holen, also ließ ich ihn in Ruhe. Trauer braucht nun einmal ihre Zeit.

Gedanken machte ich mir aber doch, denn ihm schien nicht mehr daran gelegen, mit mir das Bett zu teilen, und auch sonst beachtete er mich kaum. Er war viel außer Haus. Gleich morgens brach er auf, und wenn er nach Stunden wiederkam, haftete ihm ein Geruch nach frisch gemähtem Gras an, der mich vermuten ließ, dass er Spaziergänge außerhalb der Stadt unternahm. Die frische Luft schien ihm gutzutun, denn er war an den Abenden zwar still, aber nicht mehr so niedergeschlagen.

An einem Tag Ende Juli – ich trug gerade gebügelte Wäsche in die Wohnstube – stand er auf einmal vor mir und sagte: »Wir verreisen für ein paar Tage.«

Verdutzt sah ich ihn an: »Wohin denn?«

»Wohin du willst. Hoorn? Edam? Du könntest Besuche machen, alte Bekannte wiedersehen.«

Es freute mich unbändig, dass er mit mir zu verreisen gedachte, aber mich lockte weder Hoorn noch Edam. Nach Vaters Tod war meine Mutter nach Ransdorp gezogen, um in der Nähe von Pieters Familie zu sein. Und auch näher an Amsterdam. Bestimmt hatte sie auf einen Besuch von mir gehofft, aber daraus war bisher noch nichts geworden. Deshalb äußerte ich den Wunsch, nach Ransdorp zu fahren.

»Bis dort ist es nicht allzu weit«, sagte ich. »Wir könnten an einem Tag hin und zurück, dann müsste Titus seine gewohnte Umgebung nicht lange missen. Wenn wir in aller Frühe aufbrechen ...«

»Wir übernachten in Ransdorp. Dort gibt es gewiss eine Herberge. Du kannst sogleich packen, morgen geht es los.«

Woher dieser Stimmungsumschwung rührte, war mir ein Rätsel, aber lange dachte ich nicht darüber nach, zumal mich die Aussicht auf eine Landpartie in freudige Aufregung versetzte. Es bedeutete so viel mehr, als nur ein paar Tage unterwegs zu sein: Zum ersten Mal würde Rembrandt mit mir an seiner Seite in die Öffentlichkeit treten. Das war eine Verheißung! Über ein Jahr war nun seit Saskias Tod vergangen, und er war – auch wenn er noch immer um sie trauerte – bereit für einen Neuanfang.

Er würde mir einen Heiratsantrag machen!

Bei diesem Gedanken überlief mich ein Prickeln, und ich wandte mich um, weg von dem Reisekorb auf dem Bett, in den ich gerade Kleidung gepackt hatte. Mein Blick schweifte durch die Wohnstube, vom figurengeschmückten Kamin zum Ebenholztisch und den mit kostbarem grünem Stoff bezogenen Stühlen, und weiter zum Wäscheschrank und den farbigen Lichtflecken, die das Bleiglasfenster auf den Boden zauberte.

Hier war mein Zuhause. Schon als Rembrandt mich einstellte und ich erfuhr, wie es um seine Frau stand, hatte ich gespürt, dass mir dieser Ort bestimmt war, und später begann ich zu hoffen, dereinst die Frau des Hauses zu werden. Nun war es endlich so weit, und bald würde es amtlich sein.

Ich lächelte und fuhr fort zu packen. Ich summte vor mich hin.

Rembrandt erfreute sich den ganzen Weg über an der Bootsfahrt, den sattgrünen Wiesen, den gewundenen Deichen, den Weidevögeln und kleinen Seen. Als endlich Ransdorp in Sicht kam, konnte er die Ankunft kaum mehr erwarten.

»Jetzt verstehe ich, warum die Gegend Waterland heißt«, sagte er. »Wunderschön ist es hier. Und das so nah bei Amsterdam. Ich danke dir, Geertje. Von allein wäre ich nie auf den Gedanken verfallen, hierherzukommen.«

Im Dorf bewunderte er die schmucken, teils dunkelgrün gestrichenen Häuser, die weißen Zugbrücken, die Grachten, in denen Schwäne durch Entengrütze ihre Bahnen zogen, und das viele, viele Grün ringsum.

Titus hingegen war unleidlich. Ihm war unterwegs ein wenig übel geworden, sodass er nicht geschlafen hatte.

»Eigentlich müsste er für eine Stunde ins Bett«, sagte ich und reichte ihm ein Plätzchen, das ihn jedoch nicht besänftigte. »Bei meinem Bruder mit seinen fünf Kindern wird er aber kaum zur Ruhe kommen.«

Titus, der das Wort »Bett« aufgeschnappt hatte, stimmte trotz seiner Müdigkeit ein klägliches Gejammer an, das bald in lautes Plärren überging.

Rembrandt nahm seinen Sohn auf den Arm. »Ich gehe mit ihm in eine Herberge. Du kannst ruhig schon zu deinen Lieben, wir kommen später nach.«

»Ganz sicher? Soll ich nicht bei euch bleiben?«

»Nein, geh nur. Du hast sie so lange nicht gesehen. Wir kommen schon zurecht.«

Daran hegte ich leise Zweifel, wusste ich doch, dass Rembrandt den Jungen noch nie ins Bett gebracht hatte. Ich machte aber keine Einwände, denn die Sehnsucht nach meinem Bruder und – mehr noch – meiner Mutter war übergroß.

Bei der Herberge angekommen, beschrieb ich Rembrandt den Weg zum Haus meines Bruders. Und als er mit Titus und dem Reisekorb hineinging, machte ich mich schnellen Schritts auf den Weg.

Nach einem strammen Fußmarsch sah ich das wohlbekannte Haus mit dem leicht eingesackten Strohdach. Ein Gehöft war es nicht, obwohl sie Ziegen, Hühner und ein Schwein hielten. Auf dem schmutzigen Vorplatz rannten Kinder herum, die ihr Spiel unterbrachen, als sie meiner ansichtig wurden.

Ich rief ihre Namen, sie kamen auf mich zu und gaben mir ein wenig verlegen die Hand. Inzwischen war auch Marij aufgetaucht. Zunächst misstrauisch dreinschauend, stand sie in der Tür, dann aber erkannte sie mich.

»Geertje!« Sie lief mir entgegen, umarmte mich und gab mir einen Wangenkuss. »Wie kommst du denn hierher?«

»Mit dem Boot.« Ich lachte.

»Wir haben uns so lange nicht gesehen.« Sie musterte mich von Kopf bis Fuß und nickte anerkennend. »Gut siehst du aus! Pieter wird sich freuen, dass du da bist.«

»Meine Mutter sicherlich auch. Wie geht es ihr?«

»Dafür, dass sie nicht mehr die Jüngste ist, recht gut. Sie ist gerade bei uns, ich werde sie holen. Oh, da kommt sie schon ...« Sie deutete zur Haustür.

Ich erschrak beim Anblick der alten Frau, die mit schlurfenden Schritten ins Freie kam. Gewiss, meine Eltern waren, als Pieter und ich auf die Welt kamen, nicht mehr ganz jung gewesen, und seit unserer letzten Begegnung waren Jahre verstrichen, aber dass die Zeit ihr so unbarmherzig mitgespielt hatte, damit hatte ich nicht gerechnet.

»Mutter!« Ich rannte zu ihr hin und umarmte sie vorsichtig. Früher hatte ich kräftige Arme und feste Brüste gespürt, wenn wir einander drückten, jetzt fühlte ich vor allem Knochen.

»Geertje, Kind! Wie kommst du auf einmal hierher? Bist du es auch wirklich?« Sie umklammerte mich, als fürchtete sie, ich wäre eine Erscheinung und könnte mich im nächsten Moment wieder verflüchtigen.

»Ich wollte dich überraschen, Mutter«, sagte ich. »Es ist schön, dich wiederzusehen. Wie geht es dir?«

Wir setzten uns auf die Korbstühle, die Marij und Dirck, ihr Ältester, aus dem Haus geholt und in die Sonne gestellt hatten. Ihre Tochter Johanna brachte eine Kanne Bier und Becher, die sie vollschenkte.

»Hol deinen Vater«, trug Marij ihr auf. »Sag ihm, dass Geertje da ist.«

Johanna nickte und klapperte in ihren Holzpantinen davon, gefolgt von den jüngeren Brüdern.

»Allem Anschein nach geht es euch gut«, sagte ich zu Marij. »Die Kinder sind ja so groß geworden.«

Lächelnd blickte Marij ihren Sprösslingen nach. »Ja, uns geht es gut. Wir haben Gott sei Dank alle unsere Kinder behalten dürfen. Aber wie sieht es bei dir aus, Geertje? Bist du noch bei diesem Maler in Stellung?«

»Aber ja. Er ist sogar mitgekommen, ihr werdet ihn nachher kennenlernen.« Dann wandte ich mich mit einer Frage an Mutter, weil ich erst mehr erzählen wollte, wenn auch Pieter da war.

Wir sprachen über Vaters plötzlichen Tod und darüber, wie schwer es meiner Mutter gefallen war, Edam zu verlassen, um in Ransdorp zu wohnen.

»Meine Schwester fehlt mir und auch die übrigen Verwandten, trotzdem ist es besser so«, sagte sie. »Ich habe ein kleines Haus im Dorf, bin oft bei Pieter und Marij und habe Freude an meinen Enkelkindern. Das ist ein großes Glück. Nur dich habe ich lange nicht gesehen, Geertje. Ich habe so oft gebetet, dass Gott dich zu mir schickt.«

»Ich hatte immer viel Arbeit, Mutter. Und keine Zeit zum Reisen.«

»Ich weiß, Kind, es sollte kein Vorwurf sein.« Mit ihrer faltigen Hand tätschelte sie die meine. »Jedenfalls ist es wunderbar, dass du da bist. Wie lange kannst du bleiben?«

Ein Ruf erklang von der Straße her. Wir drehten die Köpfe und sahen Pieter mit so großen Schritten herbeieilen, dass die Kinder rennen mussten, um Schritt zu halten. Ich sprang auf, lief ihm entgegen und wurde mit Schwung vom Boden hochgehoben.

»Schwester! Was für eine Überraschung!« Mit breitem Lachen stellte er mich wieder ab und hielt mich an den Schultern. »Warum hast du nicht mitgeteilt, dass du kommst? Im Übrigen hast du Glück, mich noch hier anzutreffen, übermorgen muss ich wieder los.«

»Wohin geht die Reise?«

»Nach Ostindien.«

»Da ist ja am anderen Ende der Welt!«

Er nickte, und ich sah ihn forschend an. »Fährst du gern zur See?«

»Nun ja, an Land gibt es immer weniger Arbeit, dafür werden an Bord der Schiffe viele Handwerker gebraucht. Es ist nicht schön, dass ich Marij und die Kinder oft viele Monate lang allein lassen muss, aber wenigstens verdiene ich gutes Geld.«

»Das ist wichtig«, bestätigte ich.

Als wir uns zu den anderen gesetzt hatten, wollte Pieter wissen, wie es mir in Amsterdam ging.

»Gut«, sagte ich. »Ich habe es mit meiner Stellung gut getroffen, du hast Rembrandt van Rijn ja schon kennengelernt. Er ist ein angenehmer Dienstherr.«

Eine kurze Stille trat ein, eine peinliche, so schien es mir. Dann sah Pieter mich streng an. »Und dabei bleibt es hoffentlich«, sagte er.

»Wie meinst du das?«

»So, wie ich es sage. Es gehen Gerüchte über euch um.«

»Gerüchte? Hier in Ransdorp?«

»Und ob. Die Hälfte der Dorfbewohner kommt fast täglich nach Amsterdam, und Rembrandt van Rijn ist eine bekannte Persönlichkeit.« Sein Blick ließ mich nicht los. »Ich hoffe, es stimmt nicht, was man so hört. Sag, dass es nicht wahr ist, Geertje.«

»Ich weiß nicht, was du gehört hast ...«

»Dass du mit Meister van Rijn das Bett teilst.« Marij gehörte nicht zu den Frauen, die um den heißen Brei herumredeten. »Seit uns das zu Ohren gekommen ist, schläft Pieter schlecht. Er wollte schon nach Amsterdam und dich zur Rede stellen.«

Die verschiedensten Antworten zuckten mir durch den Kopf. Sollte ich zugeben, wie es stand, alles abstreiten oder das Ganze irgendwie herunterspielen? Dann aber fiel mir ein, dass Rembrandt demnächst mit Titus hier auftauchen würde – wodurch alles klar wäre.

»Es ist wahr«, sagte ich darum. »Aber es verhält sich anders, als du denkst, Pieter. Wir haben aus Respekt vor seiner verstorbenen Frau ein Jahr gewartet und werden in Kürze heiraten.«

»Hat er dir schon einen Antrag gemacht?« Pieter beugte sich vor, ohne mich aus den Augen zu lassen.

»Nein, aber er wird es tun. Ich bin mir sicher, ich spüre das.«

»Du *spürst* das?«

»Ja. Er liebt mich. Das hat er gesagt.« Letzteres stimmte nicht so ganz, aber das brauchte Pieter nicht zu wissen. Unter seinem kalten Blick wurde mir immer unbehaglicher zumute. Mir war, als säße ich mit einem Mal statt meinem Bruder einem Fremden gegenüber, vor dem es sich zu hüten galt.

»Rembrandt van Rijn wird dich nicht heiraten, Geertje«, erklärte Pieter. »Bei meinem Besuch in Amsterdam hat er mir erzählt, dass er überhaupt keine zweite Ehe eingehen kann. Seine Frau hat testamentarisch verfügt, dass ihr gesamter Besitz an ihre Verwandten fällt, falls er wieder heiratet. Glaubst du wirklich, das würde er zulassen?« Pieter schüttelte den Kopf.

»Das hat er tatsächlich gesagt?«

»Aber sicher! Oder glaubst du, ich denke mir so etwas aus?«

»Aber warum sagt er das dir? Und nicht mir?«

»Was weiß ich. Vielleicht fürchtet er, dass du dann deine Stellung aufgibst. Er hatte tüchtig einen über den Durst getrunken, als er mir das anvertraut hat; du warst gerade in die Küche gegangen.«

Es konnte nicht wahr sein, aber zugleich *musste* es wahr sein. Schließlich hatte Pieter absolut keinen Grund, sich so etwas auszudenken. Wie vor den Kopf geschlagen saß ich da.

»Ob er nun vorhat, dich zu heiraten oder nicht, macht im Übrigen keinen Unterschied«, sprach Pieter weiter, und seine Miene wurde immer abweisender. »Ihr lebt als Mann und Frau zusammen. Unverheiratet. Du bist nichts anderes als seine Hure.«

Das letzte Wort schleuderte er mir mit so viel unterdrückter Wut entgegen, dass ich keine Erwiderung mehr zustande brachte. Ich starrte meinen Bruder ungläubig an, suchte in seinem Gesicht nach einem Hinweis, dass er das nicht ernst meinte, doch vergebens.

Niemand sagte etwas, selbst die Kinder waren verstummt. Ich schaute in die Runde: Marij hielt die Augen auf ihre verschlissenen Holzpantinen gesenkt, und Mutter wich meinem Blick aus.

»Anfangs wollte ich es ja nicht glauben«, sagte Pieter, und einen Moment lang wirkten seine Züge nicht mehr wie versteinert. »Wir sind keine reichen, hochgestellten Leute, aber unsere Eltern haben uns im reformierten Glauben erzogen, und wir wissen, was Sitte und Anstand ist. Vater hätte dein Verhalten auch missbilligt, und als jetziges Familienoberhaupt spreche ich darum auch in seinem Namen. Wenn du dich nicht besinnst, Geertje, bist du hier nicht mehr willkommen.«

Ich erhob mich und Pieter ebenfalls. Aber statt die Augen niederzuschlagen, wie er es wahrscheinlich erwartete, trat ich einen Schritt vor und starrte ihn zornig an. »Vater hätte mir niemals die Tür gewiesen! Er hätte mit mir gesprochen, vielleicht versucht, mir die Sache auszureden. Aber ganz gewiss hätte er mich nicht im Beisein der Familie beschimpft. Wenn du dich dafür nicht entschuldigst, dann *will* ich überhaupt nicht mehr herkommen. Dann betrachte ich dich nicht länger als meinen Bruder!«

Wie Kampfhähne standen wir einander gegenüber, Pieter einen Kopf größer als ich. So wie früher als Kinder, wenn wir Streit hatten. Damals war es um weniger wichtige Dinge gegangen, dennoch hatte keiner von uns nachgeben wollen, stur, wie wir beide nun einmal waren. Später, wenn der Zorn sich gelegt hatte, vertrugen wir uns wieder. Aber das würde diesmal vermutlich nicht der Fall sein. Meine Vermutung bestätigte sich, als Pieter die Hände in die Hüften stemmte und sagte: »Mach, dass du fortkommst!«

Wortlos drehte ich mich um und ging, schlug, ohne mich noch einmal umzusehen, den Weg zum Dorf ein.

Niemand rief mich zurück.

14

Den ganzen Weg über weinte ich, hatte ich doch mit einem Schlag nicht nur meine Träume, sondern auch meine Familie verloren. Ich nahm es Mutter nicht übel, dass sie nicht für mich eingetreten war. Sie war alt und auf Pieters Wohlwollen angewiesen. Was hätte ich ihr bieten können, wenn sie mir beigesprungen wäre? Aber dass mein Bruder so hartherzig sein konnte, damit hatte ich nicht gerechnet.

Und Rembrandt ... Konnte es denn wahr sein, dass er mir absichtlich verschwiegen hatte, was in Saskias Testament stand? Vielleicht gedachte er ja, sich nicht daran zu halten, und machte mir doch noch einen Heiratsantrag.

Ich schöpfte neue Hoffnung, wischte die Tränen ab und ging, als ich das Dorf erreicht hatte, schnurstracks zur Herberge. Dort ließ ich mir sagen, welches Zimmer Rembrandt bezogen hatte, eilte die Treppe hinauf und öffnete die Tür.

Rembrandt saß auf einem Stuhl und zeichnete, neben sich auf einem Tischchen ein Krug Bier. Verwundert blickte er auf.

»Wie? Du bist schon wieder da?«

Dann bemerkte er meine tränenverschmierten Wangen und sprang auf. »Du hast geweint! Ist etwas geschehen?«

Ich ließ mich auf die Kante des Bettes sinken, in dem Titus schlief, und brach erneut in Tränen aus. Rembrandt setzte sich zu mir und legte den Arm um meine Schultern. An ihn gelehnt, berichtete ich unter heftigem Schluchzen, was sich zugetragen hatte.

»Das hat dein Bruder wirklich gesagt?« Er schüttelte den Kopf. »Nimm es dir nicht zu Herzen. Wir leben so, wie wir wollen, das geht keinen Menschen etwas an.«

Er küsste mich, seine Lippen waren weich und warm. Ich löste mich aus seinem Arm und schaute ihm ins Gesicht. Es war ganz nah ... die breite Nase, die kantige Kieferlinie, teils von krausem Bart bedeckt.

»Hat Saskia tatsächlich in ihrem Testament verfügt, dass du nicht wieder heiraten darfst?«, wollte ich wissen.

Ein tiefer Seufzer. »Ja, so ist es. Wenn ich wieder heirate, muss ich die Hälfte von Saskias Erbe Titus überschreiben. Bleibe ich hingegen unverheiratet, kann ich ohne Einschränkung darüber verfügen.«

»Warum wollte sie das so? Gönnte sie dir kein neues Glück?«

»Nun, solche Bestimmungen sind durchaus üblich, vor allem, wenn man reich ist. Saskia entstammt einer begüterten Familie, und dass ihre Eltern und die meisten ihrer Geschwister tot sind, weißt du ja. Ihr war es wichtig, dass das Familiensilber und der Schmuck ihrer Mutter später einmal Titus zukommen. Wenn er stirbt, was Gott verhüten möge, dann erben Saskias nächste Verwandte, also Hiskia und Edzart.«

Diese Eröffnung musste ich erst einmal verdauen. »Somit kannst du nie mehr heiraten«, sagte ich nach einer kleinen Weile. »Und musst immer allein bleiben.«

»Das Erstere stimmt, das Letztere, so hoffe ich, nicht.« Er zog mich an sich und küsste mich, erst sanft, dann immer ungestümer, fast schon verzweifelt. »Verlass mich nicht« bedeuteten seine Küsse, und ich erwiderte sie mit der gleichen Verzweiflung.

Plötzlich ließ Rembrandt mich los.

»Ich möchte dir etwas geben«, sagte er. »Etwas, das mir lieb und teuer ist.«

Er griff in sein Wams, wo – wie ich wusste – eine Tasche ins Futter eingenäht war. Für Geldmünzen, hatte ich stets gedacht, obwohl Rembrandt auch eine Börse bei sich trug. Aber er nahm etwas ganz anderes heraus: einen diamantenbesetzten Ring mit Rosenmotiv. Der Ring hatte Saskia gehört, sie hatte ihn bis zu ihrem Todestag getragen.

»Diesen Ring habe ich einst Saskia geschenkt«, sagte Rembrandt. »Jetzt soll er dir gehören, wenn du ihn willst. Ich kann dich nicht heiraten, aber der Ring soll dir sagen, dass ich dich als meine Ehefrau betrachte, dass ich dich liebe und dir Treue gelobe. In den Augen der Kirche leben wir in Sünde, aber das ist mir gleichgültig. Dir hingegen nicht, nehme ich an. Du hast erlebt, wie dein Bruder sich aufgeführt hat – und wie er denken noch mehr Leute. Deshalb sollst du dir die Antwort auf meine Frage gut überlegen: Willst du bei mir bleiben, als meine Frau, auch wenn es gegen das Gesetz ist? Willst du diesen Ring tragen, Geertje?«

Bei seinen Worten blieb mir die Luft weg. Ungläubig starrte ich den Ring an, dann den Mann, der es tatsächlich ernst mit mir zu meinen schien.

»Ich weiß, dass ich viel von dir verlange.« Rembrandt wirkte mit einem Mal besorgt. »Es ist selbstsüchtig von mir und auch unziemlich, aber ich ...«

»Ja«, fiel ich ihm ins Wort. »Ja, ich will als deine Frau mit dir leben. Und es ist mir eine Ehre, Saskias Ring zu tragen. Ich werde gut darauf aufpassen.«

Rembrandt hielt den Ring in die Höhe und betrachtete ihn. Ein paar Augenblicke sah er traurig aus, dann aber lächelte er mir zu. »So gib mir deine Hand.«

Ich tat es, er nahm sie und steckte mir den Ring an.

Wir kehrten nach Amsterdam zurück und setzten unser gewohntes Leben fort, aber zugleich war alles anders geworden. Die Tage erschienen mir heller, das Haus wärmer, so als würde es mich umarmen. In meine Freude mischte sich aber immer wieder Enttäuschung. Enttäuschung darüber, dass das nun alles war, dass ich auf mehr nicht hoffen konnte. Rembrandt hatte mir Saskias Ring gegeben, das war eine wunderbare und liebevolle Geste, aber im Grunde genommen doch ein Trostpreis.

Am Tag nach unserer Rückkunft hatte er mir weitere Schmuckstücke gegeben, die Saskia gehört hatten, darunter goldene Armbänder, Perlen, Ringe und eine Halskette. Der Rosenring war zu wertvoll, um ihn täglich zu tragen, ich ersetzte ihn darum durch einen schlichten glatten Goldreif. Nur wenn Rembrandt mich ausführte, zu einem Sonntagsspaziergang durch die Stadt oder einem Besuch bei Bekannten, legte ich die kostbareren Stücke an.

Viele erkannten den Schmuck, insbesondere die Frauen, und schon bald wurde in Regentenkreisen über meinen neuen Status getuschelt. Und wenn wir durch die Straßen gingen, empfand ich die neugierigen Blicke wie Nadelstiche.

Ende Dezember waren Rembrandt, Titus, Neeltje und ich auf dem Rückweg von einem Spaziergang zum Dam. Wir kamen an der Zuiderkerk vorbei, als die Gottesdienstbesucher herausströmten, und Rembrandt überquerte den Kirchplatz, um seinen Freund Jan Six und dessen Mutter zu begrüßen.

Ich folgte mit Neeltje und Titus, blieb aber in einiger Entfernung stehen. Jan Six machte eine höfliche Verbeugung zu mir hin, seine Mutter indessen würdigte mich keines Blickes.

Mehrere vornehm gekleidete Leute musterten mich geringschätzig, und eine der Damen sagte: »Und trägt der Affe auch einen goldenen Ring, er ist und bleibt ein …«, woraufhin alle Umstehenden in Gelächter ausbrachen.

Neeltje sah mich betroffen an, ich jedoch tat, als hätte ich den Spruch nicht gehört, und ließ den Blick möglichst gelassen über den Platz schweifen.

»Wie die Leute wieder glotzen«, sagte ich leichthin. »Man könnte doch meinen, dass es inzwischen nichts Neues mehr ist.«

»Solange Ihr nicht heiratet, bleibt das so.« Wie um mich zu beschützen, kam Neeltje näher heran.

Dass sie so treu zu mir stand, rührte mich. Zumal kaum jemand mir Respekt zollte, was ich durchaus nachvollziehen konnte. Unser Zusammenleben war ungesetzlich, wurde aber von der Obrigkeit geduldet. Der Kirchenrat sah es allerdings strenger und hatte uns inzwischen mehrmals mit Ausschluss vom Abendmahl gedroht und angekündigt, wir würden – sofern wir uns nicht eines Besseren besännen – aus der Glaubensgemeinschaft verstoßen. Rembrandt hatte seit Saskias Trauerfeier keinen Gottesdienst mehr besucht, und ich hielt es seit Kurzem ebenso, aber ein förmlicher Ausschluss war für mich doch eine schreckliche Vorstellung. Ich hoffte, dass es so weit nicht kommen würde.

»Nein, so etwas! Rembrandt van Rijn!«, ertönte eine muntere Stimme, und eine Dame, gefolgt von einem Dienstmädchen, ging auf Rembrandt zu.

»Wer ist das?«, flüsterte ich Neeltje zu, denn ich erinnerte mich nicht, sie je gesehen zu haben.

»Das ist Mevrouw Oopjen Coppit, eine alte Freundin von Meister van Rijn. Soviel ich weiß, wohnt sie aber in Naarden.«

Die Dame begrüßte Jan und Anna Six und verwickelte dann Rembrandt in ein lebhaftes Gespräch. Nach einer Weile fiel ihr Blick auf mich, und sie hüstelte.

Rembrandt beeilte sich, uns vorzustellen. »Geertje, das ist Oopjen Coppit, eine gute Bekannte. Oopjen, das ist meine Hausfrau Geertje Dircx.«

Sie lächelte mir zu. Ihr schwarzseidenes Kleid war schlicht und dennoch vornehm, und unter der Haube aus flämischer Spitze quoll üppiges rötliches Kraushaar hervor. »Wie schön, dich kennenzulernen, Geertje«, sagte sie. »Ich hörte bereits, dass Rembrandt neues Glück in der Liebe beschieden ist.«

Es klang offen und freundlich, ohne jegliche versteckte Gehässigkeit.

»Neeltje hat erwähnt, dass Ihr in Naarden wohnt«, sagte ich. Das Duzen fiel mir bei Leuten aus der besseren Gesellschaft nicht leicht.

»Das war einmal. Ich bin schon vor einer Weile wieder nach Amsterdam gezogen.« Sie klopfte Rembrandt mit ihrem Fächer auf den Arm. »Komm doch demnächst einmal mit Geertje zum Abendessen. Dann siehst du meinen Sohn wieder und lernst meinen neuen Ehemann kennen.«

»Das machen wir gern«, sagte Rembrandt.

Seiner Stimme war anzuhören, dass er sich aufrichtig freute.

Als wir den Kirchplatz verließen, fragte ich, woher er Oopjen Coppit kenne.

»Ich war mit ihrem ersten Mann, Marten Soolmans, gut befreundet«, sagte Rembrandt. »Wir lernten uns kennen, als er fünfzehn und ich zweiundzwanzig war. Er kam aus Amsterdam und studierte Rechtswissenschaft in Leiden. Wir wohnten nicht weit auseinander, ich im Weddesteeg, er an der Rapenburg, ein Fußweg von nur wenigen Minuten. Zum ersten Mal begegneten wir uns in der Schenke *De Drie Haringen*. Mit einem wie Marten wollte jeder gern befreundet sein, aber aus irgendeinem Grund zog er mich den anderen vor. Wir blieben Freunde, auch als ich nach Amsterdam ging. Er hat wenige Jahre später Oopjen geheiratet und ist mit ihr ebenfalls nach Amsterdam gezogen, und zwar …?«

»Wieder in deine Nähe?«

»Richtig. Diesmal noch näher als in Leiden. Sie wohnten in der Nieuwe Hoogstraat. Damals war ich in der Malwerkstatt von Hendrick van Uylenburgh tätig, einem Cousin Saskias. Ich hatte bereits ein paar bedeutende Aufträge bekommen, aber erst die Porträts, die ich von Marten und Oopjen malte, verschafften mir Zugang zu den höchsten Regentenkreisen. Ich habe die beiden stehend und fast lebensgroß gemalt. Von früh bis spät habe ich an den Gemälden gearbeitet, mein ganzes Herzblut ist hineingeflossen. Marten und Oopjen standen mir anfangs Modell, und später, als das nicht mehr nötig war, kamen sie weiterhin, um die Fortschritte zu begutachten. Zumeist am Abend, sodass wir zusammen ein Glas Wein trinken konnten. Ach, das waren schöne Zeiten …«

Der letzte Satz hatte melancholisch geklungen, darum legte ich ihm die Hand auf den Arm. »Die beiden haben auch Saskia gut gekannt, nicht wahr?«, sagte ich. »Meinst du, Oopjen stört sich an unserem Zusammensein?«

»Ich denke nicht. Ein Jahr vor Saskias Tod hat sie selbst ihren Mann verloren und mittlerweile wieder geheiratet.«

»Dein Freund ist also tot, das tut mir leid.«

»Ja, der arme Kerl. Er war erst achtundzwanzig. Oopjen und er wohnten zuletzt in Naarden, darum hatten wir uns ein wenig aus den Augen verloren. Dennoch hat mich sein Tod sehr getroffen. Oopjen blieb zunächst mit ihrem Sohn in Naarden, wohnt aber jetzt mit ihrem zweiten Mann wieder hier.« Nachdenklich blickte Rembrandt vor sich hin. »Wie alt mag der Junge sein? Das letzte Mal, als ich ihn sah, hatte er noch ein Kleidchen an und machte Seifenblasen.«

»Glaubst du, Oopjen möchte wirklich, dass wir sie zusammen besuchen? Bin ich ihr willkommen?«

Rembrandt griff nach meiner Hand, die noch immer auf seinem Arm lag, und drückte sie. »O ja«, sagte er. »Ganz sicher.«

Oopjen und ihr zweiter Gatte Martijn Daeij bewohnten ein stattliches Haus mit Treppengiebel am Singel. Anfang Januar suchten wir sie auf, um unsere besten Wünsche zum neuen Jahr zu überbringen. Titus nahmen wir mit; um ihn sollte sich das Dienstmädchen kümmern. Was jedoch kaum nötig war, denn der siebenjährige Jan, Oopjens Sohn aus erster Ehe, nahm ihn sogleich bei der Hand, um ihm im Hof das Knöchelspiel beizubringen. Dafür war Titus mit seinen zwei Jahren noch etwas zu klein, doch die beiden hatten ihr Vergnügen zusammen, davon zeugten fröhliche Rufe, die bis in die Wohnstube drangen, wo wir beim Wein saßen.

Ob es vom Wein kam oder ob Rembrandt sich in Oopjens Gesellschaft einfach nur wohlfühlte, wusste ich nicht, jedenfalls war er bestens gelaunt, machte Scherze und erzählte Schwänke. Noch nie hatte ich ihn so munter und gelöst erlebt. Seine gute Stimmung übertrug sich auf mich, und dass Oopjen eine bezaubernde und ausgesprochen liebenswürdige Gastgeberin war und auch ihr Mann mir freundlich begegnete, ließ mich meine Scheu vollends überwinden.

Der Abend war bereits fortgeschritten, als die Männer ein Fachgespräch miteinander anknüpften, darum wandte ich mich Oopjen zu. »Du hast einen schönen und besonderen Vornamen«, sagte ich. »Woher kommt er?«

»Ich bin nach meiner Großmutter väterlicherseits benannt«, erwiderte sie. »Oopjen kommt von Opina und ist ein friesischer Name. Man hört ihn in der Tat selten, zumal in Amsterdam.« Sie lachte, und ich stimmte ein.

»Woher kommst du, Geertje?«, wollte sie dann wissen.

Ich erzählte ein wenig von meinem Leben in Edam und Hoorn. Auf mein Verhältnis mit Rembrandt kam ich nur beiläufig zu sprechen, aber weil Oopjen mir aufmerksam zuhörte und verständnisvoll nickte, war ich mir sicher, dass sie es billigte. Und ihre folgenden Worte bestätigten es: »Weißt du,

Geertje, Amsterdam mag eine große Stadt sein, aber es geht hier nicht anders zu als in den Dörfern ringsum. Die Leute reden immer und überall, am liebsten über andere. Als wären sie selber ohne Sünde. Aber sei versichert, dass von den Herrschaften, die dich jetzt verurteilen, ein jeder sein Geheimnis hat. Darum Rücken gerade und Kopf hoch!«

»Das fällt nicht immer leicht. Ich bewundere sehr an Rembrandt, dass er sich nicht darum schert, was andere über ihn denken.«

Oopjen lächelte. »Für ihn ist nur seine Kunst wichtig und ein kleiner Kreis von Menschen, denen er seine Liebe oder Freundschaft schenkt. Er ist beileibe kein einfacher Mensch, aber wenigstens weiß man bei ihm stets, woran man ist.«

»Er lebt so, wie er will. Nicht einmal der Kirchenrat kümmert ihn. Der habe, so sagt er, absolut nichts mit seiner Art von Glauben zu schaffen.«

»Ja, das klingt sehr nach ihm. Und so solltest du es auch halten, Geertje. Gott weiß, wer du bist und was dich umtreibt, und das geht weder den Kirchenrat noch die Amsterdamer Gesellschaft etwas an.«

Wir konnten frei und offen sprechen, denn Rembrandt und Martijn waren aufgestanden und in die Betrachtung eines Gemäldes von Rubens versunken, den Rembrandt sehr bewunderte. Mir fiel ein, dass er Oopjen und ihren Gatten gemalt hatte, und ich fragte, ob ich die Bilder sehen dürfe.

»Sehr gern! Sie hängen in der Diele.« Oopjen hatte sich bereits erhoben.

Dass sie dort hingen, hatte ich natürlich bemerkt – sie waren kaum zu übersehen –, aber bisher war keine Zeit gewesen, sie genauer zu betrachten. Wir gingen zusammen in die Diele und stellten uns, mit ein paar Schritten Abstand, vor die Bilder.

Sie waren atemberaubend schön. Marten und Oopjen, zwanzig und zweiundzwanzig Jahre alt, waren in Lebensgröße abgebildet. Marten trug einen schwarzseidenen Anzug, garniert mit Schleifen, Silbernadeln und einem Spitzenkragen. Seine Schuhe waren fast zur Gänze von großen Schmuckrosetten verdeckt, und an seinen Strumpfbändern hingen Quasten aus Silberspitze.

Im Vergleich zu ihm war Oopjen fast schlicht gekleidet, obwohl ihr schwarzes Gewand zweifellos aus edler Seide war und der große anliegende Kragen und die Ärmelabschlüsse aus Spitze. Was ihrer Kleidung an Prunk abging, machte der Schmuck wett. Sie trug Ohrringe, eine vierreihige Perlenkette und kostbare Ringe. In der Hand hielt sie einen Fächer aus schwarzen Straußenfedern.

Wieder einmal staunte ich, wie naturgetreu Rembrandt Menschen zu malen verstand. Ich hätte Oopjens ersten Mann – so er noch gelebt hätte – auf der Straße sofort erkannt.

Die Gemälde waren vor über zehn Jahren entstanden, und mir schien, dass Oopjen sich in der Zeit kaum verändert hatte. Sie lächelte auf dem Bild genauso wie vorhin bei unserem vertraulichen Gespräch – ein warmes, sanftes Lächeln, das einem Zuversicht vermittelte.

»Sie sind schön, nicht wahr?«, sagte sie nun leise. »Jedes Mal, wenn ich die Bilder ansehe, bin ich aufs Neue von Rembrandts Können begeistert. Zumal er damals noch recht jung war; er hatte sich gerade als Kunstmaler selbstständig gemacht.«

Mein Blick blieb an dem weiten Kleid haften, das Oopjen auf dem Bild trug. Hatte sie damals ein Kind erwartet? Und wo war dieses Kind jetzt? Es musste ja älter sein als ihr Sohn Jan ... Ich enthielt mich jedoch, danach zu fragen.

»Stört es deinen Mann nicht, durch diese Bilder an deine erste Ehe erinnert zu werden?«, sagte ich stattdessen.

»Aber nein.« Sie lachte. »Wir haben einen Sommersitz in Groenekan bei Utrecht, dorthin nehmen wir die Bilder sogar mit, denn sie sollen auf keinen Fall unbeaufsichtigt bleiben.

Sie sind mir nicht nur lieb und teuer, sondern auch sehr kostbar. Eines Tages werden sie meinen Kindern gehören und danach meinen Enkeln – bis dahin sind sie ein Vermögen wert, davon bin ich überzeugt.«

Wir kehrten in die Wohnstube zurück, wo die Männer wieder am Tisch saßen. Das Dienstmädchen trug soeben warme Fleischpastetchen auf und schenkte dann Wein in frische Gläser.

Den kurzen Nachhauseweg legten wir, ebenso wie den Hinweg, zu Fuß zurück. Rembrandt trug Titus, der an seiner Schulter eingeschlafen war, und ich schwärmte unentwegt von Oopjen.

»Sie ist ausgesprochen nett! Ich habe nicht das Gefühl, dass sie auf mich herabschaut oder uns gar verurteilt, weil wir unverheiratet zusammenleben.«

»Wahrscheinlich, weil sie weiß, wie es ist, Gegenstand von Klatsch und Tratsch zu sein«, sagte Rembrandt.

Ich sah ihn von der Seite her an. »Wovon sprichst du?«

»Oopjen war bei der Heirat mit meinem Freund Marten bereits schwanger«, begann er. »Und so habe ich sie auch gemalt. Sie hatte nicht damit gerechnet, dass man ihr das so verübeln würde, und um nicht ständig schief angesehen zu werden, sind sie damals nach Naarden gezogen. Sie weiß also genau, wie es ist.«

15

Oopjens Worte hatten mir zu denken gegeben. Sie hatte recht: Niemand war ohne Sünde, auch nicht die Regenten und die reichen Kaufleute, die in der Kirche immer in den vordersten Bänken saßen. Rembrandt erzählte mir, ein großer Teil des Geldes, mit dem sie ihre herrschaftlichen Häuser im Grachtengürtel bezahlten, stamme aus dem Sklavenhandel.

»Daran sind sie alle beteiligt, die feinen Herrschaften«, sagte er. »Die Familien Bicker, Six, Bartolotti und, und, und ... Dabei verbietet die Bibel den Menschenhandel. Wer sind diese Leute, dass sie tadeln, wie ich lebe!«

Von da an kümmerte es mich weniger, wie andere über mich dachten, und ich widmete meine ganze Aufmerksamkeit dem Leben mit Rembrandt, Titus und Neeltje sowie einigen guten Freunden: Oopjen und Martijn und ein paar andere, mit denen Rembrandt seine Leidenschaft für die Malerei teilte. Jan Six kam regelmäßig vorbei. Ebenso Rembrandts Jugendfreund Jan Lievens, der sich kürzlich in Amsterdam niedergelassen hatte – ein stets gut gelaunter Mann mit störrischem dunklem Haar, das er mit einem braunen Schlapphut zu bändigen versuchte.

Als er zum ersten Mal kam, hatten Rembrandt und er sich viele Jahre nicht mehr gesehen. Sie umarmten einander herzlich, und Rembrandt trug mir auf, Wein und Gläser zu holen. Als ich das Gewünschte brachte, erfuhr ich, dass die beiden sich in Leiden, der Stadt ihrer Kindheit, angefreundet und sogar den gleichen Lehrmeister, Pieter Lastman, gehabt hatten.

»Wir haben damals füreinander Modell gesessen«, sagte Jan und schmunzelte. »Von Rembrandt habe ich mehr Porträts gemalt als von jedem anderen.«

»Ja, und dann hast du mich im Stich gelassen und bist nach London gegangen«, sagte Rembrandt. »Nun aber berichte: Wie ist es dir in der Zwischenzeit ergangen?«

Ich lauschte den Erzählungen, während ich Nüsse, Oliven und Austern auftischte, und setzte mich dann, mit Titus auf dem Schoß, zu den Männern.

Die vergnüglichen Erinnerungen an die gemeinsame Jugendzeit schienen Rembrandts Falten zu glätten, mit einem Mal wirkte er so jung wie auf den Selbstporträts von früher; ich konnte die Augen nicht von ihm wenden.

Nach Jans Abschied saßen wir noch eine Weile beim Wein beisammen und knabberten Nüsse.

»Du hast dich über seinen Besuch sehr gefreut«, stellte ich fest. »Ihr wart wohl gute Freunde.«

»O ja, obwohl Jan immer wieder versucht hat, mich zu übertrumpfen. Er war ungeheuer ehrgeizig und so sehr von sich überzeugt, dass er keine Kritik vertragen konnte.«

»Das wiederum klingt nicht nach guter Freundschaft ...«

»Ach, ich war ja genauso, wenn auch nicht im gleichen Maße. Und ich muss zugeben, dass seine Leistungen mich angespornt haben, das Beste aus mir herauszuholen. Unserer Freundschaft hat es jedenfalls nicht geschadet, und ich freue mich, dass Jan jetzt in Amsterdam wohnt. Freunde zu haben, mit denen man über Kunst sprechen kann, ist immer gut.

Aber ein Konkurrent ist Jan natürlich auch. Er war von jeher ein guter Maler, und bei Anthonis van Dyck in London hat er seine Fähigkeiten sicherlich vervollkommnet.«

»Keiner malt besser als du«, behauptete ich, ohne je ein Bild von Jan Lievens gesehen zu haben.

»Ich weiß, aber Jan kann gut mit Menschen umgehen. Es dürfte ihm keine Schwierigkeiten bereiten, sich mit der Regentenbande gut zu stellen. Und auch nicht, sie so zu malen, wie sie es wünschen. Über Auftragsmangel wird er kaum zu klagen haben.«

Ich nahm einen Schluck Wein und hob dann mein Glas zu Rembrandt hin.

»Kannst du das nicht auch tun? Hin und wieder einmal dem nachgeben, was die Leute wollen? Das würde gute Einkünfte bringen.«

»Mich selber zu Markte tragen? Ist das dein Ernst?« Voller Entrüstung sah er mich an.

Ich stellte das Glas wieder hin. »Ich meine ja nur ...«

»Was du meinst, weiß ich genau! Du willst, dass ich meine Kunst einsetze, um diesen eingebildeten Gockeln zu behagen, indem ich ihnen in den Hintern krieche. Und wofür? Für Geld! Als ob es im Leben *darum* ginge!«

Ich musste schlucken, fasste mich aber rasch wieder. »Selbstverständlich ist Geld nicht die Hauptsache, aber auch nicht unwichtig. Es sei denn, du willst es darauf ankommen lassen, dass wir bald keine Rechnungen mehr begleichen können. Dann wird das Haus geräumt, und wir sitzen auf der Straße. Mag sein, dass Geld dir nichts bedeutet, aber immerhin bist du Vater, und dein Sohn verdient ein gutes Leben.«

Das zeitigte Wirkung. Rembrandt hatte bereits den Mund zu einer Entgegnung geöffnet, nun schloss er ihn wieder.

Plötzlich sprang er auf. »Du bist wie Saskia!«, fuhr er mich an und stürmte dann aus der Tür.

Ich hob mein Glas, trank einen Schluck und lächelte. Auch wenn wir uns gestritten hatten, ein größeres Kompliment hätte er mir nicht machen können.

In der Folgezeit wurde nicht mehr über Geld gesprochen. Rembrandt konnte im Grunde ebenso wenig Kritik vertragen wie Jan Lievens, tagelang hüllte er sich in Schweigen. Sein Ärger wäre wohl schneller verflogen, wenn ich mich entschuldigt hätte, doch das tat ich nicht. Es gibt nun einmal Dinge, die gesagt werden müssen, egal, ob der andere sie hören will oder nicht. Wenn Rembrandt tatsächlich das Haus aufgeben müsste, würde ein kleiner Junge sein Zuhause verlieren – und ich meine Stellung. So weit durfte es nicht kommen. Es tat mir nur für die Schüler leid, denn sie bekamen seine schlechte Laune zu spüren. Aber das ließ sich nicht ändern.

Doch selbst Rembrandt konnte nicht ewig schmollen. Seine Art, Einsicht zu zeigen, war es, sich auf das Fertigen von Radierungen zu verlegen. Radierungen waren stets gefragt, und mit dem Geld, das der Verkauf einbrachte, konnte ich die drängendsten Schulden begleichen.

In einem allerdings behielt Rembrandt recht: Jan Lievens machte ihm tatsächlich Konkurrenz. Liebenswürdig und entgegenkommend, wie er war, flossen ihm die Aufträge nur so zu. Bedeutende Bestellungen von Regentenfamilien, die von ihm begeistert waren.

Sein Erfolg war für Rembrandt ein großes Problem. Er verlor nicht viele Worte darüber, aber ich merkte es an seiner Miene, wenn Jan ihm beim Bier von seinen neuesten Aufträgen erzählte. Und auch daran, was Rembrandt *nicht* sagte, indem er dem Gespräch rasch eine andere Wendung gab. Jan schien das nicht aufzufallen; immer wieder kam er auf sein Lieblingsthema – sich selbst – zu sprechen. Sein mangelndes Feingefühl sprach in meinen Augen nicht für wahre Freundschaft. Andererseits zeichnete auch Rembrandt sich nicht gerade durch Feingefühl aus, möglicherweise passten die beiden darum so gut zueinander. Jedenfalls unternahmen sie viel gemeinsam, machten beispielsweise stundenlange Spaziergänge außerhalb der Stadt. Unterwegs kehrten sie in Gasthäusern ein oder rasteten auf einem umgefallenen Baumstamm und zeichneten.

So verstrich die Zeit. Ich war mit meinem Leben zufrieden und erfreute mich an Rembrandts Zuneigung. Titus war mir ans Herz gewachsen wie seinerzeit die Kinder der Familie Beets, ich liebte ihn bedingungslos und hatte mich dreingefunden, dass eigene Kinder mir versagt bleiben würden. Ich sah dies als Strafe dafür an, dass wir in Sünde zusammenlebten. Dass Titus ein Einzelkind bleiben würde, stand fest, darum wachte Rembrandt besorgt über sein Wohl. Wenn es neblig war oder regnete, musste ich mit dem Kind im Haus bleiben, wenn die Sonne schien, aber ein Lüftchen wehte, musste ich den Kleinen so warm einpacken, als ginge es ins tiefste Sibirien.

Ich widersprach Rembrandt nicht. Den größten Teil des Tages verbrachte er ohnehin in der Werkstatt, sodass ich tun konnte, was mir richtig schien. Und ich hatte keinesfalls vor, Titus wie ein Schoßhündchen zu verzärteln. Dafür war er auch viel zu lebhaft und unternehmungslustig. Es gefiel ihm, wenn wir außerhalb der Stadtmauern spazieren gingen, an Wassergräben Frösche fingen und das Muhen der weidenden Kühe nachahmten. Zu Hause brachte ich ihm das Knöchelspiel und Ballschlagen bei, und zu seinem dritten Geburtstag lud ich einige Kinder aus der Nachbarschaft ein.

Am 11. November ging ich zum ersten Mal mit ihm zum Sankt-Martins-Fest. Eigentlich war es verboten, den Tag eines katholischen Heiligen zu feiern, doch kaum einer hielt sich daran. Dass es im Grunde ein Bettelfest für die Armen war, zählte auch nicht, weil es den Kindern Freude machte.

Ich hatte eine Rübe für Titus ausgehöhlt und versah sie mit einer brennenden Kerze. Als ich ihm sein Mäntelchen übergezogen hatte und die Laterne nahm, fragte er: »Was machen wir?«

»Wir feiern den Martinstag. Du bist schon groß, darum darfst du wie die anderen von Haus zu Haus gehen und bekommst von den Leuten Süßigkeiten, wenn du ihnen ein Lied vorsingst. Hör nur, die Kinder singen schon!« Ich hob den Finger, und wir lauschten dem Gesang draußen auf der Straße.

»Der heilige Martin war ein gütiger Mann«, erklärte ich. »Er hat vielen Menschen geholfen, besonders den Armen. An einem kalten Tag sah er am Straßenrand einen Bettler, der nur ein paar Lumpen anhatte. Martin zögerte keinen Augenblick: Er schnitt seinen eigenen Mantel entzwei und gab dem Bettler die Hälfte davon, damit er nicht mehr zu frieren brauchte.«

»Oh!« Titus betrachtete sein Mäntelchen.

»So einen schönen warmen Mantel wie du hat nicht jeder. Darum feiern wir den Martinstag.«

»Kriegt Martin dann meine Süßigkeiten?«, fragte Titus.

»Nein, die sind für dich. Je schöner du singst, desto mehr kriegst du!«

Das lockte Titus, und er rannte zur Tür.

Wir gesellten uns zu den Kindern aus der Nachbarschaft, die mit ihren Laternen aus Flaschenkürbissen und Rüben einen lustigen Anblick boten. Wie ich es für Titus gemacht hatte, waren Sterne und Monde oder auch Gesichter in die Schale geschnitten. Im hohlen Innern flackerten Kerzen.

Auf den Plätzen und an einigen Straßenecken hatte man Freudenfeuer entzündet, und die Häuser waren mit Buchsgewinden verziert. Die älteren Kinder zogen verkleidet und maskiert durch die Straßen, sie schrien und schlugen an Haustüren.

Der Lärm ängstigte Titus ein wenig, trotzdem genoss er das Spektakel. Ich bedauerte, dass Rembrandt uns nicht begleitete; Heiligenfeste seien ihm zuwider, hatte er gesagt. In Wirklichkeit aber wollte er arbeiten, obwohl das bei der hereinbrechenden Dunkelheit kaum mehr möglich war. Es erstaunte mich immer wieder, dass jemand, der mit Begeisterung biblische Szenen malte, in Glaubensfragen so stur sein konnte. Zwar hatte er mir einmal erklärt, dass er diese Motive nicht aus religiöser Überzeugung wählte, sondern der Spannung und Dramatik wegen und weil sich so menschliche Gefühle und Empfindungen darstellen ließen, aber ganz verstand ich es nicht. Einen Teil seiner Arbeitszeit, insbesondere jenen, in dem er Väter und Söhne auf die Leinwand brachte, hätte er besser Titus gewidmet. Das Kind wurde so schnell groß, und Rembrandt verpasste viel von ihm. Meine Bindung zu dem Jungen hingegen wurde immer stärker.

Wenn Titus seinen Mittagsschlaf hielt, saß ich mitunter Rembrandt oder seinen Schülern Modell. Samuel hatte so große Fortschritte gemacht, dass er inzwischen seine Bilder signieren durfte. Er schien sich nun wohler zu fühlen, hatte Freunde gefunden und summte bei der Arbeit öfter vor sich hin.

»Ich will ein Porträt von dir malen, Geertje«, sagte er eines Tages. »In den Kleidern, die du anhattest, als du nach Amsterdam gekommen bist: roter Rock und schwarzes Mieder.«

»Das ist eine ländliche Tracht, die trage ich nicht mehr.«

»Mir gefällt sie aber. Zieh sie doch gleich an, dann mache ich eine Skizze.«

Widerwillig, aber insgeheim auch geschmeichelt, ließ ich mich von ihm zur Treppe schieben. »Ich habe aber wenig Zeit, weil ich noch auf den Markt muss«, warnte ich.

»Es dauert nicht lange«, versicherte er.

Kurz darauf stand ich in Waterlander Tracht in der Werkstatt, und Samuel musterte mich nachdenklich. »Halte das hier fest.« Er gab mir ein Holzbrett in die Hände. »Tu so, als wäre es eine Tür, deren oberer Teil offen ist.«

»Wie soll ich dreinschauen?«

»So, als würdest du etwas hören.«

Ich gab mir Mühe, und Samuel begann zu zeichnen.

Nach einer Weile nickte er zufrieden. »Das reicht. Ich arbeite erst die Skizze aus, und danach mache ich mich ans Malen.«

»Fein, dann gehe ich rasch zum Markt, ehe Titus aufwacht.« Und ich machte mich sogleich auf den Weg, in den inzwischen ungewohnten Kleidern von früher. Wie eine Bäuerin sah ich darin nicht aus, aber auch nicht wie eine Städterin ... dabei zog ich ohnehin schon genug Blicke auf mich.

In den Wochen darauf stand ich täglich Modell für Samuels Bild. Rembrandt schaute ihm hin und wieder über die Schulter und machte Vorschläge, gab aber keine Anweisungen mehr wie ein Lehrmeister.

Samuel, mittlerweile siebzehn Jahre alt, war gewachsen, hatte breite Schultern bekommen und sah gut aus mit seinem schulterlangen dunkelblonden Haar und den sanften braunen Augen. Immer wieder traf ich vor dem Haus junge Mädchen an, die mir Grüße an ihn auftrugen.

Es wurde Weihnachten und Neujahr, das Porträt machte Fortschritte – und dann schlug das Schicksal zu. Mitte Januar erhielt Samuel ein Schreiben aus Dordrecht. Es wurde von einem Eilboten gebracht, was selten ein gutes Zeichen war. Alle in der Werkstatt hielten mit der Arbeit inne, als Samuel den Umschlag öffnete.

Er las den Brief. Erst mit unbewegter Miene, dann füllten seine Augen sich mit Tränen. »Meine Mutter ist tot«, sagte er.

Maeyken van Hoogstraten war sechsundvierzig Jahre alt geworden, sie hinterließ acht Kinder, von denen Samuel der Älteste war. Sobald er sich einigermaßen gefasst hatte, traf er Vorbereitungen für die Reise nach Dordrecht.

»Nun kann ich dein Porträt nicht zu Ende malen«, sagte er bedauernd. »Ich bitte Meister van Rijn, es zu tun.«

»Mach dir darum keine Gedanken«, entgegnete ich. »Wichtig ist jetzt nur, dass du schnell zu deinen Geschwistern kommst, sie brauchen dich.«

Wir umarmten uns, und in dem Moment ahnte ich, dass er wohl nicht wiederkommen würde.

Nachdem er sich auch von Rembrandt und den anderen Schülern verabschiedet hatte, schulterte er sein Bündel, winkte uns zu und brach auf. Ich schaute ihm nach und empfand eine tiefe Traurigkeit.

Einen Monat später bekam ich einen Brief von Samuel, der meine Ahnung bestätigte. Er wollte fortan bei seinen Geschwistern im Elternhaus leben, ein Onkel und eine Tante waren zu ihnen gezogen. Seine Lehrzeit bei Rembrandt wäre ohnehin bald vorbei gewesen, schrieb er, er werde nun eine eigene Werkstatt in den Räumen seines Vaters aufmachen und selbst Schüler annehmen. Dann bat er mich noch, ihm seine zurückgelassenen Sachen zu schicken. Und falls ich ihm schreiben wolle, was er sehr hoffe, solle ich als Adresse »Haus zum Elefanten in der Weeshuisstraat« auf den Umschlag schreiben. Schließlich gab er noch der Hoffnung Ausdruck, Rembrandt würde Zeit finden, mein Porträt zu vollenden.

Rembrandt fand Zeit dafür, er hatte sogar schon angefangen. Wieder musste ich Modell stehen, diesmal an der geöffneten Obertür des Hauses. Rembrandt stand im Freien und studierte, ein Auge zugekniffen, wie das Licht fiel.

»Den Kopf ein wenig nach rechts«, sagte er.

In seiner Werkstatt führte er das Bild dann aus, jedoch anders, als Samuel es vorgehabt hatte.

Als es fertig war, bat er mich nach oben. Dort stand eine Staffelei, darauf mein Porträt, an einigen Stellen glänzte die Farbe noch nass.

Ich betrachtete es aus einigem Abstand. Es war nicht das erste Bild von mir, dennoch war es auch jetzt wieder ein merkwürdiges Gefühl, mich selbst auf der Leinwand verewigt zu sehen.

Samuel hatte mich mit nach vorn gerichtetem Blick skizziert, Rembrandt hingegen hatte mich geheißen, ein wenig zur Seite zu schauen. Und er hatte mich mit prüfendem Blick gemalt – fast schon beängstigend naturgetreu.

»Schaue ich wirklich so drein?«, fragte ich.

»Manchmal«, erwiderte er. »Als würdest du aus dem Augenwinkel nach dem Leben Ausschau halten. Das wollte ich schon immer einmal malen. Wie gefällt dir das Bild?«

»Es ist wunderschön«, sagte ich.

Rembrandt nickte, er schien nichts anderes erwartet zu haben.

16

So vergingen die Jahre. Titus wuchs gesund und munter auf. Dass Saskia seine Mutter war, wusste er nur vom Erzählen. Er war jetzt fünf, fast schon sechs, und ab und zu betrachtete er eines ihrer Porträts, jedoch ohne eine Gefühlsregung zu zeigen. Er fragte auch nie nach ihr.

Eines Tages aber würde er Fragen stellen, und ich war froh, seine Mutter gekannt zu haben und ihm dann von ihr erzählen zu können. Saskia war damals schwer krank gewesen, aber die Liebe zu ihrem Kind – und dass sie es auf ihre Art noch versorgen wollte – hatte mir einen tiefen Eindruck gemacht.

Kaum zu glauben, dass ihr Tod schon fünf Jahre her war. Die Zeit war schnell vergangen, hatte aber ihre Spuren hinterlassen. Das merkte ich an meiner Figur, die sich gerundet hatte. Ich war mittlerweile siebenunddreißig, nicht steinalt, aber auch nicht mehr jung. Als Samuel und Rembrandt mich malten, hatte ich noch mädchenhaftere Züge gehabt, inzwischen aber, vor allem in der letzten Zeit, hatte ich Falten bekommen und leichte Tränensäcke.

Rembrandt malte mich erneut, mit unbarmherziger Genauigkeit. Ich war sein Modell für eine biblische Szene – »Sara erwartet Tobias« nannte er das Bild. Dabei musste ich mich nackt hinlegen und am Bettvorhang vorbeispähen. Obschon das Bild wunderschön gemalt war, sah ich es mir nur ungern an.

Ich genoss jeden Tag von Titus' Kinderzeit, wusste ich doch, wie schnell sie zu Ende gehen würde. Bald kam der Junge in die Schule. Bei der Familie Beets hatte ich erlebt, wie rasch Kinder sich dann verändern.

Auch Rembrandt war sich, so schien es, des Verstreichens der Zeit gewärtig. Immer öfter zeichnete er nun Titus, der so gar keine Lust darauf hatte. »Nein! Nicht!«, rief er und hielt sich die Hand vors Gesicht. Rembrandt lachte darüber und zeichnete einfach weiter.

Im Laufe der Zeit hatte ich einiges über Kunst gelernt. Porträts, so wusste ich, mussten stets eine bestimmte Aussage haben. Auch die von Kindern; sie sollten ausstrahlen, dass die Kinder gut erzogen waren. Mit anderen Worten: dass sie von den Eltern auf ein tugendhaftes, christliches Leben vorbereitet wurden.

Davon war nichts zu spüren, wenn Rembrandt seinen Sohn zeichnete oder malte. Er bildete ihn so ab, wie er war.

Kurz nach seinem sechsten Geburtstag trat Titus in die Lateinschule ein, und es wurde ruhiger im Haus. Hätte ich selbst Kinder bekommen, dachte ich, würden diese mich nun in Atem halten und die Zimmer und Gänge mit fröhlichem Lärm erfüllen. Der alte Schmerz, den ich schon erloschen glaubte, flammte wieder auf und verdüsterte meine Stimmung. Vielleicht war das der Grund, dass ich gesundheitlich nicht auf der Höhe war. Immer häufiger musste ich mittags für eine Weile ruhen.

Als der Sommer kam, fühlte ich mich etwas besser. Ich brauchte tagsüber nur noch selten Schlaf und befolgte den Ratschlag des Doktors, mich regelmäßig im Freien aufzuhalten.

An einem sonnigen, warmen Tag stand ich bei der Anthonie-Schleuse und sah dem Treiben auf dem Wasser zu, als jemand meinen Namen rief.

»Geertje! He, Geertje!«

Ich ließ den Blick über die Boote gleiten und entdeckte eine winkende Frau in Waterlander Tracht. Erst als das Boot näher gekommen war, erkannte ich sie. Es war Geesken aus Ransdorp, die mir die Stellung in Rembrandts Haus vermittelt hatte.

Das Boot legte an, sie stieg aus, und ich umarmte sie zur Begrüßung: »Geesken! Schön, dich zu sehen! Wie geht es dir?«

Mein Überschwang verwunderte sie und mich selbst nicht minder, bis ich mir klarmachte, dass es mir weniger um sie zu tun war als um meine Familie. Ich wollte wissen, wie es meinen Angehörigen ging, und fragte Geesken aus, ohne lange herumzureden. Sie gab bereitwillig Antwort: Meiner Mutter ging es gut, erfuhr ich, aber Pieter und Marij hatten ihr jüngstes Kind verloren und lange getrauert.

»Tja, du weißt ja, wie das ist. Man hat seine Kinder nur geliehen und weiß nie, wann Gott sie zu sich ruft«, sagte Geesken. »Da muss man sich dreinfinden, so schwer es auch ist. Marij ist übrigens wieder guter Hoffnung. Und du, wie steht es bei dir?« Sie schaute mir direkt auf den Bauch.

»Gut.«

»Freut mich. Hast du Kinder?«

Ich schüttelte den Kopf.

»Aber du lebst doch schon etliche Jahre mit diesem Maler zusammen, oder? Und hast keine eigenen Kinder? Nun ja, es wären ohnehin Bastarde, da wird es dir so lieber sein.«

Ihre Unverschämtheit bestürzte mich so, dass ich sie nur anstarren konnte. »Ich muss gehen«, presste ich schließlich hervor.

»Ich auch. Bis bald mal wieder!«

Geesken stieg wieder in das Milchboot und wies die zwei Knechte an, weiterzufahren. Mit ihrer roten Jacke, dem Strohhut und dem von Wind und Wetter faltig gewordenen Gesicht erkannte man sie sogleich als einfache Frau vom Lande. Dennoch fühlte ich mich ihr weit unterlegen, auch wenn ich feinere Kleidung trug.

Nicht lange darauf erschreckte Neeltje mich mit der Mitteilung, sie wolle kündigen. Sie hatte seit einiger Zeit einen Verehrer, nun war sie schwanger und musste schleunigst heiraten. Ihr Zukünftiger stammte aus Haarlem, und dort, in der Nähe seiner Familie, wollten die beiden wohnen. Ich verstand Neeltje nur zu gut: Wenn sie diesen Mann, der sein gutes Auskommen hatte, nicht heiratete, würde sie auf immer Dienstmädchen bleiben.

Wir nahmen tränenreich Abschied und versprachen, einander zu schreiben, wohl wissend, dass das nicht geschehen würde. Neeltje konnte kaum schreiben, und wenn sie erst einmal in Haarlem wohnte, würde sie mit ihrem eigenen Haushalt und später mit dem Kind viel zu beschäftigt sein.

Nach ihrem Weggang verfiel ich in Trübsinn. Zum einen fehlte sie mir, zum anderen war es nicht einfach, Ersatz zu finden. Zwei Wochen waren vergangen, und die Mädchen, die sich vorgestellt hatten, waren zu jung und unerfahren oder mager und schwächlich, und bei wieder anderen fand ich mittels Erkundigungen heraus, dass sie ihre letzte Stellung wegen Faulheit oder Diebstahl verloren hatten.

Ich fühlte mich noch nicht ganz gesund, und die Hausarbeit fiel mir immer schwerer. Eines Tages ging der Klopfer an der Haustür, und als ich öffnete, stand eine junge Frau vor mir.

»Ich habe gehört, Meister van Rijn braucht vielleicht ein Dienstmädchen«, sagte sie. »Ist die Stellung noch zu haben oder schon vergeben?«

Ihrem Zungenschlag nach kam sie nicht aus Amsterdam; ich hatte ein wenig Mühe, sie zu verstehen.

Ich sagte, die Stellung sei noch vakant, führte sie in den Laden und brachte ihr einen Becher Dünnbier. Das war nicht üblich, aber sie wirkte müde, schien einen langen Weg hinter sich zu haben.

Ich nahm ihr gegenüber Platz.

»Nun sag mir erst einmal, wie du heißt und woher du kommst«, begann ich. »Aus Amsterdam doch wohl nicht, oder?«

»Nein. Ich heiße Hendrickje Stoffelsdochter Jegher und komme aus Bredevoort.«

»Bredevoort? Wo liegt das?«

»Im Osten des Landes, nicht weit von der Grenze. Mein Vater ist Unteroffizier in der Armee. Ihr werdet Euch fragen, warum ich zu Euch gekommen bin. Es ist so: Wir haben eine gemeinsame Bekannte – Geesken aus Ransdorp. Sie ist mit einem Soldaten aus Bredevoort verlobt, der unter meinem Vater gedient hat. Geesken wusste, dass ich Arbeit suche, und hat mir geschrieben.«

Wie eine Ransdorper Milchbäuerin an einen im Osten stationierten Soldaten geraten war, konnte mir gleich sein. Mich interessierte vielmehr die junge Frau mir gegenüber. Sie war gerade zur rechten Zeit gekommen, wirkte gesund und kräftig, an ihr hätte ich bestimmt eine tüchtige Hilfe.

Ich fragte sie nach ihrem Alter.

»Zweiundzwanzig«, antwortete sie und fügte sogleich hinzu, sie sei im Haushalt sehr erfahren.

Ich fragte noch dies und das, und sie war sichtlich bemüht, einen guten Eindruck zu machen. Aber das war nicht nötig, denn ich hatte meine Entscheidung bereits getroffen und teilte ihr das mit.

Dann führte ich sie im Haus herum und zeigte ihr auch die kleine Kammer auf dem Speicher, wo Neeltje geschlafen hatte.

Sie legte ihr Bündel aufs Bett. »Und Meister van Rijn? Wo ist er?«, fragte sie.

»In seiner Werkstatt. Du wirst ihn am Abend kennenlernen.«

»Muss er nicht zustimmen, dass ich die Stellung bekomme?«

»Nein, das entscheide ich allein. Er schätzt es nicht, wenn man ihn mit Haushaltsdingen belästigt. Aber wir können kurz in den Malsaal gehen, damit ich dich seinen Schülern vorstelle.«

Hendrickje nickte und folgte mir die Treppe hinab. Ich öffnete die Tür zum Malsaal und räusperte mich. »Das ist Hendrickje, unser neues Dienstmädchen«, sagte ich. »Sie kümmert sich von nun an darum, dass genug Torf zum Heizen da ist und bringt euch mittags die Heringe.«

Es blieb still, keiner sagte ein Wort. Ich zog verwundert die Brauen hoch. Dann merkte ich, dass sie heimlich Blicke tauschten, grinsten und Hendrickje unverhohlen begafften. Und ich verstand.

Ich selbst hatte nur auf Hendrickjes frisches Gesicht und ihren kräftigen Körperbau geachtet; erst jetzt, durch das Verhalten der Schüler, wurde mir klar, dass sie schön war. Und ich nahm mir vor, sie nicht öfter als unbedingt nötig in den Malsaal zu schicken.

Als die Dämmerung einsetzte und das spärliche Licht nicht mehr zum Malen ausreichte, kam Rembrandt aus seiner Werkstatt. Ich war gerade dabei, mit Hendrickje das Abendessen vorzubereiten, als seine Schritte auf der Treppe erklangen.

»Das ist Meister van Rijn«, sagte ich und wusch mir die Hände an der Pumpe neben dem Spültrog.

Hendrickje tat es mir hastig nach. Sie schien unsicher zu sein – kein Wunder, Rembrandts Stern war in den letzten Jahren gestiegen. Auch wenn die Amsterdamer Regenten ihm keine Aufträge mehr erteilten, war er doch im ganzen Lande als Maler gefragt und verdiente mehr als jeder seiner Kollegen. Solch einem berühmten Menschen begegnete man nicht alle Tage, und wahrscheinlich hatte Hendrickje hoch gespannte Erwartungen. Ich musste mir das Lachen verbeißen, als Rembrandt in seinem über und über befleckten Malerkittel eintrat. Sein Haar war zerzaust, er war unrasiert, und ein durchdringender Geruch nach Schweiß und Terpentin umgab ihn.

Aber all das schien Hendrickje nicht zu schrecken. Strahlend sah sie ihn an und knickste tief, fast schon ehrerbietig.

»Meister van Rijn, es ist eine große Ehre, Euch kennenzulernen!«, sagte sie, noch ehe ich sie vorstellen konnte.

Rembrandt sah mich stirnrunzelnd an: »Wer ist das, bitte?«

»Hendrickje Jegher, das neue Dienstmädchen«, antwortete ich. »Sie hat heute Mittag angefangen.«

»Sehr schön.« Rembrandt ließ sich auf einen Stuhl sinken und zog einen leeren Krug heran. »Sie kann mir gleich einschenken, ich habe Durst.« Dann wandte er sich an Hendrickje: »Kannst du denn kochen?«

»Aber ja!« Sie nahm die Bierkanne und füllte Rembrandts Krug, ohne einen Tropfen zu verschütten. »Meine Mutter hat es mir beigebracht. Sie ist die beste Köchin bei uns in der Stadt, nicht übertrieben.«

»Woher kommst du? Du redest anders als die Leute hier.«

»Aus Bredevoort, Mijnheer. Das liegt im Osten des Landes, wie Ihr bestimmt wisst.«

Überzeugt, dass Rembrandt das *nicht* gewusst hatte, bewunderte ich Hendrickje für ihr Feingefühl.

Ich beobachtete die beiden bei ihrer weiteren Unterhaltung. Was ich erwartet hatte, blieb aus: Weder störte Hendrickje sich an Rembrandts nachlässigem, fast schon wüstem Aufzug, noch behandelte er sie unfreundlich oder gar ruppig. Für seine Begriffe war er sogar höflich, sodass Hendrickje bald den letzten Rest Unsicherheit überwand.

Die Bierkanne in den Händen, stand sie am Tisch und plauderte. Und statt sie zur Arbeit anzuhalten, hörte Rembrandt aufmerksam zu. Ich machte der Gemütlichkeit ein Ende, indem ich ihn aufforderte, sich umzuziehen, und Hendrickje an den Herd schickte.

»Trag die Mahlzeit für den Meister und mich oben in der Wohnstube auf«, sagte ich. »Du kannst hier in der Küche essen.«

»Ist gut«, antwortete Hendrickje.

Ich hatte einen Anflug von schlechtem Gewissen, hatte Neeltje doch stets mit uns in der Wohnstube gegessen, aber eine innere Stimme sagte mir, es sei vernünftiger, mit dieser Gewohnheit zu brechen.

17

Eine Woche später verstärkte sich mein schlechtes Gewissen. Denn ich wurde krank, und Hendrickje kümmerte sich so vorbildlich um mich, dass ich mich fragte, was mir eigentlich an ihr nicht passte. Ich kam zu dem Schluss, dass ich schlicht und einfach neidisch war. Ich neidete Hendrickje ihre Jugend und Schönheit.

Dank ihrer guten Pflege ging es mir so schnell wieder besser, dass ich meine Gefühle beiseiteschob und mich bemühte, sie besser kennenzulernen. Sie war ja noch so jung und ahnte nichts von den Sorgen und Ängsten, die einen quälten, wenn man älter wurde.

Als ich eines Nachmittags durch den oberen Flur ging, hörte ich sie weinen. Mit lauten Schluchzern, wie ein todunglückliches Kind. Das griff mir ans Herz. Rasch ging ich die Treppe hinauf, betrat den Speicher und klopfte an die Kammertür.
»Hendrickje?«

Das Schluchzen brach ab, und ich hörte Schritte. Gleich darauf steckte sie den Kopf durch den Türspalt. Sie hatte ihr Gesicht abgewischt, trotzdem sah man noch Tränenspuren.

»Es tut mir leid, ich hätte den Eimer vom Abtritt leeren sollen, aber ...«

»Das kannst du auch später noch tun. Warum hast du geweint?«

Sie biss sich auf die Lippe, war deutlich im Zwiespalt. Dann kam es leise: »Ich habe solches Heimweh. Meine Familie fehlt mir.«

»Lass uns nach unten gehen.«

Sie folgte mir die Treppen hinab bis in die Küche, wo wir uns an den Tisch setzten. Ich griff nach der Zinnkanne mit dem Rotwein und goss uns zwei Gläser ein.

»Erzähl mir ein wenig von deinem Zuhause«, forderte ich sie auf. »Leben deine Eltern noch? Hast du Geschwister?«

»Meine Mutter lebt noch, und ja, ich habe Geschwister. Ich bin die Jüngste von sechsen. Zwei Brüder, Hermen und Frerick, sind bei der Armee, einer als Soldat, der andere als Tambour. Dann habe ich zwei Schwestern, Martina und Margriete. Martina ist mit einem Soldaten verheiratet. Bei uns zu Hause dreht sich alles um die Armee.«

»Und dein Vater?«

»Der ist tot. Vor zwei Jahren ist bei uns in Bredevoort der Pulverturm in die Luft geflogen. Dabei ist er umgekommen und mein Bruder Berent auch.«

»Wie furchtbar!«

Hendrickje senkte den Kopf, wohl um die aufsteigenden Tränen zu verbergen. »Meine Mutter hat eineinhalb Jahre später wieder geheiratet«, fuhr sie fort. »Unseren Nachbarn Jacob. Er ist Witwer und hat drei kleine Kinder. Da hat einer Stütze am anderen. Aber das Haus war mit einem Mal so voll ...« Sie brach ab und zupfte ein Fädchen von ihrem Ärmel. »Da bin ich eben fortgegangen.«

»Weil kein Platz mehr für dich war?«

»Nicht viel, aber das hätte mich nicht gestört. Ich bin wegen meines Stiefvaters fort.«

Dass sie sehr leise sprach und dabei das Gesicht abwandte, verriet mir, was sie meinte.

»Was für ein Widerling!«, rief ich aus. »Hast du es deiner Mutter gesagt?«

Sie lächelte schwach. »Nein, das wollte ich lieber nicht tun. Sie war so froh, wieder einen Mann zu haben, der für sie sorgte, und sie mag die Kleinen so sehr. Jacob hat genug Geld, darum muss sie nicht mehr als Waschfrau arbeiten. Als er eines Nachts versucht hat, in meine Kammer zu kommen, wusste ich, dass ich so schnell wie möglich aus dem Haus musste. Ich wollte auch nicht in Bredevoort bleiben, sondern weit weg leben. Da traf es sich gut, dass Geesken mir geschrieben hat.«

»Dann bist du also nach Amsterdam gegangen ...«

Sie blinzelte den Tränenschleier vor den Augen weg und nickte.

Eine Weile sprach keine von uns, aber die Stille hatte nichts Peinliches. Schließlich stießen wir auf gute Kameradschaft an.

»Du bist sehr schön«, sagte ich und stellte das Glas ab. »Das ist ein Geschenk, kann aber auch eine Last sein.«

»Ich wollte, Gott hätte mir weniger Schönheit gegeben, dann könnte ich noch zu Hause wohnen.«

»Als ich jünger war, erging es mir ähnlich. Ich sah zwar nicht ganz so gut aus wie du, musste mich in Edam aber doch sehr vor den Männern hüten.«

»Kommst du aus Edam?«

Mit einem Mal duzte sie mich, was ich aber nicht als störend empfand. Schließlich kamen wir beide aus einfachen Verhältnissen. Und ich begann, ihr von meiner Familie und von Abraham zu erzählen.

»So wenige Monate nur warst du verheiratet, als dein Mann starb?«, sagte sie bestürzt. »Das ist ja schrecklich!«

»Es ist lange her. Ich bin darüber hinweg, aber manchmal, in ganz unerwarteten Momenten, ist der Schmerz wieder da.

Zum Beispiel, wenn ich auf der Straße einen Mann sehe, der ihm ähnelt. Dann bekomme ich Herzrasen und denke einen Augenblick lang, er ist es.«

»Das verstehe ich gut. Mir geht es mit meinem Vater ebenso. Warum hast du denn nicht wieder geheiratet?«

Ich zuckte mit den Schultern. »Ich habe keinen mehr getroffen, der mir gefallen hätte. Außerdem kann ich für mich selber sorgen, ich brauchte keinen Ehemann.«

»Wäre ich nur auch so stark ...«

»Das bist du!« Ich tätschelte ihre Hand. »Du bist ganz allein von Bredevoort nach Amsterdam gekommen, das zeugt doch von Stärke.«

Sie lächelte, dann sah sie mich ein wenig zögernd an. »Darf ich eine neugierige Frage stellen?«

»Was für eine Frage?«

»Wegen Meister van Rijn und dir.«

Meine Miene war wohl recht abweisend, denn sie entschuldigte sich sofort: »Tut mir leid, ich weiß ja, dass mich das nichts angeht. Wir vergessen die Frage einfach, ja?«

Ich nahm einen Schluck Wein und überlegte kurz. Dann hielt ich ihr die Hand mit dem glatten goldenen Ring hin. »Dieser Ring hat Meister van Rijns verstorbener Frau Saskia gehört. Er hat mir all ihren Schmuck geschenkt. Die meisten Stücke sind sehr kostbar, darum trage ich sie nur selten. Diesen Ring aber nehme ich nie ab.«

Ich vertraute ihr an, wie es zwischen Rembrandt und mir stand, und sie wollte wissen, ob es nicht schlimm für mich sei, dass wir ohne den Segen der Kirche zusammenlebten.

»Ganz und gar nicht. Wenn Gott die Liebe ist, dann drückt er ein Auge zu. Adam und Eva waren ja auch nicht miteinander verheiratet.« Ich schob meinen Stuhl zurück und stand auf. »Jetzt aber genug. Auf uns wartet viel Arbeit.«

Obwohl wir uns im Großen und Ganzen gut verstanden, ärgerte mich manches an Hendrickje, etwa, dass sie immer lange wegblieb, wenn ich sie mit einem Auftrag in den ersten Stock hinaufschickte. Was tat sie da nur? Als es wieder einmal ewig dauerte, ging ich auf Strümpfen die Treppe hinauf.

Die Tür zu Rembrandts Werkstatt stand halb offen. Ich schlich näher und sah Hendrickje an der Staffelei stehen. Sie hielt einen Pinsel und tupfte damit vorsichtig auf die Leinwand, wobei Rembrandt ihr die Hand führte und Anweisungen gab. Mehr als ein paar Wortfetzen verstand ich nicht, aber seine Stimme klang sanft und geduldig.

Mir blieb fast das Herz stehen, und ich musste mich am Türrahmen festhalten, um eines plötzlichen Schwindels Herr zu werden.

Er ließ sie malen!

Mich duldete er nicht einmal in der Nähe seiner Staffelei – *sie* aber durfte sein Bild beklecksen! Wobei ein paar Kleckse nicht weiter schlimm waren, die konnte er im Nu übermalen. Aber darum ging es nicht.

Ich holte tief Luft, dann öffnete ich die Tür ganz und sagte möglichst gelassen: »Oh, hier bist du. Ich brauche dich in der Küche, Hendrickje.«

»Ich komme gleich«, erwiderte sie, ohne sich umzuwenden.

»Ich brauche dich aber *sofort*.« Mein Tonfall war so scharf, dass sie nicht anders konnte, als zu gehorchen.

Mit einem Seufzer legte sie den Pinsel weg und sah Rembrandt an. Einen Augenblick lang fürchtete ich, er würde ihr erlauben zu bleiben, und damit meine Autorität untergraben. Was er aber zum Glück nicht tat. Dafür zwinkerte er ihr zu, und das wiederum beunruhigte mich zutiefst.

Hendrickje ging vor mir her die Treppe hinab. Unten schlüpfte ich in meine Pantoffeln. Auf einem Bein schwankend, stand ich da, als sie sagte: »Du hast uns belauscht, stimmt's?«

Ich richtete mich auf und sah ihr in die Augen, froh darum, ein Stück größer zu sein als sie. »Habe ich Grund dazu?«

»Wir tun nichts Unrechtes, Geertje. Ich wollte nur wissen, wie es ist zu malen.«

Dass sie das unumwunden eingestand, ohne dabei die Augen niederzuschlagen, machte mir noch mehr Angst als ihre Worte.

Kurze Zeit später wurde ich wieder krank, und wieder kümmerte Hendrickje sich um mich. Ich ließ es zu, weil ich sie brauchte.

Dass Rembrandt mein Krankenlager mied, konnte ich verstehen, musste er doch ein Gemälde vollenden. Zudem erinnerten ihn meine Fieberanfälle wahrscheinlich an die schwere Zeit vor Saskias Tod. Dennoch wünschte ich mir, er würde hin und wieder nach mir sehen.

Allmählich sank das Fieber, und als ich eines Morgens, auf der Seite liegend, in Erwartung von Hendrickje zur Tür der Wohnstube schaute, trat plötzlich Rembrandt ein. Erfreut richtete ich mich auf, sank aber gleich wieder zurück, weil mir schwindlig wurde.

»Bleib ruhig liegen.« Rembrandt rückte einen Hocker ans Bett. »Wie geht es dir?«

»Schon ein wenig besser. Das Fieber ist weg.«

»Das hat mir Hendrickje bereits erzählt. Sie pflegt dich gut, nicht wahr?«

»Ja.«

Dann herrschte Stille. Rembrandt hatte sich vorgebeugt und die Hände zwischen den Knien verschränkt. Anscheinend wollte er etwas sagen, wusste aber nicht, wie anfangen.

»Was gibt es?«, fragte ich beunruhigt.

Er hob den Kopf, und ich sah Schmerz und etwas wie Angst in seinem Blick.

»Nun sprich endlich!«

»Saskias Verwandte wissen, dass ich dir ihren Schmuck gegeben habe.«

»Oh, und das passt ihnen vermutlich nicht.«

»Nicht unbedingt ... nein ... Hiskia ist vollkommen außer sich. Ihr ist es wichtig, dass Saskias Nachlass nicht angetastet wird. Nach meinem Tod erbt Titus alles, aber sollte ihm etwas zustoßen, ist Hiskia die Erbin. Ihrer Meinung nach hätte ich dir keine Gegenstände geben dürfen, die Titus zustehen und die außerdem von seiner Mutter stammen.« Er räusperte sich. »Und damit hat sie leider recht.«

Während er mir das auseinandersetzte, ließ ich ihn nicht aus den Augen, und mein ungutes Gefühl verstärkte sich.

»Du willst den Schmuck zurückhaben«, sagte ich leise.

»Nein, ich habe ihn dir aus Liebe gegeben. Und ich liebe dich noch immer. Allerdings müssen wir Hiskia besänftigen, sonst bringt sie die Sache vor Gericht; erste Schritte dazu hat sie bereits unternommen. Womöglich wird dann *sie* zu Saskias Nachlassverwalterin bestimmt.«

»So weit kann es kommen?«

»Ich fürchte, ja. Denn ich habe mich ins Unrecht gesetzt, indem ich dir den Schmuck gegeben habe.«

Er wollte die Schmuckstücke also doch wiederhaben und hoffte vermutlich, ich würde sie freiwillig hergeben.

Erschöpft schloss ich für einen Moment die Augen. Die Juwelen, insbesondere der Diamantring, bedeuteten mir viel, weit mehr als ihr Geldwert. Sie belegten meinen Status als Rembrandts Frau und schützten mich vor abfälligen Worten und Blicken. Undenkbar, dass ich sie zurückgab, das konnte er nicht von mir verlangen.

Er tat es auch nicht, aber sein langes Schweigen machte mir nicht gerade Mut. Schließlich räusperte er sich wieder. »Ich wüsste eine andere Lösung«, begann er.

»Welche?«

»Ich habe mich bei einem Advokaten erkundigt. Er heißt Pieter Cloeck, du kennst ihn sicherlich vom Sehen, er wohnt im ›Haus zur vergoldeten Aschentonne‹ am Singel.«

Ich nickte.

»Er hat mir geraten, ein Verzeichnis der gemeinschaftlichen Besitztümer von mir und Saskia erstellen zu lassen, damit Hiskia und die übrigen Verwandten sehen können, dass ansonsten noch alles da ist. Und wenn du ein Testament aufsetzen lässt, in dem du Titus den Schmuck vermachst, wäre alles geregelt. Dann könntest du ihn behalten.«

Er konnte die Juwelen gar nicht zurückfordern, wurde mir klar, schließlich hatte ich sie in der Öffentlichkeit getragen – sie waren *mein* Eigentum, und ich durfte sie hinterlassen, wem ich wollte. Aber warum nicht Titus? Es war nur folgerichtig, dass er später einmal erhielt, was einst seiner Mutter gehört hatte.

»Selbstverständlich soll Titus den Schmuck erben«, sagte ich. »Etwas anderes würde ich gar nicht wollen.«

Rembrandt lächelte, alle Anspannung schien von ihm abzufallen. »Wie schön! Ich wusste, dass du es verstehst!« Er nahm meine Hand und küsste sie. »Wir können gleich heute Nachmittag zum Notar Laurens Lamberti.«

»Heute Nachmittag?«

»Ja. Lamberti wohnt nicht weit von hier, beim Zeedijk. Und du hast doch gesagt, dass es dir schon ein wenig besser geht. Wir können natürlich auch ein paar Tage warten, aber Hiskia ...«

Ich unterbrach ihn mit einer Handbewegung und sagte: »Es wird schon gehen. Dauert es lange, ein Testament aufzusetzen?«

»Ganz und gar nicht. Du sagst einfach, was darin stehen soll, der Notar bringt es zu Papier, und am Ende unterschreibst du.

Wir können ja schon einmal ein Konzept machen.« Er bemerkte meinen fragenden Blick und ergänzte: »Einen Entwurf, meine ich.«

Ich hätte lieber geschlafen, weil ich mich wieder schlechter fühlte, doch Rembrandt war bereits aufgestanden, um Papier und Tinte zu holen.

Dann verfassten wir einen Entwurf für mein Testament, das heißt, Rembrandt verfasste ihn, und ich war mit dem, was er vorschlug, einverstanden.

Es war im Grunde recht einfach, er musste mir lediglich die Rechtswörter erklären. Wenn ich kinderlos sterben würde, so stand am Ende da, sollte meine Kleidung an meine Mutter gehen. Trijntje Beets sollte eine Summe Geldes erhalten, namentlich hundert Gulden, und auch das Porträt, das Rembrandt von mir gemalt hatte. Alles Übrige sollte Titus erben.

Anschließend schlief ich ein paar Stunden, dann kleidete ich mich an, noch ein bisschen unsicher auf den Beinen, und setzte meine Haube auf. Rembrandt half mir in meinen Übermantel, und wir verließen das Haus.

Es war ein kalter Tag, und der eisige Nordwind ließ mich zusammenschaudern. Den Arm um meine Schultern gelegt, führte Rembrandt mich zur Anthonie-Schleuse, wo eine geschlossene Kutsche wartete.

»Zu Fuß bis zum Molensteeg wäre es wohl ein wenig zu weit für dich«, meinte er.

Er öffnete die Tür der Kutsche und half mir hinein. Dankbar ließ ich mich auf das kalte Leder der Bank sinken. Rembrandt stieg ebenfalls ein, schloss die Tür und nahm neben mir Platz.

Dann setzte die Kutsche sich in Bewegung.

Rembrandt hatte recht: Ein Fußmarsch hätte mich zu sehr angestrengt, auch wenn es nicht übermäßig weit war. Allerdings waren wir mit der Kutsche kaum schneller. In der Breestraat waren so viele Menschen und Fuhrwerke unterwegs, dass die Kutsche nur mühsam vorankam, und am Nieuwmarkt war fast kein Durchkommen.

Endlich erreichten wir den Zeedijk und bogen kurz darauf nach links in den Molensteeg ein, der so eng war, dass die wenigen Fußgänger sich an die Hauswände drücken mussten, um uns durchzulassen. Es wunderte mich, dass der Notar in einer so unansehnlichen Gasse wohnte.

Vor einem schmalen, hohen Haus hielt der Kutscher an, und Rembrandt half mir beim Aussteigen.

Die Diele des Hauses war zu meinem Erstaunen überaus prachtvoll ausgestattet, sie hatte einen Marmorfußboden, an den Wänden reihten sich Ziertischchen und Stühle, und über dem Kamin prangte ein Gemälde – das Porträt eines fast grauhaarigen Herrn um die sechzig. Es war der Notar selbst, wie ich feststellte, als dieser in die Diele kam.

Nach einer herzlichen Begrüßung bat er uns, ihm in sein Amtszimmer zu folgen, wo ein Feuer im Kamin brannte. Am Tisch saß ein Schreiber bereit, daneben standen zwei mir unbekannte Männer. Sie traten vor und verbeugten sich leicht vor Rembrandt und mir.

»Das sind die beiden Zeugen: Jan Guersen und Octaeff Octaefszoon«, sagte Lamberti. »Nehmt bitte Platz.«

Wir folgten der Aufforderung. Ich wischte heimlich meine feuchten Handflächen am Rock ab. Hatte ich wieder Fieber, oder war ich nur aufgeregt? Eher Letzteres, dachte ich, aber warum? War es die ungewohnte Umgebung oder weil die Sache mit dem Testament mir vor Augen führte, wie schnell das Leben zu Ende sein konnte? Auf einmal brach mir der Schweiß aus, und ich hoffte inständig, es würde nicht allzu lange dauern, das Schriftstück aufzusetzen.

Glücklicherweise hatte Rembrandt daran gedacht, das Konzept mitzunehmen; er händigte es dem Notar aus. Der überflog es, stellte mir sodann ein paar Fragen zu meiner Gesundheit und meiner Familie und fing an, dem Schreiber das Testament in die Feder zu diktieren. Eine halbe Stunde nach unserer Ankunft hatte ich unterschrieben, und damit war alles geregelt.

Rembrandt lächelte breit. So still er kurz vorher noch gewesen war, so munter und fröhlich wirkte er nun. Ich war erleichtert, dass er sich nicht noch mit dem Notar unterhalten wollte, der im Übrigen sehr beschäftigt war – die nächsten Leute standen bereits in der Diele.

Der Kutscher war bis zum Oudezijds Voorburgwal weitergefahren, wo er auf uns wartete. Ich war so müde und taumelig, dass die kurze Strecke mich vollends erschöpfte.

Bei der Rückfahrt lehnte ich mich an Rembrandt, dessen gute Stimmung schon wieder verflogen war, den ganzen Weg über starrte er wortlos aus dem Kutschenfenster. Damals war ich zu angeschlagen, um Unheil zu wittern. Das kam erst später.

18

Im Nachhinein begreife ich nicht, wie ich so blind sein konnte, denn die Anzeichen waren überdeutlich. Vielleicht kam es durch die Krankheit, die mich noch wochenlang schwächte. Oder durch Hendrickjes aufopfernde Pflege. Ich glaubte, sie sei mir herzlich zugetan, und schämte mich für mein anfängliches Misstrauen ihr gegenüber. Heute aber bin ich mir sicher, dass ihre Freundlichkeit nur gespielt war.

Rembrandt fand kaum mehr Zeit für mich, darunter litt ich am meisten. Wenn man einen Menschen liebt, achtet man auf jede Kleinigkeit, die das gemeinsame Glück bedrohen könnte, lässt sich aber auch leicht einlullen, weil die Wahrheit zu schmerzlich wäre.

Wann genau ihr Verhältnis angefangen hat, weiß ich nicht. Hendrickje verbrachte jedenfalls immer mehr Zeit in Rembrandts Werkstatt, angeblich, um Modell zu sitzen. Bei geschlossener Tür.

Wenn ich unvermutet eintrat, war da nie etwas, das meinen Argwohn schürte, ich verspürte lediglich ein Unbehagen, wenn ich die beiden zusammen sah.

Das erste Mal, als ich mir nichts mehr vormachen konnte,

war im Juni. Am 5. Juni 1648, um genau zu sein. Das ist mir so gut erinnerlich, weil an dem Tag das Ende des Kriegs mit Spanien gefeiert wurde.

In der ganzen Stadt fanden Freudenfeste statt. Wir gingen gemeinsam zum Dam: Rembrandt mit Titus auf den Schultern, Hendrickje und ich rechts und links von ihm. Es war ein sonniger Frühsommertag mit weißen Wolkenfetzen am blauen Himmel. Frisches Grün schmückte die Bäume am Weg.

Die Glocken der Zuiderkerk läuteten schon seit Stunden, und die Straßen waren schwarz von Menschen.

Ich schaute aus dem Augenwinkel zu Hendrickje. Mit leichten, federnden Schritten, gerade eben nicht hüpfend, ging sie neben Rembrandt her, plauderte, zeigte bald hierhin, bald dorthin und scherzte zwischendurch mit Titus. Ihre blaue Jacke lag eng an, und unter der Haube quollen ihre Locken hervor. Das Gesicht war rosig überhaucht, und wie wir da so nebeneinandergingen, mussten Unbekannte uns für ein Ehepaar mit großer Tochter und kleinem Sohn halten.

Rembrandt war bester Laune. Er redete und lachte, grüßte nach allen Seiten und antwortete geduldig auf die vielen Fragen von Titus.

Das Glockengeläut schien sich von Kirche zu Kirche auszubreiten, je mehr wir uns dem Dam näherten. Dazu kam Kanonendonner aus der Ferne, der Titus erschreckte, bis Rembrandt ihm erklärte, dass es sich um Freudenschüsse handelte.

Kurz vor dem Dam herrschte ein solches Gewimmel, als hätte sich die gesamte Stadtbevölkerung dort eingefunden. Die Fenster der Häuser rund um den Platz standen offen und waren mit Schaulustigen besetzt.

Straßenjungen kletterten auf Bäume und Pfähle, und sogar auf den Booten im Damrak drängten sich die Menschen, um nur ja nichts von den Festlichkeiten zu verpassen. Vom Turm des noch nicht abgerissenen alten Rathauses, das vor dem neuen stand, schallten Posaunen, und die Fassade war mit bunten Fahnen geschmückt.

Ich stellte mich auf die Zehenspitzen und reckte den Hals, um zu sehen, was sich auf dem Platz tat. Bei der Waage stand ein Weinbrunnen, an dem man umsonst trinken konnte, außerdem erspähte ich drei Schaubuden. Bei zweien war der Vorhang geschlossen, bei der dritten ging er soeben unter lautem Trommelwirbel auf. Mehrere Schauspieler betraten die Bretterbühne und stellten mit dramatischen Gebärden eine Handlung dar, die sich mir nicht erschloss.

Während sich dort die Neugierigen drängten, erklang von der anderen Seite des Dams plötzlich Musik. Die Schützen kamen! Ein bunter Zug aus Hellebardieren, Pikenieren und Tambouren bewegte sich zur Platzmitte hin, und die Zuschauer schwenkten Fähnchen über ihren Köpfen. Weil nun viele den Aufmarsch der Schützen sehen wollten, entstand ein mächtiges Gedränge.

»Wo ist Hendrickje?«, fragte Rembrandt. Er drehte sich, Titus nach wie vor auf den Schultern, im Kreis herum.

Ich tat es ihm nach, konnte Hendrickje aber nirgends entdecken. Was kein Wunder war, standen wir doch dicht an dicht und drohten, eingekeilt zu werden.

»Komm mit!« Rembrandt nahm meine Hand, bahnte uns einen Weg durch den Menschenauflauf und blickte sich dabei mit gerunzelter Stirn suchend um.

Die Schützen mit ihren hohen Hüten und den roten, blauen und orangefarbenen Schärpen um die Hüften gingen in einem Bogen in geringem Abstand an uns vorbei. Ich hatte Mühe, inmitten der schubsenden und drängelnden Leute das Gleichgewicht zu halten.

Immer noch angestrengt Ausschau haltend, stieß Rembrandt einen Fluch aus, und ich meinte sogar, Angst auf seinem Gesicht zu lesen.

»Da, Papa! Da ist Hendrickje!« Titus, der von seiner hohen Warte aus eine bessere Sicht hatte, winkte mit beiden Armen und rief laut Hendrickjes Namen.

»Sieht sie uns?«, fragte Rembrandt.

»Ja, sie kommt her. Da ist sie!«

Hendrickje tauchte auf, das Gesicht erhitzt. Ihre Haube war verschwunden, die braunen Locken zerzaust. »Ihr wart auf einmal weg! Ich bin immer weitergeschubst worden und konnte euch in dem Trubel nicht mehr finden. Dann hat jemand mich umgerannt, ich wäre fast zertreten worden! Aber zum Glück hat eine Frau mir aufgeholfen, und dann ...«

Sie brach ab und fing an zu weinen. Rembrandt stellte Titus auf den Boden und zog Hendrickje an sich. In seinen Armen schluchzte sie erbärmlich, so lange, dass mein Mitleid in Ärger umschlug. Was war denn schon groß geschehen?

»Wir gehen besser nach Hause«, sagte ich barsch. »Sehen können wir ohnehin kaum etwas, und womöglich gibt es noch ein Unglück.«

Mit Titus an der Hand ging ich los, sodass uns Rembrandt wohl oder übel mit Hendrickje folgen musste. Hin und wieder warf ich einen Blick über die Schulter: Er hatte den Arm um ihre Schultern gelegt.

Alles war anders geworden, und ich konnte nichts, aber auch gar nichts dagegen tun. Von einem Tag auf den anderen aß Hendrickje nicht mehr in der Küche, sondern mit uns in der Wohnstube. Als ich eine Bemerkung darüber machte, meinte Rembrandt: »Neeltje hat auch immer mit uns gegessen. Ich wüsste nicht, warum Hendrickje allein in der Küche sitzen soll.«

Dagegen konnte ich wenig einwenden, außer dass wir jetzt kaum mehr Zeit für uns allein hatten. Nur die Nächte verbrachten wir noch zusammen in der engen Bettstatt. Ich sagte mir, solange ich es war, die an seinen breiten Rücken geschmiegt schlief, brauchte ich mich nicht zu sorgen.

Aber ich tat es doch. In der Dunkelheit lauschte ich mit weit offenen Augen auf Rembrandts Atemzüge. Die Angst, ihn zu verlieren, schnürte mir die Kehle zu und ließ mich stundenlang wach liegen. Schlummerte ich doch ein, dann träumte ich von Hendrickje. Und morgens in der Küche fiel es mir schwer, ein freundliches Gesicht aufzusetzen.

Besonders setzte mir zu, dass sie sich mit Titus so gut verstand. Sie machte allerlei wilde Spiele mit ihm, wie Fangen oder Blindekuh, und nahm ihn zu Spaziergängen vor die Tore der Stadt mit. Dann fing sie mit dem Jungen Frösche, genau wie ich früher, als ich noch besser bei Kräften war. Um Titus' willen gab ich mir Mühe, nett zu Hendrickje zu sein.

So gestaltete sich unser Zusammenleben gut ein Jahr lang. Ich teilte nach wie vor das Bett mit Rembrandt, aber was er mit Hendrickje teilte, wenn ich außer Haus zu tun hatte oder sie hinter geschlossener Tür für ihn Modell saß, wusste ich nicht. Mir fiel allerdings auf, dass sie glücklich wirkte. Und sie sang oft. Nie laut, sondern leise vor sich hin, mit dem Frohsinn eines Menschen, der mit sich und dem Leben zufrieden ist.

Rembrandt war kaum etwas anzumerken. Hätte er plötzlich auch zu singen angefangen oder zu pfeifen, wäre das ein Grund zu höchster Beunruhigung gewesen. Aber er benahm sich wie immer. Nur beim Essen war er gesprächiger, und er lachte öfter, aber das musste – so machte ich mir weis – nichts mit Hendrickje zu tun haben.

Was aber, wenn doch?

In einer schlaflosen Nacht fasste ich den Entschluss, ihm seine Gefühle für Hendrickje zuzugestehen, selbst wenn es bedeutete, dass die beiden ein Paar würden. Schließlich waren wir nicht verheiratet, also konnte ich ihn auch nicht des Ehebruchs bezichtigen.

Meine kühle Haltung Hendrickje gegenüber hatte schon mehrmals ein Stirnrunzeln bei ihm hervorgerufen – eine Warnung, die ich mir zu Herzen nahm. Rembrandt schätzte es nicht, wenn im Haus Unfrieden herrschte, und schon gar nicht würde er Zankereien zwischen uns Frauen dulden.

Solange er noch im Bett zu mir kommt und ich Saskias Ring trage, bin *ich* die wichtigste Frau in seinem Leben, sagte ich mir, und an diesen Gedanken klammerte ich mich.

Aber dann kam es doch zum Schlimmsten. Üblicherweise zog Rembrandt sich gleich nach dem Frühstück in seine Werkstatt zurück, an diesem Tag aber blieb er in der Küche. Und Hendrickje entfernte sich so rasch, dass ich ein ungutes Gefühl bekam.

»Setz dich wieder an den Tisch, Geertje«, sagte Rembrandt leise, aber eindringlich.

Meine Hände begannen zu zittern, die Teller schepperten laut, als ich sie in den Spültrog stellte.

Ich nahm Rembrandt gegenüber Platz und versuchte, seine Miene zu lesen. Was ich sah, beunruhigte mich noch mehr. Sein Mund war verkniffen, und er mied meinen Blick. Leicht vorgebeugt saß er da und spielte mit dem Buttermesserchen.

Mir schlug das Herz bis zum Hals, aber dann kam auf einmal eine seltsame Ruhe über mich. Weil ich erkannte, dass sich das Unvermeidliche nicht verhindern ließ.

»Zwischen uns geht es schon eine Weile nicht mehr gut«, begann er nach einer drückenden Stille. »Das wirst du ebenfalls bemerkt haben.«

»Ich habe vor allem bemerkt, dass Hendrickje dir gefällt«, sagte ich bitter.

Rembrandt hüllte sich zunächst in Schweigen und klopfte

mit dem Buttermesserchen auf die Tischplatte. »Ja, sie gefällt mir«, sagte er schließlich.

»Wie sehr?«

»Ich liebe sie.«

»Du liebst sie?« Damit hatte ich nicht gerechnet.

»Ja.«

»Aber du bist fast vierundvierzig, und sie ist dreiundzwanzig ... ein Kind noch.«

»Hendrickje ist eine junge Frau, kein Kind.«

»Ihr seid zwanzig Jahre auseinander!«

Er legte das Messer weg und straffte den Rücken. »Es geht einzig darum, dass ich sie liebe«, sagte er.

»Und mich nicht mehr?«

Stille. Ich hielt den Atem an. Seine Antwort würde alles entscheiden. Liebte er mich nicht mehr, wäre alles zu Ende, aber empfand er noch etwas für mich, dann bestand Hoffnung.

Ich ließ ihn nicht aus den Augen, und plötzlich bemerkte ich eine Regung auf seinem Gesicht. Ja, er hatte noch Gefühle für mich, aber sie hatten sich gewandelt – in etwas, das ich nicht ertragen konnte: Mitleid.

»Doch«, sagte er. »Ich liebe dich noch, aber auf eine andere Weise als früher. Ich bin dir dankbar. Du hast mir viel Gutes getan. Und Titus ebenso.«

»Da du gerade von Titus sprichst: Hast du dir überlegt, was das für ihn bedeutet? Willst du, dass dein Sohn ein zweites Mal die Mutter verliert?«

»Du bist nicht seine Mutter, und Hendrickje ...«

»Fast acht Jahre habe ich für den Jungen gesorgt, ich liebe ihn! Natürlich bin ich eine Mutter für ihn!«

Rembrandt hob beschwichtigend die Hand. »Gut, ich will es nicht leugnen. Aber die Dinge haben sich nun einmal so entwickelt. Und Titus versteht sich ja zum Glück gut mit Hendrickje.«

Ich stieß ein ungläubiges Lachen aus. »Du vergleichst mich mit ihr? Das kann nicht dein Ernst sein!«

»Geertje, es ist, wie es ist: Ich liebe Hendrickje und will mit ihr zusammenleben. Titus wird sich daran gewöhnen.«

Er wirkte ungeduldig, und sein Blick irrte immer wieder ab, so als wäre das Gespräch mit mir eine lästige Aufgabe, der es sich zu entledigen galt, ehe er sein Leben neu einrichten konnte.

Bisher hatte ich die Tränen zurückhalten können, nun aber brach der Damm. Die Hände vors Gesicht geschlagen, saß ich mit zuckenden Schultern am Tisch.

Rembrandt setzte sich zu mir und nahm mich in die Arme. »Es tut mir leid«, sagte er. »Es tut mir wirklich leid.«

Ich hätte mich losreißen sollen, doch stattdessen schmiegte ich mich an ihn, um seine Wärme zu spüren. Die vertraute Umarmung machte es mir noch schwerer zu glauben, dass alles zwischen uns vorbei sein sollte.

Allmählich beruhigte ich mich. Rembrandt ließ mich los, blieb aber neben mir sitzen und sagte leise: »Wir wollen die Sache im Guten regeln, Geertje. Ich setze dich keinesfalls mittellos auf die Straße. Wenn du mir Saskias Schmuck zurückgibst, zahle ich dir fortan jeden Monat fünf Gulden.«

Seine Worte erreichten mich kaum, ich wusste nur eines: Meine letzte Hoffnung auf Glück war gerade zerbrochen. Ich war fast vierzig, hatte keine Arbeit mehr und weder einen Ehemann noch Kinder, die für mich aufkommen konnten. Weil ich aus Edam stammte und nicht mit Rembrandt verheiratet war, galt ich nicht als Amsterdamer Bürgerin und hatte somit keinen Anspruch auf Zuwendungen der städtischen Armenfürsorge. Auch die Kirche würde mir keinerlei Unterstützung angedeihen lassen. Ich war alt und abgeschrieben, hatte keine Zukunft mehr.

Am schlimmsten aber war, dass ich Rembrandts Liebe verloren hatte, nie mehr sein Lachen hören und seinen warmen

Blick spüren würde. Und das Vorrecht, des Nachts in seinen Armen zu liegen und von ihm gekost zu werden, genoss von nun an eine andere.

»Geertje? Hast du gehört?«

»Was?«

»Saskias Schmuck ...«

»Was ist damit?«

»Ich möchte ihn wiederhaben.«

Seine zusammengepressten Kiefer verrieten mir, wie unangenehm ihm das war. Aber sobald er mich los wäre, würde Hendrickje den Rosenring am Finger tragen. Eine unerträgliche Vorstellung.

»Der Schmuck gehört mir«, sagte ich. »Du hast ihn mir gegeben.«

»Ich weiß, jetzt aber ...« Er machte eine hilflose Geste.

»Jetzt soll Hendrickje ihn haben?«

»Aber nein. Ich will die Juwelen für Titus an einem sicheren Ort verwahren. Es sind Erinnerungsstücke an seine Mutter. Sie stehen ihm zu, ich hätte sie dir niemals geben dürfen.«

Ich wurde unsicher. Rembrandt hatte zweifellos recht, aber vielleicht würde er die Schmuckstücke, bis Titus groß war, doch Hendrickje tragen lassen?

»Ich werde gut auf die Sachen achten«, versicherte ich.

Plötzlich schloss Rembrandts Hand sich fest um mein Handgelenk. Es tat nicht weh, war aber unangenehm.

»Gib mir den Schmuck wieder«, sagte er. »Du siehst doch ein, wie wichtig das für mich ist, oder?«

Er wirkte so verzweifelt, dass ich um ein Haar nachgegeben hätte. Natürlich verstand ich ihn, vollkommen sogar. Aber eine innere Stimme warnte mich davor, ihm den Schmuck zu überlassen. Weil er dann alles hätte und ich gar nichts.

»Du hast vorhin versprochen, mich nicht mittellos auf die Straße zu setzen«, sagte ich.

»Richtig. Ich zahle dir jeden Monat fünf Gulden.«

»Fünf Gulden ... davon soll ich leben?«

»Es könnte mehr sein, wenn du den Schmuck herausgibst.«

»Ich könnte auch hierbleiben, für den Fall, dass du es dir anders überlegst. Jetzt bist du in Hendrickje verliebt, aber vielleicht ist das nicht von Dauer. Sie bleibt nicht ewig jung und schön, und für Titus wäre es ein großer Kummer, wenn ich fortginge.«

»Geertje ...« Er ließ mein Handgelenk los und strich mit dem Zeigefinger über den glatten Goldring, den ich trug. Saskias Ring. »Diesen hier kannst du behalten«, sagte er, »wenn du mir die übrigen Schmuckstücke gibst.«

»Ich will lieber *dich* behalten. Ist das denn unmöglich? Es kann doch nicht einfach alles vorbei sein?«

Er sagte nichts. Ich wollte mich an ihn klammern, ihn anflehen, noch einen Versuch mit mir zu machen, aber an seinem Gesicht sah ich, dass er sich innerlich bereits gelöst hatte. Nun konnte ich nur noch meine Würde wahren, indem ich ging.

19

Ich war gegangen, ohne ein weiteres Wort mit Rembrandt zu wechseln. Hendrickje war nirgends zu sehen gewesen, ebenso wenig Titus.

Rembrandt hatte bereits nach dem Schmuck gesucht. Das Bett, das ich am Morgen säuberlich gemacht hatte, war in Unordnung. Und die Truhe mit meinen Kleidern war durchwühlt worden. Rembrandt konnte nicht ahnen, dass ich ständig fürchtete, bestohlen zu werden, da so viele Leute bei uns ein und aus gingen, und darum alles Wertvolle in einem irdenen Topf in der Küche aufbewahrte. Was er mit der Suche bezweckt hatte, war mir unklar, denn dem Gesetz nach gehörte Saskias Schmuck mir, war er doch in meinem Testament aufgeführt.

Gleich nach unserer Unterredung in der Küche war Kundschaft gekommen, und während Rembrandt mit den Leuten beschäftigt war, hatte ich den Schmuck hervorgeholt, in aller Eile meine Sachen gepackt und das Haus verlassen.

Tränenblind und mühsam mein Bündel schleppend, ging ich die Uilenburgerstraat entlang, um das Viertel, in dem ich gut bekannt war, möglichst schnell hinter mir zu lassen. Über eine Brücke gelangte ich in eine Gegend, in der ich noch kaum je gewesen war: auf die Insel Rapenburg, die eigentlich nur eine Halbinsel war, an drei Seiten vom Wasser des Ij umgeben und an der vierten mit der Stadt verbunden.

Hier befanden sich die Schiffswerften der Vereinigten Ostindien-Kompanie mit ihren Hellingen sowie zahlreiche Holzlagerplätze. Es roch allenthalben nach frisch gehobeltem Holz.

Ich erkundigte mich bei einem Mann, der mir entgegenkam, in welcher der vielen Gastwirtschaften man ein Zimmer mieten könne. Er empfahl mir eine Herberge namens *Het Swartte Bottje*.

Ohne Schwierigkeiten fand ich hin und betrat die Gaststube. Dichter Tabaksqualm schlug mir entgegen. Ich zwängte mich zwischen den lachenden und singenden Zechern bis zum Schanktisch durch.

Der Wirt konnte mir ein Zimmer anbieten und forderte ein hübsches Mädchen in einem auffälligen roten Samtkleid mit Schleifen auf, mich nach oben zu führen.

Im ersten Stock öffnete sie die Tür eines Zimmers. Eine Maus huschte über den Holzboden davon, und vom Fenster her zog es, aber der kleine Raum war halbwegs sauber. Möbliert war er mit einem Bett, einem Tisch und zwei Stühlen sowie einer Truhe, in der ich meine Habseligkeiten aufbewahren konnte.

»Ich nehme es«, sagte ich zu dem Mädchen, das wartend im Flur stand.

Mein Zimmer lag zur Stadtseite hin am Wasser, mit Blick auf den Montelbaenstoren. Ich setzte mich ans Fenster und beobachtete stundenlang die Boote und Schiffe, weil ich mich mit meinen vom Weinen verschwollenen Augen ungern zeigen wollte.

Draußen wurde ununterbrochen gesägt, geklopft und gehämmert. Auch nachts hatte ich die Geräusche noch im Ohr, aber das störte mich nicht, im Gegenteil: Ich hatte für kurze

Zeit das Gefühl, wieder in Edam zu sein, wieder ein Kind, das unter die Bettdecke gekuschelt den Vater spätabends noch arbeiten hört und die Mutter unten in der vom Herdfeuer gewärmten Küche weiß. Eine starke Sehnsucht nach zu Hause kam über mich. Ja, ich würde nach Edam gehen! Zu den Verwandten, die noch dort wohnten. Und zu Trijn. Auch wenn ich meine Freundin jahrelang nicht gesehen hatte, würde sie mir gewiss helfen. Vielleicht konnte ich eine Zeit lang bei ihr unterkommen und mir in Ruhe überlegen, wie es nun weitergehen sollte. Mit diesem tröstlichen Gedanken schlief ich ein.

Tags darauf ging ich mit meinem Gepäck zum Montelbaenstoren, um nach einem Börtschiff Ausschau zu halten, das nach Edam fuhr. Keines fuhr direkt hin, aber bis Monnickendam würde ich kommen. Ich ging sogleich an Bord des Schiffes. Weil noch mehr zahlende Reisende mitfuhren, war für mich gerade noch Platz zwischen den Kisten und Säcken.

Auf dem Ij schlugen die Wellen so heftig an das Schiff, als wollten sie es aufhalten. Mit angezogenen Knien und meinem Bündel als Rückenpolster sah ich ohne Tränen, aber innerlich vollkommen leer das Galgenfeld vorüberziehen und auf der anderen Seite die Stadt, hinter deren Mauern ich glücklich gewesen war. Voller Hoffnung und Zuversicht war ich vor bald acht Jahren angekommen, und was hatte ich erreicht? Verzweifelt und mittellos stand ich nun da.

Das heißt, ganz mittellos war ich nicht. Ich kramte in meinem Bündel nach dem Lederbeutel mit dem Schmuck, nahm den Rosenring heraus und hielt ihn in die Höhe. Die Diamanten schienen Funken zu sprühen. Als ein Mitreisender hersah, ließ ich die Hand rasch sinken. Ich zog ein Band aus meinen geflochtenen Haaren, fädelte den Ring darauf und verknotete es. Von nun an würde ich ihn an einer Kette tragen, verborgen unter der Kleidung.

In Monnickendam angekommen, machte ich mich auf die Suche nach einem Schiff, das nach Edam fuhr, und wurde schnell fündig: Gleich mehrere Börtschiffe hatten meinen Heimatort zum Ziel.

Ich wurde mit dem Schiffer einig, der die billigste Mitfahrt bot, und suchte mir wieder einen Platz inmitten der Ladung.

Eine ganze Weile war ich so in Gedanken versunken, dass ich die vorbeigleitende Landschaft kaum wahrnahm. Doch irgendwann merkte ich auf – ich sah die ersten vertrauten Wege, und mir traten Tränen der Rührung in die Augen. Ach, es war so unendlich lange her, dass ich Edam verlassen hatte!

Wir fuhren nahe an der Zimmerei vorbei, auf deren Gelände mein Elternhaus stand. Auch wenn inzwischen andere Leute darin wohnten, wäre ich am liebsten gleich hier ausgestiegen. Aber ich bezähmte meine Ungeduld.

Kurz darauf erreichten wir die Middelijer Poort und fuhren nach Edam hinein. Am Schepenmakersdijk legten wir an, und die Reisenden stiegen eilig aus. Auch ich entlohnte den Schiffer und ging von Bord.

Am Kai blieb ich ein paar Augenblicke stehen und atmete tief durch. Der dunkle Schatten über mir wich ein wenig, ich sah einen Lichtschimmer.

Zu Hause – ich war zu Hause!

Trijn wohnte in der Grote Kerkstraat, gleich beim Damplein. Langsam ging ich durch die Straßen, jeden einzelnen Schritt genießend.

Neugierige Blicke trafen mich, weil ich ein großes Bündel mit mir trug, aber niemand erkannte mich. Das war mir nur recht, denn ich hatte kein Bedürfnis, Bekannten zu erzählen, wie es mir ergangen war. Trijn würde ich alles sagen, aber nur ihr.

Ich bog in die Grote Kerkstraat ein. Vor der Fleischerei war ein Mann um die dreißig dabei, ein Schwein zu schlachten.

Das Tier zuckte noch, während Blut aus seiner Kehle lief und sich im Rinnstein sammelte. Ich wartete, bis das Schwein sich nicht mehr regte, dann fragte ich den Mann nach Trijn.

Wortlos deutete er auf das Haus. Ich betrat es durch die Ladentür.

Niemand zu sehen.

»Jemand zu Hause?«, rief ich laut.

Es dauerte ein Weilchen, dann spähte ein Mädchen von vielleicht vier Jahren durch den Türspalt.

»Guten Tag«, sagte ich. »Wie heißt du denn?«

»Geertje«, lautete die Antwort.

Überrascht sah ich das Kind an. »Wie schön. Ich heiße auch Geertje. Ist deine Mutter da?«

Die Kleine nickte und verschwand. Ich hörte sie rufen, und gleich darauf trat Trijn ein. Unvermittelt blieb sie stehen und starrte mich an.

»Geertje! Bist du es wirklich?« Mit wenigen Schritten war sie bei mir, und wir fielen uns um den Hals.

»So eine Überraschung! Was führt dich denn her? Und warum hast du dein Kommen nicht angekündigt?« Trijn wollte mich gar nicht mehr loslassen. Sie streichelte mir über den Rücken, küsste mich auf die Wangen, und als wir uns endlich voneinander lösten, hatte sie Tränen in den Augen.

»Für mich kam es auch ziemlich unerwartet«, sagte ich.

Sie öffnete die Ladentür und rief dem Mann zu, sie habe Besuch bekommen. Dann zog sie mich mit sich: »Komm, wir setzen uns in den Hof. Krijn kümmert sich um den Laden.«

In dem ummauerten Hof stand eine Bank, daneben ein Kastanienbaum, der Schatten spendete. Die Vögel zwitscherten, und der Himmel war blau. Ich setzte mich und stieß einen zufriedenen Seufzer aus.

Trijn holte für jede von uns einen Becher Dünnbier, dann nahm sie neben mir Platz.

»Nun erzähl schon, was ist los?«

»Erst du. Ist die kleine Geertje dein jüngstes Kind?«

»Ja, sie ist nach dir benannt. Ich hatte schon mal ein Mädchen, das Geertje hieß, es ist mit nur zwei Monaten gestorben.«

»Ach je ... wie viele Kinder hast du denn?«

»Fünf, das heißt, eigentlich müssten es sieben sein. Und du?« Ich schüttelte den Kopf, und Trijn sah mich mitleidig an.

»Wie geht es dem Maler?«, fragte sie.

»Das ist vorbei. Und deinem Mann?«

»Ich bin seit einem Jahr Witwe. Die Fleischerei führe jetzt ich, außerdem habe ich einen Knecht eingestellt, Krijn. Das Geschäft geht recht gut, ich darf zufrieden sein.«

»Aber du hast deinen Mann und zwei Kinder verloren. Das tut mir so leid für dich, Trijn.«

»So ist es nun einmal.« Gleichmütig zuckte sie mit den Schultern. »Aber nun erzähl: Warum ist es zwischen dir und dem Maler vorbei? Weil er dich nicht heiraten wollte?«

Ich schüttelte den Kopf, und dann erzählte ich die ganze Geschichte. Als ich geendet hatte, blieb es minutenlang still.

»Darum also bist du hergekommen«, sagte Trijn dann leise. »Weil dieser Halunke dir das Herz gebrochen hat. Ach, Geertje, das ist so schlimm für dich ... Weißt du, mir ist auch das Herz gebrochen, als mein Albert starb, aber ich wusste wenigstens, dass er mich geliebt hat.«

»Rembrandt hat mich auch geliebt. Zumindest nehme ich das an. Aber wie es aussieht, kann Liebe plötzlich aufhören.«

»Schon gleich, wenn so eine Junge von dreiundzwanzig Jahren auftaucht. Aber ob das viel mit Liebe zu tun hat, bezweifle ich.« Trijn trank einen Schluck Bier. »Und jetzt? Was hast du vor?«

»Ich weiß es nicht. Vielleicht werde ich hier in Edam wohnen. Oder in Ransdorp. Sofern mein Bruder mich nicht mit Schimpf und Schande davonjagt.«

»Und wovon willst du leben?«

»Ich habe ein bisschen was gespart, das wird für die erste Zeit reichen. Aber ich muss mir Arbeit suchen.«

Trijn machte eine zweifelnde Miene. »In deinem Alter? Das wird nicht leicht, meine Liebe.«

»Ich finde schon etwas. Vielleicht sollte ich besser wieder nach Amsterdam gehen, dort gibt es genug Arbeit.«

»Und dieser Rembrandt? Bekommst du von ihm nichts?«

»Er hat versprochen, mir jeden Monat fünf Gulden zu zahlen.«

»Fünf Gulden? Damit kommst du nicht weit. Du musst mehr verlangen, Geertje! Das ist dein gutes Recht!«

»Mein gutes Recht?«

»Aber sicher. Ihr habt jahrelang als Mann und Frau zusammengelebt. Dir steht Unterhalt zu.«

»Aber wir waren nicht verheiratet.«

»Das ist egal. Ich nehme an, du hast damit gerechnet, dass es eines Tages so kommen würde, oder?«

»Ehrlich gesagt, nein. Saskias Testament macht es Rembrandt unmöglich, wieder zu heiraten; es enthält eine Bestimmung, dass er dann nicht mehr Saskias Nachlass verwalten darf.«

»Das bedeutet, dass er sich gegen eine neue Heirat entschieden hat, aber nicht, dass sie ihm unmöglich ist. Hat er dir je die Ehe versprochen?«

»Nein. Er hat gesagt, dass er mich als seine Frau betrachtet, das hat mir genügt.«

»Aber jetzt ist es anders. Wenn du ihn verklagst, kannst du ihn sogar zwingen, dich zu heiraten.«

Ich ließ meinen Becher sinken. »Bist du sicher?«

»Ganz sicher. Hier in Edam gab es vor einiger Zeit einen ähnlichen Fall. Ein Pelzhändler namens Jacob Wouters machte Sara, der Tochter des Notars, den Hof, und als sie sich ihm hingegeben hatte, ließ er sie sitzen. Auf den Rat ihres Vaters hin hat Sara Jacob verklagt und gesagt, er habe ihr ein Eheversprechen gemacht. Jacob wollte sie aber nicht heiraten, weil er mittlerweile eine andere liebte. Das Gericht hat dann entschieden, dass er muss, und jetzt sind die beiden ein Ehepaar.«

Dass eine Heirat per Klage erzwungen werden konnte, hatte ich bisher noch nie gehört. Außerdem hatte Rembrandt mir ja nicht die Ehe versprochen.

Als ich Trijn noch einmal darauf aufmerksam machte, meinte sie: »Das muss nicht mit Worten geschehen sein. Sara hatte von Jacob ein goldenes Armband bekommen. Das Gericht sah darin Beweis genug, dass es ihm ernst mit ihr war und dass sie mit gutem Grund annehmen durfte, er wolle sie heiraten. Hat Rembrandt dir jemals etwas geschenkt? Etwas, das man als Beweis vorlegen könnte?«

Ihr Ton war wenig hoffnungsvoll, vermutlich glaubte sie, ich hätte allenfalls Kleider oder vielleicht ein kleines Gemälde bekommen.

Ich zog den Rosenring aus meinem Mieder und zeigte ihn Trijn. Sie hielt kurz die Luft an und beugte sich dann vor, um ihn genauer zu betrachten. »Wunderschön! Sind das echte Diamanten?«

»Ja, der Ring hat Rembrandts verstorbener Frau gehört.«

»Und nach ihrem Tod hat er ihn dir geschenkt?«

Ich nickte.

Trijn nahm meine Hand und drückte sie. »Das ist der Beweis!«, sagte sie. »Das ist ein Eheversprechen.«

20

Eine Woche blieb ich bei Trijn – lange genug, dass wir ausgiebig reden und die alten Freundschaftsbande neu knüpfen konnten. Ich hatte mich entschlossen, zurück nach Amsterdam zu gehen; in Edam hatte man mir nur angeboten, am Hafen Fische zu putzen. Das konnte ich immer noch tun, wenn ich in der großen Stadt keine Arbeit fand.

Trijn empfahl mir den Notar Claes Keetman. Ihn suchte ich auf, um mir Rat zu holen, was Rembrandt anging. Denn ich hatte fest vor, darauf zu bestehen, dass er sein Unterhaltsversprechen einlöste. Das war er mir schuldig.

Der Notar sah die Sache ebenso. Mit einem schriftlichen Eheversprechen hätte ich besser dagestanden, meinte er, aber der Schmuck sei auch gut, zumal er Rembrandts Frau gehört habe. Und wie Trijn fand er, fünf Gulden monatlich seien zu wenig, nach so vielen Jahren stünden mir eher zehn zu.

Auf dem Rückweg spürte ich, wie meine Kraft und Unternehmungslust allmählich wiederkehrten. Rembrandts Liebe hatte ich zwar verloren, aber meine Zukunft vielleicht noch nicht. Als Nächstes würde ich nach Amsterdam fahren und mit ihm sprechen. Und falls ich danach keine Arbeit fand, würde ich die Stadt auf immer verlassen, um in Edam zu wohnen.

Wieder bei Trijn, berichtete ich von der Unterredung mit dem Notar.

»Na, siehst du«, sagte sie. »Und jetzt willst du sicherlich gleich nach Amsterdam?«

Ich nickte. Je schneller ich die Sache hinter mich brachte, desto besser.

»Gut so, Geertje, lass dich nicht unterkriegen!«

Sie half mir beim Packen und gab mir als Wegzehrung Brot, Käse und einen wiederverschließbaren Krug Dünnbier mit. Dann begleitete sie mich zum Schepenmakersdijk, wo wir rasch ein Börtschiff fanden, das nach Amsterdam fuhr.

»Halt dich tapfer«, sagte Trijn zum Abschied. »Und viel Erfolg. So einfach darf der Maler nicht davonkommen.«

Ich stieg an Bord, der Schiffer legte ab und ich winkte, bis wir unter dem Stadttor durchgefahren waren und Trijn nicht mehr zu sehen war.

Unterwegs überlegte ich, ob ich nicht in Ransdorp aussteigen sollte, um meine Mutter zu besuchen. Sie fehlte mir, aber mich schreckte eine mögliche Begegnung mit meinem Bruder ab. Andererseits war der Streit inzwischen einige Jahre her. Und es ging auch nicht an, dass ich mich Pieters wegen von einem Besuch bei meiner Mutter abhalten ließ.

Eine Stunde später erreichten wir Ransdorp, und ich ließ mich an der Wiesenseite der Weersloot absetzen.

Damals bei Pieter hatte meine Mutter mir beschrieben, wo ihr kleines Haus stand: mitten im Dorf, gegenüber der Kirche. Das war mir sehr recht, denn Pieter und Marij wohnten ein Stück außerhalb, und so würde ich vermutlich keinem der beiden über den Weg laufen.

Ich machte mich also zur Ortsmitte auf und fragte sicherheitshalber noch einmal, wo Jannetje Jans wohne.

Bei dem bescheidenen Häuschen angekommen, klopfte ich an. Schlurfende Schritte, dann ging die Tür auf.

»Geertje ...« Meine Mutter fing an zu weinen.

Sie klammerte sich regelrecht an mich, als ich sie umarmte. Ich hielt sie ein bisschen von mir ab und musterte sie besorgt: »Wie geht es dir, Mutter? Ist alles in Ordnung?«

»O ja ... ja ... Ich war ein bisschen krank, aber jetzt geht es wieder. Und dir, Kind? Du siehst müde aus.« Sie streichelte meine Wange so zärtlich, dass es mir die Tränen in die Augen trieb.

Sie ergriff meine Hand und zog mich ins Haus. Dort setzten wir uns auf zwei Hocker, sie legte mir den Arm um die Schultern und tröstete mich, ohne Fragen zu stellen. So wie damals, als ich noch klein war.

Als ich mich einigermaßen beruhigt hatte, kamen die Worte wie von selbst: Ich erzählte, was mir in Amsterdam widerfahren war, und erwähnte auch meinen Besuch bei Trijn.

»Es ist gut, dass du zu ihr gegangen bist«, sagte meine Mutter. »Trijn ist ein vernünftiges Mädchen. Aber bist du auch ganz sicher, dass Meister van Rijn dich unterstützen wird?«

»Aber ja, er hat mir fünf Gulden pro Monat versprochen.«

»Fünf Gulden? Solange du lebst? Das hat er dir wirklich versprochen?« Sie schien zu glauben, das wäre ein großzügiges Angebot.

»Der Notar hält es für zu wenig.«

»Sieh erst einmal zu, dass du die fünf Gulden bekommst«, sagte meine Mutter und schaute dabei so zweifelnd drein, dass ich ganz unsicher wurde. Hatte Rembrandt tatsächlich versprochen, mir *jeden Monat* Geld zu geben, oder hatte ich das nur so verstanden? Und galt das Versprechen auch noch, nachdem ich die Herausgabe von Saskias Schmuck verweigert hatte?

»Ich will dir keine Angst machen, Kind«, sagte meine Mutter, der offenbar auffiel, dass ich unruhig geworden war. »Aber man darf sich nie auf die Güte der Menschen verlassen oder glauben, dass ein jeder seine Versprechen hält. Es sei denn, man hat etwas Schriftliches oder Zeugen, die es gehört haben. Denk daran, du warst nur seine ...« Sie brach ab.

»Was wolltest du sagen? Seine Hure?«

»Nein, seine Dienstbotin. Oder sein Kindermädchen, was weiß ich. Du hast doch nicht im Ernst damit gerechnet, dass dieser Mann dich heiratet?«

»Jedenfalls nicht damit, dass er mich fortschickt.«

»Ich verstehe nichts von solchen Sachen, aber man hört dies und das über Meister van Rijn. Und keineswegs nur Gutes. Er soll ein schwieriger Mensch sein, vor allem, wenn es um Geld geht.«

»Er hat mich geliebt, Mutter. Jetzt rede ich erst einmal mit ihm, und bestimmt wird alles gut.«

»Hoffen wir's.«

Das Haus meiner Mutter war sehr klein und eng, trotzdem bot sie mir an, über Nacht zu bleiben.

Pieter war nicht aufgetaucht; anscheinend hatte ihm niemand zugetragen, dass ich in Ransdorp war. Meiner Mutter und mir passte das gut: Wir hatten es gemütlich zusammen und unterhielten uns bis spätabends, und auch noch, als wir nebeneinander in ihrer Bettstatt lagen.

Im Morgengrauen packte ich mein Bündel, umarmte meine Mutter und sagte: »Wenn du mich erreichen willst, ich wohne im Gasthaus *Het Swartte Bottje* auf der Insel Rapenburg. Dort war ich schon einmal und hoffe, dass ich wieder ein Zimmer bekomme. Falls sie keines haben, bitte ich darum, dass man Botschaften für mich annimmt.«

»Gut. Dann viel Glück, Kind«, sagte sie. »Und geh es vorsichtig an. Mit Honig fängt man mehr Fliegen als mit Essig.«

Ich konnte mein Zimmer über der Schankstube des *Swartte Bottje* wieder beziehen, niemand hatte es während meiner Abwesenheit gemietet. Nötigenfalls konnte ich es mir für eine kleine Weile leisten, es kostete ja nicht viel. Dafür gab es allerdings einen Grund.

Schon bei meinem ersten Aufenthalt hatte ich vermutet, dass es sich um eine ganz bestimmte Art von Herberge handelte, nun war ich mir dessen sicher. In der Gaststube waren des Öfteren verführerisch aufgemachte Mädchen, die mit den Gästen scherzten und lachten und sich nicht wehrten, wenn die Männer sie auf ihren Schoß zogen und ihnen unter den Rock fassten.

Prostitution war in Amsterdam verboten, und auch auf Kuppelei standen hohe Strafen, aber das schien Korst, dem Besitzer, keine Sorgen zu bereiten.

Am Tag meiner Rückkehr betrat eine hübsche junge Frau mit hochgestecktem blondem Haar die Gaststube. Woran ich sie als Dirne erkannte, konnte ich gar nicht genau sagen, wahrscheinlich an ihrem sehr bunten, weit ausgeschnittenen Kleid.

Korst eilte zu ihr, fasste sie am Ellbogen und führte sie zur Treppe.

»Hat ein Gast bestellt«, flüsterte mir Marritgen, die Dienstmagd, zu, ohne ihre Arbeit zu unterbrechen.

»Kommt das oft vor?«, fragte ich.

»Ziemlich oft. Es muss schnell und unauffällig gehen.«

In Edam hatte ich auf dem Jahrmarkt manchmal Dirnen gesehen, im Ort selbst aber wohnte keine. Vermutlich gingen sie ihrem Beruf, wenn man es denn so nennen wollte, eher in der Stadt nach.

»Wenn der Gast sagt, was für eine Art Mädchen er will, lässt Korst eines holen«, fuhr Marritgen fort. »Aber wenn die Obrigkeit dahinterkommt, sind wir die Dummen, also Mund halten!«

Ich wusste nicht, wem ich davon hätte erzählen sollen, außerdem hatte ich anderes im Kopf.

Am nächsten Morgen ging ich, die Füße schwer wie Blei, zu Rembrandts Haus. Ein neues Dienstmädchen öffnete, und ich verlangte, den Meister zu sprechen. Sie ließ mich vor der Tür warten wie eine Bettlerin.

Auch Rembrandt bat mich nicht ins Haus, als er erschien.

»Geertje«, sagte er nur.

»Ich will mit dir reden. Über die Zahlungen, die du mir versprochen hast.«

»Und ich mit dir über Saskias Schmuck.«

»*Meinen* Schmuck!«

Er tat einen schweren Atemzug. »Ja ... solange wir zusammengelebt haben. Es war nie meine Absicht, dass du ihn für immer haben solltest.«

»Warum hast du ihn mir dann gegeben?«

»Weil du das gebraucht hast, als Beweis, dass es mir ernst mit dir war.«

»Nun, wie ernst es dir war, habe ich ja gesehen!«

Ärgerlich wandte er sich ab, grüßte kurz einen vorbeikommenden Nachbarn, dann sah er mich wieder an. »Die Umstände ändern sich, die Gefühle ebenfalls. Du könntest dich auch ändern und Einsicht zeigen.«

Ich wurde ebenfalls ärgerlich. »Mein ganzes Leben hat sich geändert, Rembrandt! Für mich ist alles zusammengebrochen. Ich habe dich verloren, ich habe Titus verloren, ich habe *alles* verloren, und jetzt soll ich das Einzige, was mir geblieben ist, auch noch hergeben?«

»Was willst du denn mit dem Schmuck anfangen?« Rembrandt war lauter geworden. »Du kannst ihn tragen, weiter nützt er dir nichts.«

»Ich trage ihn nicht einmal mehr«, erwiderte ich. »Ich will ihn als Erinnerung an die guten Zeiten behalten und zur Warnung, wie schnell sie zu Ende sein können. Und als Pfand dafür, dass du dein Wort hältst.«

»Selbstverständlich halte ich mein Wort! Wir lassen unsere Vereinbarung beim Notar schriftlich festhalten. Wie sollte ich mich dann nicht daran halten?«

»Weil die Umstände sich ändern können, wie du gerade gesagt hast. Ganz einfach.«

Er starrte mich an wie eine Unbekannte oder wie jemanden, den er erst jetzt so richtig kennenlernte. Dann seufzte er tief.

»Komm morgen Mittag um zwei Uhr wieder, dann reden wir weiter«, beschied er mir und schloss ohne Abschiedsgruß die Tür.

Tags darauf war ich um Punkt zwei wieder zur Stelle. Rembrandt öffnete selbst und führte mich in die Küche, wo Hendrickje am Tisch saß. Und neben ihr eine Frau, die ich kannte: Catharina Harmens, sie wohnte in der Nachbarschaft.

»Hendrickje und Mevrouw Harmens sind meine Zeugen«, erklärte Rembrandt. »Setz dich, Geertje.«

Catharina musterte mich abschätzig. Ich wandte den Blick von ihr und Hendrickje ab.

Rembrandt kam sogleich zur Sache. »Ich mache dir einen Vorschlag, Geertje. Ich bin bereit, dir einmalig hundertsechzig Gulden zu zahlen. Und danach jährlich sechzig Gulden. Falls du damit nicht auskommen solltest, aufgrund von Krankheit oder anderen Widrigkeiten, könnte ich den Betrag etwas erhöhen. Allerdings ist daran eine Bedingung geknüpft: Du darfst das Testament, das du letztes Jahr hast aufsetzen lassen, nicht abändern. Nur so kann ich sicher sein, dass du Saskias Schmuck nicht verkaufst. Tust du es dennoch, verfallen deine gesamten Ansprüche an mich.«

Dann herrschte Stille, aller Augen waren auf mich gerichtet. Ich ließ mir Zeit, den Vorschlag abzuwägen. Hundertsechzig Gulden auf einmal – das war eine sehr hohe Summe. Und im Anschluss daran jedes Jahr weitere sechzig Gulden ... also fünf Gulden für jeden Monat, wie er es mir zugesagt hatte. Nicht gerade viel, aber so musste ich wenigstens nicht am Bettelstab gehen. Wenn ich Arbeit fand und dadurch meine festen Einkünfte aufbessern konnte, würde es wohl reichen.

Mit den Fingern auf die Tischplatte trommelnd, ließ Rembrandt mich nicht aus den Augen. Schließlich durchbrach er die Stille: »Du hast den Schmuck hoffentlich noch?«, fragte er argwöhnisch.

»Ja, natürlich.«

»Sehr gut. Dann sag mir, ob du den Vorschlag annimmst. Verwirfst du ihn, mache ich dir keinen zweiten, schon gar keinen besseren.«

»Ich muss mir das gut überlegen. Und das kann ich nicht, wenn ihr mich so anstarrt.«

»Was gibt es da zu überlegen?« Er beugte sich vor. »Ich biete dir lebenslang Unterhalt. Was willst du noch mehr?«

Am liebsten hätte ich seine Hände ergriffen, diese großen schwieligen Pranken, die mit den feinsten Pinseln arbeiten konnten und die meinen Körper liebkost hatten. Dich will ich, hätte ich gern gesagt, und das war mir offenbar anzusehen, denn er streckte die Hand aus und legte sie auf meine. Ein warmes, vertrautes Gefühl.

»Ich weiß, was du denkst«, sagte er ganz leise und innig, so als wären wir beide allein. »Und auch, was du fühlst. Es tut mir leid, dass ich dir Kummer gemacht habe, Geertje. Das meine ich ehrlich, darum das großzügige Angebot.«

Ich biss mir auf die Lippe, versuchte, die Tränen zurückzudrängen, und zog meine Hand nicht unter seiner weg.

»Wenn du mit dem Geld nicht auskommst oder in Not gerätst, kannst du dich jederzeit bei mir melden. Ich lasse dich bestimmt nicht darben. Du sollst wieder glücklich werden, das wünsche ich mir.«

Unter seinem Blick wurde mir ganz warm. Anscheinend waren seine Gefühle für mich doch nicht ganz erloschen, das machte mir Mut. Vielleicht würde er sich mir ja wieder zuwenden, wenn er Hendrickje satthatte. Und ich könnte wieder mit ihm und Titus zusammenleben. Ja, so könnte es kommen …

»Du bist also einverstanden?« Rembrandt drückte meine Hand leicht.

Ich nickte.

21

»Alles, wie's sein soll?«, fragte Korst, als ich wieder in die Herberge kam. Er hatte sich schon mehrmals erkundigt, ob ich irgendwelche Schwierigkeiten hätte, darum beschloss ich, ihn einzuweihen.

»Was für eine Geschichte!« Er fuhr sich durch das ergrauende Haar. »Wer hätte das von van Rijn gedacht? Aber na ja, so beliebt ist er auch wieder nicht. Früher hat er mit seiner Frau auf Vlooienburg gewohnt, da waren sie frisch verheiratet. Man hat ihn immerzu mit dem Skizzenbuch gesehen. Einfache Leute hat er gezeichnet. Und Bettler – aber nicht, dass er denen mal ein Almosen gegeben hätte, der alte Geizkragen!«

Almosen gab Rembrandt schon, aber das erwähnte ich nicht. »Ich lasse ihn jedenfalls nicht ungeschoren davonkommen«, sagte ich.

»Recht hast du«, sagte Korst, der mich – wie alle seine Gäste – von Anfang an geduzt hatte. Er polierte mit einem Tuch den Schanktisch. »Trotzdem hast du zu schnell Ja gesagt. Sechzig Gulden im Jahr, wie willst du davon leben?«

»Wenn ich Arbeit finde, wird es schon gehen.«

»Und wenn du keine findest? Oder krank wirst? Wie willst du Geld verdienen, wenn du krank bist? Kinder, die dich versorgen können, hast du keine. Gibt es denn Verwandte, die im Notfall für dich da sind?«

Mir brach der Schweiß aus. Der Mann hatte recht: Ich war davon ausgegangen, dass ich Geld dazuverdienen würde, aber was, wenn das nicht klappte?

»Meister van Rijn hat versprochen, mir zu helfen, wenn ich in Not gerate. Das steht auch im Vertrag.«

»Na fein. Steht auch drin, was der saubere Maler unter Not versteht und wie viel Geld du dann kriegst? Falls nicht, dann ist sein Versprechen nichts wert«, sagte Korst.

»Was hätte ich denn tun sollen?«, fragte ich niedergeschlagen.

»Mehr Geld fordern natürlich! Du hast den Kerl am Kanthaken. Warum, glaubst du wohl, will der einen Vertrag machen? Weil er um jeden Preis vermeiden will, dass du ihn verklagst. Vom Gericht würde er nämlich nicht recht bekommen. Ohne diesen Ring wären deine Aussichten schlechter, aber mit ...« Er nickte voller Überzeugung.

Ich hatte Korst den Rosenring nicht gezeigt; er glaubte, es handele sich um einen schlichten Silber- oder Goldring. Wie wertvoll der Ring war, brauchte er nicht zu wissen. Ich trug ihn, wie auch den anderen Schmuck, unter der Kleidung am Körper. Weil keinem Menschen zu trauen war, schon gar nicht in dieser Gegend.

Aber ich hätte tatsächlich mehr Geld fordern sollen. Eine Summe, die mich bei Krankheit und im Alter abgesichert hätte. Der Notar in Edam hatte von zehn Gulden monatlich gesprochen. Mindestens einhundertzwanzig pro Jahr hätte ich also verlangen müssen, und selbst das war noch nicht übermäßig viel. Ein Handwerker verdiente dreihundert im Jahr.

Korst sah mich forschend an. »Hast du schon unterschrieben?«

»Ja ...«

»Bei einem Notar? Also ein amtliches Schriftstück?«

»Nein, bei Meister van Rijn zu Hause. Er hat alles aufgeschrieben. Ein Konzept nennt man das.«

Korst machte eine zufriedene Miene. »Damit kann er nichts anfangen. Rechtsgültig ist solch eine Vereinbarung nur, wenn sie beim Notar aufgesetzt und unterschrieben worden ist.«

»Ganz sicher?«

»Glaub mir ruhig, Mädchen. Mit Rechtsstreitigkeiten habe ich mehr Erfahrung, als mir lieb ist. Am besten, du gehst gleich noch mal hin und sagst, du hättest es dir anders überlegt.«

Was Korst sagte, klang einleuchtend. Mein Testament hatte ja auch beim Notar aufgesetzt werden müssen.

Ich fasste neuen Mut, aber zugleich flammte Wut in mir auf. Wut auf Rembrandt, der mich über den Tisch ziehen wollte, und auch Wut auf mich selbst ob meiner Dummheit.

Am Himmel zogen schwere Regenwolken auf. Wenn ich mich beeilte, könnte ich es gerade noch vor dem Guss bis zur Breestraat schaffen.

Als ich vor dem Haus stand, begann es zu schütten.

Auf mein Klopfen hin öffnete Hendrickje. »Geertje«, sagte sie überrascht.

Wahrscheinlich hatte sie gehofft, die Dinge seien nun zu aller Zufriedenheit geregelt und Rembrandt und sie wären mich los. Aber da hatte sie sich getäuscht! Um nicht noch nasser zu werden, drängte ich mich kurzerhand an ihr vorbei ins Haus.

»Was willst du?«, fragte sie und schloss die Haustür.

»Ich muss mit Rembrandt sprechen.«

»Er arbeitet.«

»Das kann ich mir denken, er arbeitet ja immer. Dann muss er die Arbeit jetzt eben unterbrechen.«

Sie warf mir einen langen Blick zu; etwas an mir weckte anscheinend ihr Misstrauen. Dann raffte sie eilends die Röcke zusammen und lief die Treppe hinauf.

Ich stand in der Diele und kam mir vor wie eine Fremde. Als wäre ich nicht jahrelang hier zu Hause gewesen, als hätte ich die Bilder an den Wänden nicht unzählige Male sorgsam abgestaubt, als hätte ich nicht im Nebenraum Kunden empfangen. Und als hätten Rembrandt und ich nicht hier, in dieser Diele, innige Küsse getauscht.

Ich versuchte, die aufkommende Wehmut zu unterdrücken. Da erklang plötzlich eine Kinderstimme: »Geertje!«

Titus stürmte auf mich zu. »Du bist wieder da!«

Ich hob ihn hoch und drückte ihn an mich, atmete seinen frischen Duft ein und küsste seinen Haarschopf. »Mein lieber Junge! Wie geht es dir?«

»Du hast mir so gefehlt!« Er klammerte sich an mir fest, und auch ich ließ ihn nicht los, obwohl er eigentlich zu schwer war.

Schließlich stellte ich ihn doch auf den Boden und beugte mich zu ihm hinab. »Es tut mir leid, dass ich dir nicht Auf Wiedersehen sagen konnte. Ich musste ganz plötzlich fort und wusste nicht, wo du warst.«

»Ich war mit Hendrickje auf dem Markt. Als wir wiederkamen, sagte sie, dass du fort bist und dass sie ab jetzt für mich sorgt.« Titus hatte Tränen in den Augen.

»So ist es. Hendrickje macht das bestimmt gut. Ich hoffe, sie ist immer lieb zu dir.«

»Ja, aber ich will nicht, dass sie für mich sorgt. *Du* sollst wiederkommen!« Er schlang die Arme um meinen Hals und presste sein Gesicht an meines. In dem Augenblick kam Rembrandt in die Diele.

Das kam mir sehr zupass, obwohl Titus mir von Herzen leidtat und ich selbst fast geweint hätte. »Alles wird gut, mein Kleiner«, sagte ich, ohne Rembrandt zu beachten. »Ich habe dich lieb, das weißt du. Vielleicht kann ich dich ja ab und zu besuchen.«

Aus dem Augenwinkel sah ich, dass Rembrandt prompt schuldbewusst dreinschaute.

»Titus ...« Er räusperte sich.

Der Junge wandte, ohne mich loszulassen, den Kopf. »Geertje muss wiederkommen«, sagte er mit der bockigen Entschlossenheit eines Achtjährigen.

»Das geht nicht. Ich habe es dir doch erklärt. Lauf jetzt zu Hendrickje, ich muss mit Geertje reden.«

Titus sah mich an, und ich nickte. Noch einmal drückte ich ihn, dann ging er zur offenen Tür, wo er stehen blieb. »Siehst du: Geertje ist überhaupt nicht wütend auf mich!«, sagte er anklagend zu seinem Vater.

Nachdem er verschwunden war, blieb es kurz still.

»Hast du zu dem Jungen gesagt, ich wäre wütend auf ihn?«, fragte ich dann.

Rembrandt schüttelte müde den Kopf. »Nicht auf ihn. Ich habe nur gesagt, du wärst wütend. Er hat das falsch verstanden.«

»Dann hoffe ich, du erklärst es ihm.«

»Das hast du gerade selber getan. Aber ich rede mit ihm, versprochen. Es darf nicht sein, dass er durch diese unselige Geschichte noch mehr leidet. Aber was kann ich für dich tun? Ist dir etwas an unserer Vereinbarung unklar?«

»Jawohl«, sagte ich, »mir ist völlig unklar, wie ich von sechzig Gulden im Jahr leben soll.«

Schlagartig verhärteten sich Rembrandts Züge. »Wie meinst du das?«

»So, wie ich es sage: Ich kann von dem Geld nicht leben. Wenn ich zusätzlich arbeite, wird es gehen, was aber passiert, wenn ich krank werde? Ich bin vierzig, und mit meiner Gesundheit steht es nicht zum Besten. Was wird in fünf oder zehn Jahren sein? Ich brauche mehr Geld, Rembrandt.«

»*Noch* mehr?«, fragte er scharf.

»Ich verlange nicht zu viel, wenn du bedenkst, was ich in den letzten Jahren alles für Titus und dich getan habe.«

»Du hattest hier ein Dach über dem Kopf, gutes Essen und schöne Kleidung. Was ich dir geschenkt habe, durftest du behalten. Du hast sogar Saskias Schmuck mitgenommen. Reicht dir das noch immer nicht? Was willst du von mir, Geertje?«

»Angemessene Unterhaltszahlungen, damit ich mir keine Sorgen um meine Zukunft zu machen brauche. Wenn du mir das zusicherst, verspreche ich auch, den Schmuck für Titus aufzubewahren.«

Rembrandt ließ einen tiefen Seufzer hören. »Und welchen Betrag hältst du für angemessen?«

»Dreihundert.«

»Du bist nicht bei Verstand! Wovon soll ich das bezahlen?«

»Du könntest Porträts malen. Ob gern oder nicht gern, es würde jedenfalls Geld einbringen.«

Wir sahen einander unverwandt an, dann holte er tief Luft und nickte. »Ich bin bereit, dir mehr zu geben. Aber nicht dreihundert, sondern so viel, wie du bekommen würdest, wenn du in Not wärst. Wir werden den Betrag notariell festlegen lassen.«

»Wie hoch ist er?«

»Darüber muss ich noch nachdenken. Ich werde es dir mitteilen.«

Ärgerlich verschränkte ich die Arme vor der Brust. »Du kannst es auch sofort sagen. Gedanken dazu hast du dir ja schon gemacht, oder? Ich will die Sache endlich geregelt wissen!«

»Das ist nichts, was man ›sofort‹ entscheidet, Geertje. Wo wohnst du überhaupt derzeit?«

»Auf der Insel Rapenburg, in der Herberge *Het Swartte Bottje*.«

»Gut, ich denke also noch nach, und du hörst von mir, versprochen.« Rembrandt ging zur Haustür und hielt sie für mich auf. »Und komm nicht wieder unangemeldet her, das bringt Hendrickje und Titus durcheinander.«

Ich ging hinaus, drehte mich aber noch einmal um und sah ihn kühl an: »Um Titus' willen halte ich mich daran, aber Hendrickje kann mir gestohlen bleiben. Meinetwegen soll sie keine Nacht mehr ruhig schlafen.«

»Hendrickje kann nichts dafür«, sagte Rembrandt, und ehe ich etwas erwidern konnte, fiel die Tür ins Schloss.

Wenn ich mein Erspartes – meine einzige Sicherheit! – nicht aufbrauchen wollte, benötigte ich umgehend Geld. Korst würde mich wohl stundenweise in der Schankstube arbeiten lassen, aber damit verdiente ich nicht genug. Ich war verzweifelt, so sehr, dass mir völlig gleichgültig war, was wir wegen des Schmucks abgemacht hatten.

Gleich nachdem ich bei Rembrandt gewesen war, ging ich zum Pfandhaus in der Uilenburgerstraat. Ich bot zwei von Saskias Armbändern an, und die Pfandleiherin nahm sie gern.

Kurz darauf stand ich mit einem Stoffbeutelchen voller Münzen wieder im Freien. Ohne schlechtes Gewissen und erleichtert, weil ich nun für einige Monate Unterkunft und Essen bezahlen konnte. Den übrigen Schmuck wollte ich für Titus aufbewahren.

»Nun, was hast du erreicht?«, fragte Korst, als ich die Herberge betrat.

Ich lehnte mich an den Schanktisch, mit einem Mal todmüde. »Er will nachdenken.«

Korst nickte mir anerkennend zu. »Nur Mut, Mädchen, du kämpfst für deine Zukunft, vergiss das nicht!«

»Das vergesse ich keine Sekunde. Aber es erschöpft mich.«

Korst schob mir einen Krug Bier hin und legte ein Stück Käse auf einen Teller. »Nimm das mit auf dein Zimmer. Geht aufs Haus.«

Ich dankte mit einem Lächeln und ging die schmale Wendeltreppe hinauf. In meinem ungemütlichen Zimmer legte ich mich sogleich aufs Bett, selbst zum Essen war ich zu müde. Den Blick zur Decke gerichtet, dachte ich nach. Und kam zu dem Schluss, dass Korst recht hatte. Ich durfte nicht klein beigeben, ich musste weiterkämpfen. Vor allem jetzt, da die Aussicht bestand, dass Rembrandts Verpflichtungen bald notariell festgelegt wurden.

Auf einmal überfielen mich heftige Kopfschmerzen. Ich schloss die Augen und strich mir mit zwei Fingern über die Stirn. Am liebsten hätte ich geweint, weil ich mich so einsam und elend fühlte, doch selbst dafür war ich zu müde.

Ich musste eingeschlafen sein, denn als es an der Tür klopfte und ich erschrocken hochfuhr, sah ich, dass es dämmerte. Ja, ich hatte geschlafen ...

»Geertje?« Korsts Stimme. »Da ist jemand für dich.«

Ich hob die Beine über die Bettkante und stand auf. »Wer?«

»Meister van Rijn«, sagte Korst.

Das hörte sich wesentlich zahmer an als die Namen, mit denen er ihn im Gespräch mit mir bedacht hatte. Ob Rembrandt wohl mit heraufgekommen war?

Ich öffnete die Tür einen Spalt. Tatsächlich, er stand neben Korst. Der Wirt trat rasch beiseite, und Rembrandt machte die Tür ganz auf. Sein Gesichtsausdruck verhieß nichts Gutes.

Er trat ein und schmetterte die Tür zu.

»Hast du Saskias Armbänder verkauft?«, fragte er.

Liebe Güte! Wie hatte er das bloß so schnell herausbekommen?

»Vorhin ist eine gewisse Jacomijn Baltens bei mir aufgetaucht. Du seist bei ihr gewesen, sagte sie, und hättest zwei goldene Armbänder versetzt. Die Frau hat dich sofort erkannt und ist darum zu mir gekommen.«

Groß und bedrohlich stand er vor mir, sodass ich unwillkürlich zurückwich. »Was hätte ich denn tun sollen? Ich brauchte Geld.«

»Ich habe dir einen höheren Unterhalt zugesagt. Weil du mir leidgetan hast, wobei ich mich inzwischen frage, warum. Du weißt genau, wie viel Saskias Schmuck mir bedeutet, und trotzdem hast du das getan! Hast du ihren Rosenring noch? Sag es! Los!« Er drängte mich zur Wand hin. Dann packte er meinen Arm. Mir wurde angst, obwohl er nicht fest zudrückte.

»Ich habe ihn noch«, beeilte ich mich zu sagen.

»Zeig her!«

»Wenn du mich loslässt ...«

Er tat es, und ich zog den Ring aus meinem Mieder, hielt ihn vor sein Gesicht und ließ ihn dann wieder in den Ausschnitt gleiten.

»*So* trägst du ihn, an einem lumpigen Band?«, fuhr er mich an. »Du wirst ihn verlieren!«

»Ich verliere ihn nicht. Das Band ist fest verknotet, und wenn es sich doch löst, fällt der Ring in mein Mieder. Ihn so zu tragen ist am sichersten. Hätte ich ihn am Finger, würde man ihn mir in dieser Gegend im Nu rauben.«

Rembrandt beruhigte sich, blieb aber vor mir stehen, eine Hand an die Wand gestemmt, sodass ich nicht entwischen konnte. »Ich will die Armbänder zurück«, sagte er, sein Gesicht ganz nah an meinem. »Du holst sie wieder! Noch heute!«

»Ich brauche das Geld für andere Zwecke. Sobald du meinen Jahresunterhalt auf dreihundert Gulden erhöht hast, hole ich sie. Bis dahin sind sie im Pfandhaus gut aufgehoben und bleiben mein Eigentum.«

»Dein Eigentum?!«, brauste er auf. »Sie gehören Titus! Du hast kein Recht, sie zu verkaufen!«

»Laut meinem Testament gehört der Schmuck mir. Sonst könnte ich ihn wohl kaum vererben. Und die Armbänder habe ich nicht verkauft, sondern nur beliehen. Ich löse sie schon wieder aus.«

Woher ich die Kraft nahm, so ruhig und standhaft zu bleiben, weiß ich nicht – vielleicht aus dem Wissen, dass er mir nichts anhaben konnte. Mochte er mich jetzt auch körperlich in die Enge treiben, in Wirklichkeit hatte *ich* ihn in der Zange.

»Was geht hier vor?«, klang es von der Tür her.

Ich hatte sie gar nicht aufgehen hören. Nun stand Korst auf der Schwelle, mit einem mir unbekannten jungen Mann.

»Ich glaube, Ihr geht besser«, sagte er zu Rembrandt, der sich umgewandt hatte.

»Was erlaubt Ihr Euch?« Rembrandt starrte ihn wütend an.

»Diese Herberge gehört mir, und ich dulde hier keinen Ärger. Darum fordere ich Euch auf zu gehen, andernfalls hole ich den Schultheiß.« Die Hände in den Hüften, ging Korst ein paar Schritte auf Rembrandt zu. Der andere Mann stellte sich neben ihn, mit verschränkten Armen.

Rembrandt gab klein bei. »Ich gehe ja schon.« Ehe er das Zimmer verließ, sandte er mir noch einen zornigen Blick. »Beschaff die Armbänder wieder! Und pass bloß auf den Ring auf, sonst wirst du mich kennenlernen!«

22

Auf der Bettkante sitzend, erholte ich mich allmählich von dem Schrecken. Korst und sein Helfer saßen mir auf Stühlen gegenüber und ließen sich berichten, was passiert war. Der junge Mann kam mir nun irgendwie bekannt vor, und als er seinen Namen genannt hatte, wusste ich es: »Octaeff ... du warst Zeuge, als mein Testament beim Notar Lamberti aufgesetzt wurde.«

»Stimmt«, sagte er. »Ich bin Schuster, aber wenn ein Notar einen Zeugen braucht, mache ich auch das. Dadurch kenne ich mich mit Rechtsangelegenheiten gut aus. Was Mijnheer van Rijn da getan hat, nennt man Hausfriedensbruch und Bedrohung, und das ist strafbar.«

»Octaeff hat mir schon mehrmals mit Rat und Tat geholfen«, sagte Korst. »Ich habe ihn gefragt, ob er auch dir Beistand leisten würde, das heißt, falls du das willst. Er verlangt auch nicht viel Geld.«

Ich sah Octaeff an. »Wie viel?«

Er nannte einen Betrag, bei dem es mir die Sprache verschlug. Doch das sollte es mir wert sein, beschloss ich.

»Wichtig ist vor allem, nichts zu übereilen«, sagte Octaeff.

»Van Rijn wird sich von den besten Advokaten beraten lassen, darum darfst du ihm nicht allein gegenüberstehen. Ich an deiner Stelle würde ihn verklagen.«

Ich wollte Octaeffs Rat befolgen. Da mit Rembrandt nicht mehr zu reden war, hatte ich auch gar keine andere Wahl.

Octaeff erklärte mir, welche Schritte für eine Klage nötig waren und an wen ich mich wenden musste. Da es um ein nicht eingehaltenes Eheversprechen ging, war die Kammer für Ehekrach zuständig. Die Herren, die ihr vorstanden, waren keine Rechtsgelehrten, sondern hoch angesehene Bürger, sie wurden Kommissare genannt. Solange das neue Rathaus noch nicht fertig war, kamen sie in einem Nebenraum der Oude Kerk zusammen.

Mit Octaeffs Unterstützung nahm ich die Sache in Angriff, und Rembrandt wurde für den 25. September 1649 vorgeladen. Doch statt vor den Kommissaren zu erscheinen, schlug er ein Treffen in seinem Haus vor, um noch einmal über alles zu reden.

Am 3. Oktober sollte ich mich dort einfinden.

Ich sah der Begegnung mit großer Unruhe entgegen und war froh darum, dass Octaeff mich begleitete. Auf dem Weg in die Breestraat sprach er mir Mut zu. Ich selbst sagte kein Wort, mein Mund war trocken und die Kehle wie zugeschnürt.

Kaum hatte Octaeff den Türklopfer betätigt, öffnete Rembrandt, grüßte mürrisch und hieß uns, ihm in die Küche zu folgen. Im Grunde war es beleidigend, dass er uns nicht in die Wohnstube bat. Aber ich sah darüber hinweg, wollte ich doch einzig und allein, dass die Streiterei ein Ende hatte und ich bald mit dem beruhigenden Gefühl gehen konnte, keine Geldsorgen mehr zu haben.

Hendrickje stand am Tisch, eine Hand anmutig auf die Stuhllehne gelegt. Sie trug eine Spitzenhaube auf dem geflochtenen Haar, und ihre weit ausgeschnittene zartgelbe Jacke war mit Pelz eingefasst. Sie sah unbestreitbar gut aus.

»Nehmt Platz«, sagte Rembrandt.

Dann saßen wir einander gegenüber – Rembrandt mit Hendrickje auf der einen, Octaeff und ich auf der anderen Tischseite. Ohne uns etwas zu trinken anzubieten, kam Rembrandt zur Sache.

Er schlug vor, mir einmalig zweihundert Gulden zu zahlen, damit ich die Armbänder auslösen konnte. Darüber hinaus war er bereit, mir statt sechzig hundertsechzig Gulden jährlich zu zahlen, und zwar lebenslang.

»Dreihundert«, forderte ich entschlossen.

Rembrandt wurde ärgerlich. »Für wie reich hältst du mich? Ich habe mehr Schulden als Besitz und kann dieses Haus kaum abbezahlen!«

Das stimmte, aber was ging es mich an? Sollte er doch zusehen, dass er ein paar große Aufträge bekam, dann wäre sein Problem gelöst. Ich dagegen konnte auf keine anderen Einnahmen hoffen.

»Hundertsechzig Gulden sind ein gutes Angebot, Geertje«, sagte Octaeff. »Meister van Rijn hat mir sein Kassenbuch gezeigt. Es stimmt, was er sagt: Er ist verschuldet.«

»Wie? Du hast dich mit ihm getroffen? Ohne mein Wissen?« Fassungslos starrte ich Octaeff an.

»Das halte ich immer so. Ich musste mir doch ein Bild von der Lage machen.«

»Von wegen: Das halte ich immer so! Du redest, als wärst du ein Advokat! Was habt ihr da zusammen ausgeheckt?«

»Bleib ruhig, Geertje«, sagte Rembrandt. »Octaeff und ich haben lediglich besprochen, wie sich eine gütliche Regelung erreichen lässt, ohne vor Gericht zu ziehen. Mehr, als ich dir gerade angeboten habe, *kann* ich nicht zahlen. Hundertsechzig Gulden sind das Äußerste.«

Mit einem Mal klang seine Stimme wieder freundlich, und in seinen Augen sah ich meinen Schmerz gespiegelt. Aber war er auch aufrichtig? Nichts wollte ich lieber, als ihm glauben, aber ich war unsicher, darum schaute ich zu Octaeff.

Der nickte. »Ich würde es machen. Zuwendungen in solcher Höhe bekommen sonst nur Frauen, die ein Kind erwarten. Und wenn der Fall vor die Kammer für Ehekrach kommt, könnten die Kommissare entscheiden, dass dir weniger zusteht.«

Rembrandt hielt mir über den Tisch hinweg die Hand hin und lächelte ermunternd. »Lass uns das Kriegsbeil begraben, Geertje. Ich gebe zu, dass mein letztes Angebot ein wenig dürftig war, und es tut mir leid, dass ich in der Herberge so grob mit dir umgesprungen bin. Nun, wie ist es: Sind wir uns einig?«

Octaeffs Einwand, dass ich ja kein Kind erwartete, gab den Ausschlag. Das könnte tatsächlich ein wichtiger Punkt sein. Also tat ich das Einzige, was ich tun konnte: Ich stimmte zu.

Der Vertrag sollte am 10. Oktober vom Notar Laurens Lamberti in der Breestraat aufgesetzt und dort unterschrieben werden.

Eigentlich hätte ich nun, da alles besprochen war, wieder gut schlafen müssen, aber weit gefehlt. Jede Nacht lag ich stundenlang wach und überschlug, ob ich wohl mit dem Geld auskäme, wenn ich krank würde. War es ein Fehler gewesen, Rembrandts Angebot anzunehmen? Dann aber sagte ich mir, hundertsechzig Gulden pro Jahr seien doch eine schöne Summe und müssten zum Leben reichen, gerade so eben wahrscheinlich ... sofern ich nicht krank wurde. Dazuverdienen müsste ich auf jeden Fall, auch im Alter, weil ich ja keine Kinder hatte, die mich unterstützen konnten.

Ich fragte Korst, ob ich bei ihm eine Anstellung bekommen könnte, und er ließ mich am Schanktisch arbeiten und putzen.

Am Vormittag des 10. Oktober stürmte und regnete es. Jedes Mal, wenn die Tür aufging, blies der Wind Herbstlaub und Unrat von der Straße herein, und ich musste immer wieder zum Besen greifen und zum Schrubber, weil die Gäste dreckige Fußspuren auf dem Boden hinterließen.

Ich hatte alle Hände voll zu tun, dennoch wanderte mein Blick immer wieder zur Uhr. Noch immer plagten mich Zweifel. Tat ich wirklich gut daran, den Vertrag zu unterzeichnen? Würde ich mit dem Unterhalt auskommen?

Aus dem Augenwinkel bemerkte ich, dass Marritgen ständig zu mir herschaute.

»Was ist los?«, fragte ich.

Sie biss sich auf die Lippe, sah sich dann nach allen Seiten um und holte tief Luft. »Mir ist da was zu Ohren gekommen, das du wissen solltest«, sagte sie.

»Was ist dir zu Ohren gekommen? Worum geht es?«

»Um den Vertrag, den du heute Nachmittag unterschreiben sollst. Ich *muss* es dir einfach sagen: Octaeff macht mit Meister van Rijn gemeinsame Sache.«

Mir stellten sich sämtliche Haare auf. »Ist das wahr?«

»Ich habe selber gehört, wie Octaeff mit Korst darüber gesprochen hat. Er hat gesagt: ›Wenn Geertje unterschreibt, kriege ich eine hübsche Summe.‹ ›Von wem?‹, hat Korst gefragt. Da hat Octaeff gesagt: ›Von van Rijn natürlich.‹ Korst hat das nicht so gut gefunden. Aber Octaeff hat ihm versichert, dass die Kammer für Ehekrach dir auch nicht mehr zusprechen würde. Und dass es für dich nur gut sei, wenn die Geschichte endlich ausgestanden ist. Und dass Meister van Rijn das auch will, dem wäre nämlich nicht daran gelegen, dass du ihn verklagst.«

Mein ganzer Körper wurde starr und steif. »Darum also hat Octaeff mir geraten, Rembrandts Angebot anzunehmen. Dieser hinterhältige Verräter!«

»Korst hat dann auch gemeint, es wäre das Beste, wenn du endlich zur Ruhe kommst. Du siehst schlecht aus, hat er gesagt, bleich und mager.«

»Mir geht es bestens. Einem Prozess bin ich jederzeit gewachsen!«

Auf den Stiel des Schrubbers gestützt, stand ich da. Allmählich löste sich meine Starre, und Wut kochte in mir hoch. Am liebsten hätte ich ein paar Bierkrüge an die Wand geschmissen, aber das würde mir nicht weiterhelfen. Nachdenken musste ich, gründlich nachdenken.

»Was machst du jetzt?«, wollte Marritgen wissen.

»Ich gehe zu Rembrandt, wie abgemacht«, sagte ich und gab ihr einen Wangenkuss. »Danke, Marritgen. Ich bin sehr froh, dass du mir das erzählt hast.«

Mit einer Mordswut im Bauch machte ich mich eine Stunde später zur Breestraat auf, den Umhang so fest um mich gezogen, als müsste er mich nicht nur vor der Kälte schützen.

Ich hatte nicht auf Octaeff gewartet und kam darum vor ihm an. Das Dienstmädchen ließ mich ins Haus.

Der Notar war bereits da. Hendrickje half ihm gerade aus dem Mantel und nickte mir wie nebenbei zu. Titus war nirgends zu sehen. Ob sie ihn von mir fernhalten wollten?

Dafür tauchte Rembrandt auf. Wir gingen die Treppe hinab in die Küche, und kaum saßen wir, traf auch Octaeff ein. Er wirkte abgehetzt und warf mir einen verwunderten, fragenden Blick zu. Ich wandte das Gesicht ab.

Lamberti begrüßte die Anwesenden, holte das Vertragskonzept hervor und blickte in die Runde.

»Es ist mir eine Freude, dass Ihr zu einer gütlichen Einigung gekommen seid«, begann er. »So soll es sein: Vernünftige Menschen ziehen mit ihren Streitigkeiten nicht vor Gericht. Ich spreche Euch dafür meine Anerkennung aus. In dem Vertragskonzept, das gemeinsam aufgesetzt wurde, steht, dass Mevrouw Dircx einen Unterhalt von hundertsechzig Gulden pro Jahr erhalten soll, außerdem einmalig die Summe von zweihundert Gulden, um damit die von ihr beliehenen Schmuckstücke im Pfandhaus auszulösen. Mijnheer van Rijn stellt als Bedingung für diese Regelung, dass Mevrouw Dircx auf weitere Forderungen verzichtet und dass sie keinerlei Änderungen an ihrem Testament vornimmt. Insbesondere ist es ihr untersagt, den diamantenbesetzten Ring mit Rosenmotiv, der sich in ihrem Besitz befindet, zu verkaufen oder zu beleihen.«

Abermals ein Blick in die Runde, wohl um festzustellen, dass alle einverstanden waren. Als es still blieb, fuhr der Notar fort: »Gut, dann werde ich nun den Vertrag in seiner Gänze abschreiben, ihn sodann vorlesen und von Euch unterzeichnen lassen.«

»Die Mühe könnt Ihr Euch sparen«, sagte ich schroff.

Aller Augen wandten sich mir zu.

»Wie bitte?«, sagte Lamberti.

»Ihr braucht den Vertrag nicht vorzulesen. Ich weiß, was darin steht, und werde ihn nicht unterzeichnen.«

»Geertje ...«, begann Rembrandt, doch ich ließ ihn nicht ausreden.

»Hast du etwa geglaubt, mich auf diese Weise über den Tisch ziehen zu können? Du hast hinter meinem Rücken mit ihm gemeinsame Sache gemacht!« Ich wies mit dem Kinn auf Octaeff, der betroffen wegschaute. »Ihr habt mich verraten und betrogen, und ich bin keinesfalls mit der Regelung einverstanden. Hundertsechzig Gulden reichen bei Weitem nicht zum Leben. Ich will dreihundert. Und wenn ich die nicht bekomme, widerrufe ich mein Testament!«

Stille ringsum – alle starrten mich entgeistert an. Ich sprang auf und fuhr Rembrandt an: »Darüber kannst du nachdenken, bis wir uns vor Gericht wiedersehen.«

Ohne auf eine Antwort zu warten, verließ ich die Küche und rannte die Treppe hinauf. In der Diele riss ich meinen Umhang vom Kleiderhaken und stürmte mit großen Schritten ins Freie, die Haustür warf ich hinter mir zu.

Niemand kam mir nach. Bestimmt saßen sie noch völlig perplex in der Küche. Diese Vorstellung reizte mich fast zum Lachen. Sie hatten geglaubt, mich hinters Licht führen zu können, aber da hatten sie sich getäuscht. Von nun an würde ich mich selbst um meine Angelegenheiten kümmern. Welche Schritte für eine Klage zu unternehmen waren, wusste ich ja von Octaeff.

Entschlossen, keine weitere Minute zu verschwenden, strebte ich der Oude Kerk zu.

23

Rembrandt erschien nicht zur ersten Anhörung, und auch der zweiten Aufforderung folgte er nicht. Das machte einen schlechten Eindruck auf die Kommissare, und er wurde mit einer Geldstrafe von drei Gulden belegt. Man beraumte eine erneute Anhörung für den 23. Oktober an. Falls Rembrandt auch dann nicht kam, würde in seiner Abwesenheit ein Urteil gefällt.

Doch so weit ließ er es nicht kommen. Am 23. Oktober standen wir zusammen vor den Kommissaren. Dass Rembrandt mit den Herren persönlich bekannt war, bereitete mir kein Kopfzerbrechen. Es hätte ihm zum Vorteil gereichen können, wenn er mit ihnen auf gutem Fuß gestanden hätte, aber das war nicht der Fall.

Bei der Befragung sagte ich, Rembrandt habe mir mehrmals die Ehe versprochen. Das entsprach nicht der Wahrheit, und Rembrandt warf mir böse Seitenblicke zu, was mich aber nicht kümmerte.

»Was habt Ihr dazu zu sagen, Mijnheer van Rijn?«, fragte der Kommissar Jacob Hinlopen.

»Nichts.« Rembrandt zuckte mit den Schultern. »Außer,

dass es Unfug ist, aber das muss ich nicht beweisen. Sie ...«, er deutete auf mich, »soll beweisen, dass ich das gesagt habe.«

Fragende Blicke zu mir.

»Gibt es Zeugen, die Ihre Aussage bestätigen können, Mevrouw Dircx?«, fragte Hinlopen.

»Nein«, erwiderte ich. »Aber ich kann es auf andere Art beweisen.«

Und ich zeigte den Rosenring vor. Die Diamanten funkelten im Sonnenlicht, das durch die Fenster fiel, und die hohen Herren beugten sich vor, um den Ring in Augenschein zu nehmen.

Ich reichte ihn Hinlopen, der ihn ausgiebig betrachtete und dann an den neben ihm sitzenden Kommissar weitergab. Während dieser und nach ihm die anderen den Ring begutachteten, fragte Hinlopen: »Habt Ihr Mevrouw Dircx diesen Ring gegeben, Mijnheer van Rijn?«

Rembrandt nickte mürrisch.

»Den Ring und noch weitere Schmuckstücke. Sie haben seiner verstorbenen Frau Saskia gehört«, erläuterte ich.

Cornelis Abba, der Letzte in der Reihe, gab mir den Ring wieder.

»Ich glaube, wir müssen uns nicht weiter beraten«, meinte Hinlopen, nachdem er mit den anderen Kommissaren Blicke getauscht hatte. »Der Sachverhalt ist eindeutig. Mijnheer van Rijn, Ihr habt Mevrouw Dircx den Eindruck vermittelt, sie heiraten zu wollen, indem Ihr ihr den Ring Eurer verstorbenen Gattin gegeben habt. Mevrouw Dircx ist somit berechtigt, zu fordern, dass die Ehe tatsächlich geschlossen wird. Aber weil Ihr beide in finanzieller Hinsicht bereits zu einer Einigung gekommen seid, die uns als Konzept vorliegt, tragen wir Euch, Mijnheer van Rijn, hiermit auf, Euch an die darin genannten Verpflichtungen zu halten. Das bedeutet: Ihr habt Mevrouw Dircx lebenslang hundertsechzig Gulden pro Jahr zu zahlen sowie einmalig einen Betrag von zweihundert Gulden. Von Letzterem hat Mevrouw Dircx die verpfändeten Schmuckstücke zurückzukaufen. Es ist ihr verboten, nochmals etwas von dem Schmuck zu beleihen oder zu verkaufen. So lautet unser Urteil, und so soll es geschehen.«

Nach der Wut kam die Leere. Wochenlang hatte mein Zorn mich aufrecht gehalten, nach dem Urteilsspruch aber konnte ich nur noch weinen. Nicht vor den Kommissaren – ich wartete damit, bis ich in der Herberge war. Dort angekommen, ging ich schnurstracks zur Treppe, ohne Korst zu beachten, der mir ein paar Schritte entgegenkam. Mit diesem Verräter war ich ebenfalls fertig.

Ich ließ mich auf die Bettkante sinken und weinte bis zur Erschöpfung.

Ganz langsam wurde ich ruhiger ... und überlegte, was nun werden sollte. Ich hatte vorgehabt, mich in Edam niederzulassen, doch die Kommissare hatten zur Auflage gemacht, dass ich mein Geld allmonatlich bei Rembrandt abholen sollte, sodass ich an Amsterdam gebunden war. Nach Ransdorp aber war es nicht weit – ich könnte zu meiner Mutter ziehen.

Warum eigentlich nicht? Das Haus meiner Mutter war nicht groß, aber es würde schon gehen. Wenn ich mir Vieh zulegte, hätte ich Milch und könnte Butter und Käse herstellen. Meine Ware würde ich per Boot nach Amsterdam bringen und dort feilbieten. Wenn der Verkauf gut lief, wäre es nach einiger Zeit gewiss möglich, ein größeres Haus zu mieten.

Ich stand auf, ging ans Fenster und schaute zum Montelbaenstoren hinüber, der stolz und schlank über dem geschäftigen Treiben auf dem Wasser emporragte.

Ja, von dem Geld, das ich von Rembrandt zu bekommen hatte, würde ich ein paar Kühe oder Ziegen kaufen und eine Wiese für sie pachten. Dann müsste ich noch einige Gerätschaften erwerben: Eimer, ein Butterfass, Käseformen ... Meine Mutter hatte immer selbst Käse und Butter gemacht, sie würde mir sicherlich dabei helfen.

Mit einem Mal stellte sich meine Zukunft nicht mehr so aussichtslos dar. Am liebsten hätte ich mich sofort auf den Weg nach Ransdorp gemacht, doch zunächst war hier in Amsterdam noch einiges zu erledigen. Als Erstes musste ich bei Rembrandt mein Geld abholen, dessen Fälligkeit rückwirkend auf den 28. Juni festgesetzt worden war. Außerdem schuldete er mir die zweihundert Gulden, mit denen ich Saskias Armbänder auslösen sollte.

Den Betrag könnte ich gut für meinen Plan mit dem Butter- und Käsehandel gebrauchen. Aber Rembrandt würde mir meinen Unterhalt gewiss erst geben, wenn ich den *gesamten* Schmuck vorzeigte – so gut kannte ich ihn.

Ich holte meinen Beutel unter dem Rock hervor und leerte den Inhalt auf den Tisch. Saskias Ringe glänzten im sanften Abendlicht.

Was mochten sie wert sein? Bestimmt ein Vielfaches dessen, was Rembrandt mir zugesagt hatte. Schon mit der Hälfte davon wäre mir gedient.

Mit einem Seufzer steckte ich alles wieder in den Beutel, doch der Gedanke ging mir nicht mehr aus dem Kopf.

Erst am späten Nachmittag verließ ich mein Zimmer, weil mich der Hunger plagte. Als ich die Gaststube betrat, sah ich zu meinem Erstaunen Pieter bei Korst am Schanktisch stehen. Die beiden waren ins Gespräch vertieft. Dann aber bemerkte Korst mich. »Da ist sie ja«, sagte er.

Langsam ging ich auf meinen Bruder zu. Er sah älter aus als in meiner Erinnerung. Sein Gesicht war wettergegerbt, und er hatte eine lange Narbe an der Hand.

»Pieter«, sagte ich gelassen und kühl.

»Geertje ... wie geht es dir?« Er machte keine Anstalten, mich in den Arm zu nehmen, und hätte er es versucht, wäre ich zurückgewichen.

»Ganz gut«, sagte ich. »Was machst du hier?«

»Dich besuchen. Mutter hat erzählt, dass du mit diesem Maler über Kreuz bist, und jedes Mal, wenn ich in Amsterdam bin, höre ich Gemunkel.«

Ich bedeutete ihm, mir an einen Ecktisch zu folgen, und bat Korst, etwas zu trinken zu bringen. »Er bezahlt«, ergänzte ich mit einer Kinnbewegung zu meinem Bruder.

Pieter widersprach nicht. Er setzte sich, legte seine Mütze auf den Stuhl neben sich und musterte mich neugierig. »Nun erzähl schon: Was ist los?«, sagte er schließlich.

Eine Entschuldigung für sein Benehmen bei unserer letzten Begegnung hätte von Anstand gezeugt, aber es kam keine.

»Du weißt es doch«, sagte ich. »Mutter hat es dir bestimmt gesagt.«

»Aber wie ist die Sache ausgegangen? Wart ihr schon vor Gericht?«

»Ja, heute Vormittag.« Ich berichtete ihm in aller Kürze von dem Verlauf und dem Urteil. Er lauschte aufmerksam.

»Gut gemacht«, sagte er. »Den Maler trifft genauso viel Schuld. Du hast recht getan, ihn zur Verantwortung zu ziehen. Was hast du nun vor?«

»Ich ziehe zu Mutter nach Ransdorp.«

»Das wird sie freuen. Du fehlst ihr sehr.«

»Wie geht es ihr?«

»Nicht sonderlich gut. Sie ist alt und wird immer gebrechlicher. Das Haus, in dem sie wohnt, ist ihrer Gesundheit auch nicht zuträglich, die Wände haben Schimmel angesetzt. Marij und ich haben schon überlegt, sie zu uns zu nehmen, aber im Grunde haben wir nicht genug Platz. Es würde also gut passen, wenn du etwas Besseres für euch beide suchst.«

Deshalb also war er gekommen. Weil er mich brauchte, mich und mein Geld. Ich jedoch brauchte ihn ebenfalls, darum nickte ich. »Genau das hatte ich vor. Ich habe mir überlegt, mit Butter und Käse zu handeln, dafür muss ich allerdings noch einiges anschaffen. Morgen hole ich mir bei Rembrandt zweihundert Gulden, um damit Saskias Armbänder auszulösen. Meinen Unterhalt wird er mir wohl erst geben, wenn das erledigt ist.«

»Ich kann dir gern etwas Geld für die Anschaffungen leihen. Du brauchst ja dann auch Vieh und ein Stück Grund. Am besten mit einem Haus darauf, denn die Bruchbude, in der Mutter wohnt, wird sicher bald zusammenfallen. Derzeit schaue ich, wann immer ich Zeit habe, bei ihr vorbei und richte dies und das. Ach, wenn du die zweihundert Gulden doch dafür nehmen könntest ...«

»Das geht nicht. Sonst gibt er mir den Unterhalt nicht, das habe ich dir doch gesagt.«

»Hast du außer den Armbändern noch andere Juwelen?«

»Du meinst, von Saskia?«

»Ja. Hast du welche?«

Ich nickte, holte den Beutel hervor und legte die Schmuckstücke auf den Tisch, wohlweislich hinter unseren Bierkrügen, damit Korst sie nicht sah.

Pieter gingen fast die Augen über. »Das ist ein Vermögen wert!«, stieß er hervor. »Welchen Ring hast du als Beweis vorgelegt?«

Ich zeigte ihm den Rosenring. Pieter beugte sich vor und pfiff durch die Zähne: »Sind das echte Diamanten?«

»Aber sicher.«

»Geertje, ich weiß nicht genau, was dieser Ring wert ist, aber gewiss so viel, dass du ein Haus davon kaufen kannst.«

»Er gehört mir nicht. In meinem Testament steht, dass ich alles Titus hinterlasse.«

»Aber dann *gehört* er doch dir! Wie kannst du jemandem etwas hinterlassen, was nicht dein Eigentum ist? Dieser Maler hat dir nichts vorzuschreiben, du kannst damit tun, was du willst. Jetzt weiß ich auch, warum er dich dieses unsägliche Testament hat aufsetzen lassen. Wenn du den Schmuck verkaufst oder verpfändest, hast du nie mehr Geldsorgen. Zumal du ja auch noch Unterhalt von ihm bekommst.«

»Das Geld muss ich jeden Monat bei ihm abholen, und es kann gut sein, dass er dann immer den Schmuck sehen will.«

»Wir könnten Duplikate anfertigen lassen.«

Das ging zu weit, fand ich, und sagte: »Nein. Das wäre Betrug.«

»Weißt du, was Betrug ist? Eine Frau jahrelang hinzuhalten und sie dann vor die Tür zu setzen, nur weil eine Jüngere daherkommt. *Das* ist Betrug!«

Meine Hände fühlten sich klamm an, ich rieb sie warm. »Du hast recht. Aber was, wenn es herauskommt?«

»Wenn was herauskommt? Dass du dein Eigentum verkauft hast? Das ist doch dein gutes Recht! Steht denn im Vertrag, dass du den Schmuck jeden Monat vorzeigen musst?«

»Ich glaube nicht.«

»Na denn. Weißt du was – ich hole den Unterhalt für dich ab. Wir verpfänden ein paar der nicht so kostbaren Ringe, dann kannst du immer noch einen auslösen, wenn es sein muss. Für dich fängt jetzt ein neues Leben an, und dieser Maler bekommt, was er verdient.«

Das breite Grinsen meines Bruders erwiderte ich mit einem verhaltenen Lächeln.

Ganz wohl war mir nicht bei der Sache, aber ich sah keine andere Möglichkeit. Und letztlich hatte Pieter ja recht: Der Schmuck war mein Eigentum. Ich beschloss, noch ein paar Monate zu warten, ehe ich etwas ins Pfandhaus trug, damit ich

Rembrandt alle Schmuckstücke vorweisen konnte, wenn er danach fragte. Später würde ich sie dann Stück für Stück auslösen, denn so dringend ich das Geld auch brauchte, es wäre ein Unrecht, Titus' Erbe zu verhökern.

Ich machte mich auf den Weg, um meinen Unterhalt in der Breestraat abzuholen. Weiter als in die Diele kam ich nicht. Dort forderte Rembrandt mich auf, ihm die Schmuckstücke zu zeigen. Er warf aber nur einen raschen Blick darauf und händigte mir dann einen prallen Beutel aus. »Das sind die zweihundert Gulden. Damit löst du die Armbänder aus. Und zwar sofort. Und hier«, er zog einen kleineren Beutel aus der Tasche, »hast du deinen Unterhalt.«

Ich nahm auch den zweiten Beutel und zählte die Münzen nach.

»Wo ist Titus?«, fragte ich dann.

»Mit Hendrickje auf dem Markt. Ich halte es für besser, wenn ihr euch nicht mehr seht.«

»Warum?«

»Weil das Ganze ihm schwer zu schaffen macht.«

Ich schaute zu dem Porträt von Titus an der Wand. »Er fehlt mir«, sagte ich leise.

Rembrandts kurzes »Ja« klang, als wollte er sagen: »Das lässt sich nicht ändern.« Aber als er meine traurige Miene bemerkte, ging er ins Nebenzimmer und kam gleich darauf mit einer Zeichnung wieder. Er gab sie mir: ein Jungengesicht, von Locken umrahmt. Gerührt betrachtete ich es.

Von Rembrandts Haus ging ich direkt zur Pfandleihe in der Uilenburgerstraat, löste die Armbänder aus und begab mich wieder in die Breestraat. Rembrandt lächelte, als ich ihm die Schmuckstücke zeigte – zum ersten Mal seit langer Zeit. »Danke«, sagte er noch, ehe er die Tür schloss.

Im März des neuen Jahres, 1650, siedelte ich zur großen Freude meiner Mutter nach Ransdorp über. Rembrandt verschwieg ich den Umzug; wo ich wohnte, ging ihn nichts an. Ich hatte mich bereits nach einer Bleibe für meine Mutter und mich umgesehen. Ein Bauernhaus etwas außerhalb des Orts erschien mir passend. Groß war es nicht, aber für uns zwei würde der Platz reichen, außerdem gehörten ein Stall und eine Obstbaumwiese dazu. Weil der Preis nicht allzu hoch war, entschloss ich mich zum Kauf.

Ende März fuhr ich wieder nach Amsterdam, um mein Geld zu holen.

Diesmal öffnete mir Hendrickje. Rembrandt sei nicht zu Hause, teilte sie mit und fragte nach dem Schmuck.

Ich holte ihn hervor.

Was eine Demütigung hätte sein können, wurde mir zum Triumph: Ich besaß etwas, das Rembrandt und sie gern wiedergehabt hätten. Dass der Mann, den ich geliebt hatte, nun ihr gehörte, schmerzte mich inzwischen nicht mehr. Meine Gefühle für ihn waren im Laufe unserer Auseinandersetzung erkaltet. Und Hendrickje tat mir sogar leid. Ich selbst war wenigstens einmal verheiratet gewesen, wenn auch kurz, und konnte mich Witwe nennen. Das hörte sich wesentlich besser an als »alte Jungfer« – der Titel, der ihr dereinst bleiben würde.

Mein Geld sicher in einem Beutel unterm Rock, ging ich bis ans andere Ende der Stadt, wo ein neues Grachtenviertel entstand. In diese Gegend kam Rembrandt nie.

In der Korte Prinsengracht fragte ich einen Mann, ob es hier eine Pfandleihe gab, und er schickte mich zu Giertge Nanninghs im Claes Medemblicxgang.

Ich betrat das Haus und sah, dass etliche Leute anstanden. Als alle ihre Geschäfte erledigt hatten, holte ich die etwas schlichteren Schmuckstücke hervor und legte sie auf die Theke.

Die Pfandleiherin betrachtete erst die Juwelen und danach mich. Ich mochte tief gesunken sein, hatte aber noch meine Kleider aus teurem Tuch und die feinen Spitzenhauben. Offensichtlich ließ mein Äußeres ihren Argwohn verfliegen, denn sie nahm die Schmuckstücke nacheinander in die Hand, hielt sie ins Licht, biss darauf herum – und nickte schließlich.

Kurz darauf stand ich mit einem kleinen Vermögen wieder draußen.

24

Ich erwarb das kleine Gehöft, lud meine Habe und die meiner Mutter auf einen Karren, und wir zogen um.

Im Mai ließen die blühenden Obstbäume die Wiese neben dem Haus wie eine große rosaweiße Wolke erscheinen. Meine beiden Kühe und die Ziegen taten sich am frischen Gras gütlich, und auf dem Hofplatz scharrten Hühner. Morgens stand ich in aller Frühe auf, um die Tiere zu versorgen und anschließend im Gemüsegarten zu arbeiten. Dann bereitete ich das Frühstück für meine Mutter und mich, das wir am Fenster mit Blick auf die Felder hinter dem Haus einnahmen.

Ich hatte für Pieter eine Vollmacht ausgestellt, sodass er allmonatlich meinen Unterhalt bei Rembrandt holen konnte, dem ich nicht mehr zu begegnen wünschte. Pieter hatte Ende April das Geld anstandslos bekommen und ohne dass Rembrandt nach dem übrigen Schmuck fragte. Dass ich diesen mittlerweile beliehen hatte, war ihm wohl verborgen geblieben. Also war es klug gewesen, in ein Pfandhaus am anderen Ende der Stadt zu gehen. Ich hatte mir vorgenommen, die Stücke nach und nach auszulösen, sobald mein Handel genug abwarf.

Ich molk die Kühe und die Ziegen und stellte Butter und Käse her. Einen Teil davon bewahrte ich im Keller für den eigenen Verzehr auf, den Rest verkaufte ich. Meine Mutter fütterte die Hühner. Dass sie außerdem lange Gespräche mit ihnen führte, verwunderte mich, ebenso, dass sie manchmal verwirrt wirkte – dann sprach sie mich an wie eine Fremde und fragte nach dem Weg nach Hause. Im nächsten Moment aber war sie wieder wie immer, sodass es mich nicht weiter beunruhigte.

Der Frühsommer brachte heiße Tage. In Amsterdam war es jetzt gewiss drückend, und die Grachten stanken – hier auf dem Lande dagegen grünte und blühte es, dass es eine Pracht war.

Ich bleichte unsere Wäsche auf dem Dorfanger, erntete Gemüse im Garten, sammelte die Eier unserer Hühner ein, erfreute mich am blauen Himmel und genoss die Sonne auf meiner Haut.

Ich war glücklich.

Aber Glück ist ein Zustand, der nie lange währt. Kaum hat man sich daran gewöhnt und nimmt es für selbstverständlich, heißt es aufpassen. Das weiß ich heute, damals wusste ich es nicht. Ich erlebte die Zeit in Ransdorp als den Anfang eines neuen Lebens. In Wirklichkeit schenkte Gott sie mir als kleine Wiedergutmachung, als Atempause vor dem, was er noch mit mir vorhatte.

Mag sein, dass es ungerecht ist, ihm die Schuld zu geben, aber er hat nun einmal zugelassen, was am 5. Juli geschah.

Ich war auf dem Markt gewesen und ging mit meinem Korb am Arm den Feldweg entlang, als hinter mir Hufgetrappel erklang. Ich blickte mich um und gewahrte eine Kutsche, die sich rasch näherte. Mit einem Sprung zur Seite brachte ich mich in Sicherheit. Der Kutscher nahm das Tempo zurück und hielt an.

Zornig raffte ich meine Röcke zusammen und ging hin, um ihm gründlich die Meinung zu sagen. Aber ehe ich dazu kam, flogen zu beiden Seiten die Türen auf, und zwei Männer sprangen heraus. An den Farben ihrer Kleidung und den Federn am Hut, schwarz und rot, erkannte ich sie als Gerichtsdiener aus Amsterdam.

»Geertje Dircx?«, fragte einer der beiden.

Da begriff ich, dass Gefahr im Verzug war. Ich rannte los, doch schnell hatten die Männer mich eingeholt, sie ergriffen mich und zerrten mich mit sich.

»Ihr seid festgenommen, im Namen des Amsterdamer Magistrats. Unser Auftrag ist es, Euch ins Zuchthaus von Gouda zu bringen.«

Ich wehrte mich nach Kräften, kam aber nicht gegen sie an. Sie fesselten meine Hände und schubsten mich in die Kutsche, um danach selbst einzusteigen. Ich schrie und trat um mich.

Die Kutsche setzte sich in Bewegung, und als sie scharf wendete, stieß ich mir den Kopf an. Während ich noch wie betäubt an der Wand lehnte, wurden mir auch noch die Füße gebunden, und ich konnte nichts mehr tun außer schreien. Kaum tat ich das, stopfte mir schon einer der Männer ein Stück Tuch in den Mund.

Der Kutscher auf dem Bock trieb die Pferde an, und wir fuhren in schnellem Tempo los.

25

Juli 1654

Ich benehme mich so, wie es verlangt wird. Wer sich den Regeln widersetzt, landet in der »dunklen Hölle«. Vom Hörensagen weiß ich, dass dies ein Holzkasten auf Eichenbalken ist, der knapp über dem Wasser der Gracht beim Zuchthaus hängt.

Tagein, tagaus sitze ich im Arbeitssaal und spinne und stricke und nähe – unter lauter Frauen, die sich etwas haben zuschulden kommen lassen: Diebstahl, Raub, Gewalttätigkeit, Bettelei oder Prostitution. Ich habe viel Zeit zum Nachdenken: über alles Geschehene und auch über meine Familie.

Genau vier Jahre bin ich nun hier, und noch niemand hat mich besucht. Wo bleiben meine Mutter und Pieter, wo Trijn? Warum überlassen sie mich meinem Schicksal? Bei dem Gedanken, dass ich weitere acht Jahre hier zubringen muss, befällt mich ein solches Grauen, dass ich ihn wegschiebe, so gut es geht. Am besten ist es, von einem Tag zum anderen zu leben und nicht an die Zukunft zu denken.

Man darf hier Besuch bekommen, denn es ist keine unter uns, die wirklich ein schweres Verbrechen begangen hat. Auf Mord und Sodomie steht noch immer die Todesstrafe am Galgen; wer sich solcher Untaten schuldig gemacht hat, der gilt als unverbesserlich. Hier sperrt man verwirrte und schwachsinnige Frauen ein, die nicht verrückt genug fürs Irrenhaus sind, und außerdem solche, die für geringere Vergehen büßen und sich bessern sollen.

Zucht und Ordnung werden großgeschrieben. Die Aufseherin tritt mitunter hart auf. Gehorcht man ihr nicht, setzt es einen Knuff oder auch Stockschläge – mir ist das zum Glück noch nie passiert. Die Vorsteherinnen sind eigentlich gegen körperliche Züchtigungen, weil das dem Zweck der Zuchthäuser für Frauen widerspricht. Die Insassinnen sollen lesen und schreiben lernen, die Bibel studieren und arbeiten.

Jeden Tag denke ich dankbar an Geertruida Beets, die dafür gesorgt hat, dass ich lesen gelernt habe. Lesen vertreibt in den Abendstunden die Langeweile, aber nur im Sommer. Im Winter braucht man dazu Kerzenlicht, und die Kerzen muss man selbst bezahlen. Das ist es mir nicht wert – wenn ich eines Tages freikomme, werde ich mein Geld dringend brauchen.

Seitdem ich hier bin, ist es schon mehrmals vorgekommen, dass Frauen, die fügsam waren, fleißig arbeiteten, viel in der Bibel lasen, sich keine Frechheiten erlaubten und ihre Missetaten bereuten, vorzeitig freigelassen wurden.

Daher halte ich mich genau an die Regeln und lasse mich nicht zu Schimpfkanonaden hinreißen, mit denen manche Frauen ihrer Wut Ausdruck geben. In meinen freien Stunden lese ich ständig die Bibel, in der viele Geschichten von Rache und Gewalt handeln und mir Anregungen bieten. Aber nach außen hin bin ich ein Muster an Sittsamkeit und Bußfertigkeit.

Ich weiß, dass die Aufseherin Selichje an meine Unschuld glaubt und das auch den Vorsteherinnen gesagt hat, die über mein Schicksal zu befinden haben. Sie könnten meine Strafe verkürzen, ohne dass es vonseiten der Obrigkeit genehmigt werden muss. Es ist sogar schon vorgekommen, dass eine

Strafe halbiert wurde. In meinem Fall würde das bedeuten, dass ich in zwei Jahren frei sein könnte. Frei!

Mein Leben in Freiheit führen, die Sonne und den Wind genießen, selbst entscheiden, wie ich meine Tage verbringe – schon der Gedanke daran macht mich schwindlig. Früher war mir das alles selbstverständlich, jetzt weiß ich, dass Freiheit das höchste Glück ist. Aber ich gestatte mir keine Träumereien, dafür hat mir das Leben zu oft übel mitgespielt. Den verbliebenen Schmuck habe ich allerdings noch, die Vorsteherinnen bewahren ihn bis zu meiner Freilassung für mich auf. Rembrandt mag mich zwar hassen, aber dass ich hier eingesperrt bin, hilft ihm nicht weiter.

Von Selichje habe ich auch erfahren, wie es zu meiner Festnahme gekommen ist. Sie hat es mir bei einem Spaziergang im Innenhof erzählt. Ich bin auf »Ersuchen von Freunden« im Zuchthaus gelandet, so steht es im Urteil. Die »Freunde« seien nicht beim Namen genannt worden, so berichtete Selichje mir, aber sie weiß von Cornelia Jans, dass Rembrandt sämtliche Kosten übernommen hat, sowohl für meinen Transport wie auch für meinen Aufenthalt hier.

»Schon bemerkenswert«, meinte Selichje. »Allein die Beförderung mit der Kutsche hat hundertvierzig Gulden gekostet. Was hast du nur getan, dass der Mann so wütend auf dich ist?«

Daraufhin erzählte ich ihr die ganze Geschichte, ohne meine eigenen Fehler auszulassen. »Ich hätte die Armbänder nicht verpfänden dürfen«, sagte ich, »dann wäre es nie so weit gekommen.«

»Da wäre ich mir nicht so sicher«, meinte Selichje. »Auch wenn es dir laut Vertrag verboten war, den Schmuck zu veräußern, hätte das Zuwiderhandeln dir nie eine so schwere Strafe eingetragen. Das muss Meister van Rijn gewusst haben; bestimmt hat er sich erkundigt, was nötig ist, um dich hinter

Schloss und Riegel zu bringen. Soviel ich weiß, stand in der Anklage, du hättest ein liederliches Leben geführt, und das finden die hohen Herren oft schlimmer als einen Vertragsbruch.«

»Was ist mit ›liederliches Leben‹ gemeint?«, fragte ich. »Dass ich mich mit vielen Männern eingelassen habe? Davon kann keine Rede sein. Ich hatte im *Swartte Bottje* ein Zimmer gemietet. In dieser Herberge gingen zwar alle möglichen Gestalten ein und aus, ich aber habe dort nur gewohnt.«

»Das reicht, um den Schein gegen dich zu haben. Da brauchte der Maler nur noch ein paar belastende Zeugenaussagen.«

»Aber von wem? Wer hat gegen mich ausgesagt?«

»Das weiß ich nicht, weil es nicht im Urteil steht. Die Schriftstücke dürften beim Notar Crosse liegen, der sie ausgefertigt hat.« Am Rand ihrer weißen Haube vorbei warf Selichje mir einen Blick zu. »Mich würde es nicht wundern, wenn du die Zeugen überhaupt nicht kennst. Es gibt immer Leute, die für ein paar Gulden alles aussagen, was gewünscht wird.«

Hatte Rembrandt etwa Leute bestochen? Hatte Korst Geld für eine Aussage bekommen? Octaeff? Oder vielleicht ein paar der Dirnen, die ins *Swartte Bottje* kamen? Alles denkbar ...

»Und meine Familie?«, wandte ich mich an Selichje. »Hat mein Bruder denn nicht hier vorgesprochen und versucht, mich freizubekommen?«

Sie schüttelte den Kopf.

»Aber warum nicht? Pieter hat sich doch auch schuldig gemacht, indem er mir geholfen hat.«

»Genau das wird der Grund sein«, sagte Selichje.

Das leuchtete mir ein. Pieter musste eine Höllenangst gehabt haben, ebenfalls festgenommen zu werden. Womöglich hatte Rembrandt ihm damit gedroht, und Pieter war daraufhin als falscher Zeuge aufgetreten.

Bei dieser Überlegung blieb mir kurz die Luft weg. Konnte das denn sein? Hatte Pieter mit Rembrandt gemeinsame Sache gemacht? Ich mochte es nicht glauben, dennoch war es die einzige Erklärung dafür, dass er sich nicht gerührt hatte.

Wieder im Arbeitssaal und über meine Näharbeit gebeugt, wurden mir die Zusammenhänge schmerzhaft deutlich. Ja, Pieter hatte einen guten Grund, mich nicht zu besuchen oder sich für meine Freilassung einzusetzen. Er hatte vermutlich keinem Menschen gesagt, dass ich im Zuchthaus saß. Wahrscheinlich war er jetzt weit weg auf See, und meine Mutter konnte nicht fassen, dass ich spurlos verschwunden war. Und ich konnte weder ihr noch meiner Freundin Trijn mitteilen, was geschehen war, denn wir durften keine Briefe schreiben.

Auch für mich, die ich mich an alle Regeln halte, ist das Leben hier schwer. Das Zuchthaus ist in den heruntergekommenen Gebäuden des Katharinenklosters am Groeneweg untergebracht, auf der einen Seite das Raspelhaus für die Männer, auf der anderen das Spinnhaus für die Frauen. Die großen Räume eignen sich gut zum Arbeiten, aber nicht so sehr für einen längeren Aufenthalt, denn es zieht ständig, und im Winter bekommt man sie nicht warm. Eigentlich hätte das Kloster längst abgerissen werden müssen, aber nach dem Weggang der Nonnen befand man es noch als gut genug für ein Zuchthaus.

Der Speisesaal ist heute der Arbeitssaal für die Frauen. Manchmal befremdet mich die Vorstellung, dass ich dort arbeite, wo einst Klosterschwestern ihre Mahlzeiten einnahmen. In der Kirche sind die Knechte untergebracht, und dort befindet sich auch – welch ein Widerspruch! – die »helle Hölle«, eine winzige Einzelzelle, in die man bei wiederholtem Ungehorsam kommt.

Die meisten Frauen sind nur wenige Wochen oder Monate im Spinnhaus. Wer Jahre hier zubringen muss, hat es entweder sehr bunt getrieben, oder jemand hat sich bereit erklärt, die Kosten für den langen Aufenthalt zu tragen. Rembrandt ist es offenbar viel wert, mich weiterhin eingesperrt zu wissen, denn wie Selichje mir gesagt hat, zahlt er pünktlich.

Inzwischen weiß ich, dass es recht einfach ist, einen Menschen ins Zuchthaus zu bringen. Derjenige braucht gar nichts verbrochen zu haben, auch missliebiges Verhalten kann dazu führen, dass man auf bürgermeisterliche Anordnung hin festgesetzt wird. Und das trifft am häufigsten Frauen.

Es gibt hier auch einen abgeschlossenen Bereich für Mädchen, deren Einweisung von den Eltern oder einem Vormund veranlasst wurde. Weil sie ihrer Familie Schande gemacht haben, indem sie ledig schwanger wurden, oder weil sie sich sehr aufsässig gebärdet haben, verbringen sie ein paar Wochen in einer Zelle, wo sie über ihre Sünden nachdenken sollen. Anders als wir werden sie nicht den Besuchern des Zuchthauses vorgeführt.

Das erste Mal, als mir das geschah, war ich erst wenige Tage hier. Ich hatte bemerkt, dass ein kleiner Teil des Arbeitssaals von einem Holzgitter abgeteilt ist, ahnte aber nicht, wozu das dient. Bis auf einmal Leute in den Saal kamen und sich dahinter aufstellten. Sie tuschelten und lachten und deuteten auf uns.

»Was hat das zu bedeuten?«, fragte ich Jacomijn, mit der ich mich angefreundet hatte.

»Das sind Besucher.« Sie blickte kaum von ihrer Flickarbeit auf, so als würde sie das merkwürdige Gebaren der Leute gar nicht bemerken. »Das Spinnhaus ist eine Belustigung für sie. Sonntags kommen sie in Scharen, oft ganze Familien. Sie zahlen gern zwei Fünfer, um uns zu begaffen. Und wenn wir kreischen und zetern oder Mitleid heischen, legen sie noch etwas drauf.«

Ich schaute zu der Absperrung hinüber, an der nun drei Mitgefangene entlangschlenderten. Eine fing ein Gespräch mit den Besuchern an, die zweite hob ihren Rock und zeigte die Striemen von Stockschlägen auf ihrem Hintern vor, und die dritte, die ich als Maria kannte, streckte bettelnd die Hand durch das Gitter. Ein kleiner Junge wich entsetzt zurück. Selichje eilte herbei und versetzte Maria eine Ohrfeige, daraufhin klatschten die Schaulustigen Beifall.

»Maria bekommt nachher ein bisschen Geld von Selichje«, sagte Jacomijn. »Je mehr Theater wir machen, desto mehr Einnahmen bringt es uns.«

»Und dem Spinnhaus.«

»Ja. Die Leute wollen nun einmal etwas geboten bekommen. Im September, wenn Jahrmarkt ist, herrscht da drüben«, sie nickte zum Gitter hinüber, »ein unwahrscheinliches Gedränge. Dann wird nämlich kein Eintritt erhoben, und die Leute strömen nur so herbei.«

Ich hatte nicht vor, mich für ein kleines Trinkgeld selbst zu erniedrigen, und Jacomijn ebenso wenig. Wir taten weiter unsere Arbeit – und ein paar andere ebenfalls. Die meisten aber beteiligten sich an dem unwürdigen Spiel. Ich schämte mich für sie und sah nur hin und wieder aus dem Augenwinkel hin.

»Ich habe gehört, dass in anderen Städten die Insassinnen der Spinnhäuser öffentlich bestraft werden«, flüsterte Jacomijn mir zu. »Man steckt sie in Käfige und dreht diese schnell im Kreis, sodass den Frauen übel wird und sie brechen müssen. Wir können also froh sein, dass wir in Gouda sind.«

Froh war ein zu großes Wort, aber dankbar war ich schon, nicht in Amsterdam eingesperrt zu sein. Man stelle sich vor, Bekannte kämen und starrten mich an, diese Schande würde ich nicht überleben. Die Leute hier waren wenigstens Fremde – Fremde aus der Welt jenseits dieses Gefängnisses, und mein Schicksal war ihnen gleichgültig.

In anderen Spinnhäusern, so erzählte Jacomijn mir, sei es sogar erlaubt, die Gefangenen mit Dreck zu bewerfen. Ich glaubte ihr, war sie doch schon in mehreren gewesen. Sie hatte gestohlen und betrogen – genau wie ich, darauf beharrte sie. Mit dem Unterschied allerdings, dass sie nur ein paar Monate bleiben musste und ich viele Jahre.

Sie hatte, weil ihr Tuchhandel schlecht lief, mehrmals auf Rechnung anderer Ware eingekauft. »Mir blieb sonst nichts übrig«, sagte sie. »Ich war schwanger, mein Mann hatte keine Arbeit, und der Winter stand vor der Tür. Von irgendetwas mussten wir doch leben.«

Sie kam für einige Monate ins Zuchthaus von Rotterdam, wo sie ihr Kind zur Welt brachte, das zwei Tage nach ihrer Freilassung starb.

Wieder zu Hause, musste sie feststellen, dass ihr Mann inzwischen eine andere hatte. Daraufhin ging sie mit einer Bettpfanne auf ihn los, die Nachbarn holten den Schultheiß, und sie wurde erneut festgesetzt.

»Das Rotterdamer Zuchthaus war voll, darum kam ich nach Haarlem. Aber dort musste ich nur wenige Wochen bleiben.«

»Und jetzt bist du in Gouda ...«

»Ja, wegen Diebstahl. Weißt du, Geertje, wer einmal im Zuchthaus gesessen hat, bekommt keine Arbeit mehr. Niemand will einen haben. Dann kann man nur noch stehlen oder in einem Bordell arbeiten. Ich habe mich fürs Stehlen entschieden.«

Unsere Freundschaft festigte sich rasch. Nachts weckten wir einander, wenn eine böse träumte und im Schlaf schrie, und wir trösteten einander, wenn Einsamkeit und Verlorenheit uns zusetzten. Eng aneinandergeschmiegt lagen wir in der erstickenden Dunkelheit und warteten auf das Morgengrauen.

»Horch nur, das Haus lebt und spricht mit uns«, sagte Jacomijn manchmal.

Anfangs dachte ich, sie redete irre, aber als ich dann genauer hinhörte, vernahm ich das Knarren der Balken und den Wind, der Atemzügen gleich durch die Ritzen strich.

Nach etwa einem halben Jahr wurde Jacomijn entlassen. Sie versprach, mich zu besuchen, aber ich habe sie seitdem nie mehr gesehen.

Eine nach der anderen darf gehen, nur ich nicht. Wenn wieder eine Neue neben mir im Arbeitssaal sitzt, nehme ich mir vor, Abstand zu wahren. Aber das ist fast unmöglich, schon gleich, wenn man das Bett teilt. Niemand hat hier ein Bett für sich allein. Zu Beginn, vor vier Jahren, war das für mich am schlimmsten: dass ich mit einer anderen nicht nur die Kammer oder Zelle teilen musste, sondern auch den Schlafplatz.

Mittlerweile habe ich mich einigermaßen daran gewöhnt – und auch daran, dass mir ständig der Kopf juckt, weil ich Läuse habe, und an den ewig nagenden Hunger. Mein bequemes Leben von früher kommt mir wie ein Traum vor, und ich bereue, es nicht mehr genossen zu haben.

Im Spinnhaus gibt es keine Kopfkissen mit Entendaunen und keine gebügelten Laken. Auch keine sauberen, warmen Decken, unter denen man sich bei Nachtfrost verkriechen kann. Die Kissen sind mit Stroh gestopft, das durch den Stoff sticht, und die raue Wolldecke ist dünn und stinkt. Warm wird einem nur, wenn man eng beieinanderliegt, ob man seine Bettgenossin nun mag oder nicht. Ohnehin ist es besser, man schließt Freundschaft, denn allein ist dieses trostlose Dasein kaum zu ertragen.

Jeden Morgen um acht Uhr geht die Luke in der Zellentür auf, und ein Holzteller mit Essen wird hereingereicht: zwei Scheiben Roggenbrot mit Butter und Käse für jede. Mittags essen wir im Arbeitssaal: Buttermilchbrei, zerkochten Kohl oder anderes Gemüse, dazu Roggenbrot. Zu trinken gibt es

Scharbier, die billigste Dünnbiersorte; als ich im *Morriaenshooft* arbeitete, haben wir es fassweise an das Hoorner Waisenhaus geliefert. Um acht Uhr abends gibt es einen Napf Suppe und wieder Roggenbrot. Dass Sonntag ist, merken wir nur an den etwas größeren Portionen.

Jeder Tag verläuft gleich, eine eintönige Abfolge von kargen Mahlzeiten, Arbeit und ein wenig freier Zeit fürs Bibellesen und für Bußübungen. Zweimal pro Woche, sonntags um neun und mittwochs um zwölf, kommt ein Pfarrer, um uns Gefangenen das Wort Gottes zu verkünden.

Wenn ich dann, Gebete murmelnd, in der eiskalten Kapelle sitze, stellt sich nie das Gefühl ein, der Herr wäre mir nahe. Nahe sind nur die nächste Erkältung und der Hunger. Und die Wut.

Der Platz neben mir im Bett bleibt nie lange leer; ich weiß gar nicht, mit wie vielen Frauen ich meinen Schlafplatz schon teilen musste. Einige mochte ich gut leiden, die meisten aber waren mir lästig mit ihren Heulkrämpfen, ihrem Schreien im Schlaf und ihrem stinkenden Atem.

Jeder Neuen habe ich gleich zu Anfang klargemacht, dass *ich* bestimme, wer wo zu liegen hat. Im Winter schlafe ich an der Wandseite, dort kommt am wenigsten Zugluft hin, und die Wärme hält sich besser. Im Sommer dagegen schlafe ich an der Außenseite, froh um jeden kühlen Lufthauch. Und wenn meine Zellengenossin entlassen wird, kann ich ein paar Nächte wie eine Prinzessin schlafen: mit ausgebreiteten Armen.

Trotz der strengen Disziplin und der wenigen Rechte, die wir haben, gönnen die Vorsteherinnen uns Gefangenen täglich einen kurzen Aufenthalt an der frischen Luft.

Wenn ich mit den anderen Frauen auf dem Innenhof Runden drehe, schaue ich fast die ganze Zeit zum Himmel empor. Sein Anblick ist mir bei jedem Wetter eine Freude. An manchen Tagen spannt er sich wie ein strahlend blaues Tuch über mir, an anderen blicke ich in graue Wolkenmassen. Aber immer empfinde ich ihn als ein Stückchen Freiheit. Die vorüberfliegenden Vögel erinnern mich daran, dass es eine Welt außerhalb dieser Mauern gibt, in der das Leben seinen gewohnten Gang geht – eines Tages auch wieder für mich.

26

»Geertje?«

Ich habe Selichje nicht kommen hören und schrecke von meiner Arbeit hoch.

»Komm mit«, fordert sie mich auf.

Auch jetzt im Sommer ist es im Arbeitssaal kühl, in Selichjes Kabuff dagegen schlägt mir Wärme entgegen. Ich rücke mit meinem Stuhl ins hereinfallende Sonnenlicht, damit meine steifen Glieder warm werden.

»Du weißt, dass dein Fall mich beschäftigt«, beginnt Selichje. »Ich habe hin und her überlegt, was ich für dich tun kann. Aber das ist leider nicht viel, es sei denn, wir könnten beweisen, dass die Zeugen falsche Aussagen über dich gemacht haben. Jedenfalls habe ich mit den Vorsteherinnen darüber gesprochen.«

»Das habt Ihr für mich getan?« Ich bin tief gerührt.

»Ja, und sie sehen es wie ich: Auch sie halten deine Strafe für besonders schwer. Zu schwer.« Einen Moment lang schweigt Selichje, um dann fortzufahren: »Ich soll dir von der Vorsteherin Margaretha Vroesen bestellen, dass du beim Kirchenrat ein Gnadengesuch einreichen kannst.«

Hoffnung flackert in mir auf. »Wie geht so etwas?«

»Die Vorsteherinnen könnten es in deinem Namen machen. Soll ich sie darum bitten?«

Am liebsten hätte ich mich vor ihr auf die Knie geworfen und ihr die Hand geküsst, aber ich belasse es bei einem Lächeln und blinzle dann, weil meine Augen feucht werden. »O ja, wenn Ihr das für mich tun würdet ... danke.«

Selichje lächelt ebenfalls, macht aber sogleich wieder eine ernste Miene. »Ich tue es gern, aber erwarte nicht zu viel. Die Mitglieder des Kirchenrats nehmen es sehr ernst, wenn jemand eines liederlichen Lebenswandels bezichtigt wurde. Aber wenn man bedenkt, dass Dirnen nie länger als ein paar Wochen oder Monate im Zuchthaus sind, könnte man erwarten, dass sie vier Jahre für dich als genug erachten.«

Man könnte es erwarten, ja. Das Gesuch wird eingereicht, und es folgt eine Zeit quälender Ungewissheit. Nach zehn Tagen werde ich aus dem Arbeitssaal ins Zimmer der Vorsteherinnen geführt.

Mein Herz schlägt so wild, als wollte es mir die Brust sprengen. Und obwohl es ein warmer Tag ist, bekomme ich kalte Hände.

Die Vorsteherinnen sitzen um den Tisch, Selichje steht daneben und meidet meinen Blick. Was hat das zu bedeuten? Mein ganzer Körper spannt sich an.

Ich versuche, von den Gesichtern der Vorsteherinnen etwas abzulesen. Sie schauen freundlich, aber gleichmütig drein.

»Geertje, wir haben uns in deinem Namen an den reformierten Kirchenrat in Amsterdam gewandt«, sagt Margaretha Vroesen. »Der Rat hat einen Pfarrer nach Edam geschickt mit dem Auftrag, bei deinen Freunden und Verwandten nachzufragen, ob jemand dich entlasten kann.«

Ich nicke ruckartig.

»Nun, so ist es geschehen. Aber leider kam heute eine schlechte Nachricht. Der Kirchenrat teilt mit, es sei nicht an ihm, eine Entscheidung über das Gesuch zu treffen, da du von der weltlichen Obrigkeit verurteilt worden bist.«

Eine eiskalte Faust presst mir das Herz zusammen. »Aber was ... was haben meine Freunde und Verwandten über mich gesagt? Werden deren Aussagen denn gar nicht berücksichtigt?«

»Die Befragten haben sich günstig über dich geäußert, konnten aber laut Kirchenrat zu dem, was man dir vorwirft, nichts sagen. Wir selbst haben uns für deine vorzeitige Entlassung ausgesprochen und darauf hingewiesen, dass du dich musterhaft beträgst, aber es hat nichts genützt.«

Ihr Blick ist voller Mitgefühl, aber das hilft mir nicht weiter. Es ändert nichts.

»Wie lange ...«, flüstere ich, »wie lange muss ich noch bleiben? Nicht die ganzen zwölf Jahre, oder?«

»Leider doch, wie es aussieht. Aber wir können später noch einmal ein Gesuch einreichen. Hast du sonst noch Fragen?«

»Rembrandt ... hat er mit dem Rat gesprochen?«

»Das wissen wir nicht, halten es aber für unwahrscheinlich.«

»Ich nicht! Bestimmt hat der Rat ihn von dem Gesuch unterrichtet, und er hat ihn überredet oder bestochen, weil er ...« Ich kann nicht weitersprechen, weil mir Tränen aus den Augen stürzen.

»Es tut uns sehr leid, Geertje. Aber so ist es nun einmal. Du musst dein Schicksal annehmen. Gott wird dir die Bürde erleichtern, wenn du im Gebet seine Hilfe suchst.« Margaretha Vroesens Stimme ist sanft und voller Mitleid.

Davon bin ich nicht überzeugt, aber Selichje führt mich auf eine Gebärde der Vorsteherin hin aus dem Raum.

»Es tut mir so sehr leid.« Sie streicht mir tröstend über den Arm.

»Ich kann es nicht fassen! Wie kann das sein?«, stammle ich.

»Van Rijn steckt dahinter. Er hat jemanden nach Edam geschickt, um neue belastende Aussagen einzuholen. Weil er verhindern will, dass du vorzeitig entlassen wirst.«

»Woher wisst Ihr das?«

»Eine der Vorsteherinnen hat es mir gesagt.«

»Aber wenn sie auf meiner Seite sind, könnten sie doch ...«

Selichje unterbricht mich. »Ich fürchte, das tun sie nicht, Geertje. Der Maler zahlt großzügig für deinen Aufenthalt hier. Es ist von Vorteil für sie, wenn du deine gesamte Strafe absitzt.«

So schwer der Schlag auch ist, immerhin ist nun in Edam bekannt, wo ich bin. Vielleicht kann dann jemand etwas für mich tun?

Die Vorsteherinnen machen für mich eine Ausnahme und gestatten, dass ich Briefe schreibe. Meine Mutter kann weder lesen noch schreiben, meine Freundin Trijn dagegen schon.

Ich kaufe bei Selichje zwei Blatt Papier und Umschläge und mache mich sogleich ans Werk. Der erste Brief ist an Trijn gerichtet, der zweite an das Ehepaar Beets. Was das zweite Schreiben angeht, bin ich mir unsicher, denn wir haben schon längere Zeit keine Verbindung mehr. Aber Geertruida und Pieter sind angesehene und wohlhabende Bürger, und wenn jemand etwas bewirken kann, dann sie.

Einen Monat verbringe ich in hoffnungsvoller Erwartung, dann endlich trifft ein Brief aus Hoorn ein. Vor Spannung bebend, lese ich ihn – um den Bogen dann enttäuscht sinken zu lassen. Geertruida schreibt, sie und ihr Mann seien sehr erschrocken und bedauern, was mir geschehen ist. Sie hätten beschlossen, den Kindern nichts davon zu sagen, schon gar nicht Trijntje, die sich bestimmt sehr aufregen würde. Ansonsten wünschten sie mir viel Kraft und alles Gute. Mehr steht nicht in dem Brief, kein Wort, dass sie mir helfen oder einflussreiche Bekannte um Unterstützung bitten wollen. Sie werden mir nie mehr schreiben, das weiß ich nun.

Trijns Brief hingegen stimmt mich hoffnungsvoller. Ich spüre förmlich ihre Entrüstung, als sie schildert, wie vor nicht allzu langer Zeit eine Frau namens Cornelia Jans sie aufgesucht hat.

»Sie hat mir Fragen über dich gestellt«, schreibt Trijn. »Über deinen Charakter und dein Betragen. Sie wollte wissen, ob du streitsüchtig bist oder je lasterhaft gelebt hast. Ich verneinte und fragte, was das denn solle. Da erzählte sie mir, dass du im Spinnhaus seist und dass Rembrandt van Rijn sie geschickt habe. Ich wurde wütend und habe gesagt, sie solle sich fortscheren. Dann habe ich ihr die Tür vor der Nase zugeschlagen. Lobberich und alle anderen haben es genauso gemacht, also hat das Weibsstück nichts erreicht. Dein Bruder Pieter hat dir aber einen üblen Streich gespielt, indem er uns verschwiegen hat, wo du bist. Wäre ich eher im Bilde gewesen, hätte ich natürlich sofort etwas unternommen.«

Von allem, was mir zugestoßen ist, schmerzt Pieters Verrat mich am meisten. Rembrandt kann ich noch einigermaßen verstehen, denn ihm gegenüber habe ich tatsächlich Fehler begangen. Hätte ich die Armbänder nicht verpfändet, könnte ich jetzt in Ransdorp leben. Arm und verbittert vielleicht, aber frei.

Pieter dagegen ist ein Blutsverwandter. Und wenn man nicht auf seine Familie zählen kann, auf wen dann? Aber genau besehen hat er mich schon früher fallen lassen. Erst als er glaubte, es gäbe etwas zu holen, war er wieder aufgetaucht. Warum nur war ich so dumm gewesen, ihm zu vertrauen?

»Aber es ist noch nicht aller Tage Abend«, schloss Trijn ihren Brief. »Ich tue, was in meiner Macht steht, um dich freizubekommen.«

Danach höre ich nichts mehr von meiner Freundin. Haben die Vorsteherinnen unsere Korrespondenz gelesen und beschlossen, Trijns Briefe nicht mehr weiterzuleiten? Oder hat sie nach ein paar Versuchen aufgegeben und denkt jetzt nicht mehr an mich?

Die Tage dehnen sich endlos, sie verstreichen immer langsamer. Aus Wochen werden Monate. Eigentlich sollte man sich ja ans Gefangensein gewöhnen, aber wenn ich an die unzähligen Stunden denke, die ich hier noch zubringen muss, ständig mit Nähen und Flicken beschäftigt, bis meine Fingerspitzen völlig zerstochen sind, mit Rückenschmerzen vom Sitzen auf dem harten Stuhl, immer magerer wegen der kargen Kost und mit schlaflosen Nächten, weil meine Bettgenossin sich andauernd herumwälzt und stöhnt, dann überfällt mich eine solche Verzweiflung, dass es mir den Atem raubt.

Und in einer der durchgrübelten Nächte erkenne ich, dass es die schlimmste Form von Einsamkeit ist, wenn niemand mehr an einen denkt.

27

Januar 1655

Der Winter ist lang und kalt. Fahles Licht fällt durch die hohen Bleiglasfenster herein. Im Arbeitssaal wird ausnahmsweise geheizt, aber die Kälte lässt sich nicht vertreiben, und meine Finger sind so steif, dass ich kaum die dünne Nadel halten kann.

Fast jeden Tag sind wir weniger Frauen. Eine nach der anderen kommt mit fiebriger Erkältung in das große Krankenzimmer über dem Arbeitssaal. Ich höre das Husten und Niesen durch die Balkendecke.

»Du bist doch das Malerliebchen, oder?«, klingt es neben mir. »Von diesem Rembrandt van Rijn …«

Die junge Frau flüstert, weil Reden bei der Arbeit untersagt ist und mit Stockschlägen bestraft wird.

Ich seufze innerlich. Wie oft ich das in den letzten viereinhalb Jahren gefragt worden bin, habe ich nicht gezählt. Man sollte denken, die Leute würden mittlerweile über andere Dinge klatschen, doch Rembrandts Liebesleben ist anscheinend nach wie vor ein Thema. Sogar in Gouda.

Meine Sitznachbarin heißt Lena Minne und ist erst vor zwei Tagen ins Zuchthaus gekommen. Wegen Raub und Prostitution. Sie hat einen Mann in einer Gastwirtschaft zum übermäßigen Trinken verleitet und ihm Liebesdienste versprochen. Als er später in einer Gasse bewusstlos zusammensackte, hat sie ihm nicht nur sein Geld geraubt, sondern auch alles, was er am Leibe trug: Mantel, Hose, Wams, Schuhe. Weil es sich um teure Sachen handelte. Den nackten Mann hat sie noch bis zum Anfang der Gasse geschleift, damit er rasch gefunden würde. Aber ihre Tat war beobachtet worden, und sie wurde bald darauf festgenommen.

Geschichten wie diese entsetzen mich schon lange nicht mehr, aber wie abgebrüht und gewissenlos manche Frauen sind, erstaunt mich doch.

»Du brauchst nichts zu sagen, ich weiß Bescheid«, wispert Lena. »Du bist Geertje Dircx. Über dich wird geredet.«

Ich werfe einen Blick zu Selichje, die uns den Rücken zukehrt, und ziehe die Nadel durch den Stoff. »Geredet wird viel, wenn der Tag lang ist.«

»Stimmt, aber über einige mehr als über andere. Die Leute sind jedenfalls auf deiner Seite, das kannst du glauben. Sie halten den Maler für einen Lumpenkerl.«

»Aber er sitzt jetzt in seiner Werkstatt und malt, und ich sitze hier. Schon über vier Jahre.«

»Über vier Jahre!« Lena zieht die Luft durch die Zähne. »Das ist ja verrückt! Warum sperren sie dich so lange ein? Ich muss nur ein Jahr bleiben.«

Ich zucke mit den Schultern.

»Weißt du, ich komme auch aus Amsterdam«, fährt Lena fort, »und zwar aus der Gegend, wo der Maler wohnt. Das heißt, nicht weit weg von der Insel Rapenburg, wo du auch mal gewohnt hast. Dort ist noch oft von dir die Rede. Und von Hendrickje natürlich auch.«

Jetzt bin ich ganz Ohr. »Von Hendrickje? Was erzählt man über sie?«

»Sie ist wegen Hurerei vor den Kirchenrat zitiert worden. Aber sie hat keine Besserung gelobt und wollte auch nicht von dem Maler weg. Gekonnt hätte sie schon, aber was hätte sie dann anfangen sollen? Wo sie doch schwanger war.«

»Hendrickje ist schwanger?« Ein alter Schmerz, halb vergessen, flammt wieder auf.

»War. Inzwischen hat sie ihr Kind. Eine Tochter namens Cornelia.«

Cornelia die Dritte ... die zwei gemeinsamen Töchter von Rembrandt und Saskia trugen auch diesen Namen.

»Wann ist das Kind geboren?«, frage ich.

»Voriges Jahr. Ich glaube, im Oktober.«

Selichje dreht sich um, und wir sagen nichts mehr. Ich versuche, mich auf meine Arbeit zu konzentrieren, aber das fällt schwer, in meinem Kopf überschlagen sich die Gedanken.

Ich sehe Hendrickje vor mir, wie sie mit dem wenige Wochen alten Töchterchen im Arm in der Wohnstube am Kamin sitzt, wo auch ich mich oft gewärmt habe, mit leeren Armen.

Rembrandt als stolzer, liebevoller Vater – das kann ich mir weniger gut vorstellen. Bestimmt bringt er die meiste Zeit in der Werkstatt zu und erlebt kaum, wie das kleine Mädchen aufwächst, so wie es auch bei Titus der Fall war.

Titus – wie alt ist er inzwischen? Dreizehn Jahre ... kein kleiner Junge mehr und jetzt auch nicht mehr Einzelkind, sondern großer Bruder. Ob er sich wohl über das Schwesterchen freut? Und sich mit Hendrickje gut versteht?

Mein größter Kummer ist jedoch nicht meine Kinderlosigkeit und nicht, Rembrandt verloren zu haben – ich liebe ihn nicht mehr –, sondern die völlige Nutzlosigkeit meines Daseins. So nutzlos bin ich, dass auch die Menschen, die mir einst nahestanden, mich alle vergessen haben.

»Sie kann einem leidtun«, dringt es leise an mein Ohr, und erst jetzt merke ich, dass Lena mich anschaut. »Eine Freundin von mir hat gesehen, dass letzten Monat viele Kisten aus dem Haus getragen wurden. Van Rijn steckt in Schwierigkeiten, heißt es, er geht wahrscheinlich bankrott. Er lässt seine Kunstschätze versteigern, um die Schulden zu tilgen. Aber es ist gut möglich, dass er sein Haus verliert. Jedenfalls hat Hendrickje mehr Sorgen als Vergnügen. Und jetzt, mit dem Kind, kann sie nicht mehr fort. Sie bleibt bis an ihr Lebensende van Rijns Hure, und auch noch eine verarmte.«

Lena hat recht. Rembrandt wird Hendrickje niemals heiraten, darum hat sie – genau wie ich – ihre Ehre verloren und wird von den Leuten schief angesehen. Und nicht nur sie, sondern auch ihre Tochter, die als Bastard durchs Leben gehen muss. Das dürfte Rembrandt kaum kümmern, wohl aber, dass er offenbar nicht genug Aufträge bekommt, um seine Familie zu unterhalten.

Ich weiß, ich sollte ihnen verzeihen. Und sie bedauern. Aber ich habe kein Mitleid, ebenso wenig wie sie mit mir, als ich vor viereinhalb Jahren in die Kutsche gezerrt wurde. Dass sie es schwer haben, ist mir sogar ein kleiner Trost, ein Sonnenstrahl in meinem düsteren Dasein.

28

Mai 1655

Ich werde immer häufiger krank. Manchmal bin ich so schwach und elend, dass es mir nichts ausmachen würde, ganz in meinen Fieberträumen zu versinken, fort aus diesem Leben, hinüber ins Vergessen. Aber der Herr hat anscheinend vorgesehen, dass ich meine Strafe bis zum Ende absitzen muss, denn von jeder Krankheit erhole ich mich wieder.

Inzwischen ist es Frühling geworden. Der heutige Tag ist strahlend schön. Vom Innenhof dringen fröhliche Rufe ins Krankenzimmer, wo ich wieder einmal liege.

Ich schwitze, alle Glieder tun weh, mein Kopf dröhnt, und ich habe heftige Halsschmerzen. Schlucken ist eine Qual, darum vermeide ich es nach Möglichkeit. Gewiss habe ich hohes Fieber, denn die Wände des Alkovens kommen auf mich zu und weichen wieder zurück.

Plötzlich ist mir, als würde ich Trijns Stimme hören. Aber als ich die Augen aufmache, sehe ich nur Elsje, die Krankenpflegerin. Sie kühlt meine glühende Stirn mit einem feuchten Tuch und sagt etwas, das ich nicht verstehe. Dann hilft sie mir beim Aufsetzen und hält mir eine Schale mit Kräutertrank an die Lippen.

Mühsam trinke ich ein paar Schlucke, dann lasse ich mich, erschöpft von der Anstrengung, wieder zurücksinken.

»Schlaf ein wenig«, sagt Elsje.

Ich mache die Augen zu.

Es müssen viele Stunden vergangen sein. Als ich zwischendurch wach wurde, war es dunkel, und jetzt ist es hell. Ob Vor- oder Nachmittag kann ich nicht sagen, und es ist mir auch gleichgültig.

Die Halsschmerzen sind besser geworden, und das Fieber dürfte gesunken sein, denn die Wände der Bettstatt bewegen sich nicht mehr. Dafür habe ich Durst, schrecklichen Durst.

Ich halte Ausschau nach Elsje, sie steht am Fenster und blickt hinaus. Ich will nach ihr rufen, aber meine Stimme versagt, darum klopfe ich auf die Bettkante.

Sie dreht sich um, und ich sehe – Trijn!

Mit wenigen Schritten ist sie bei mir und setzt sich aufs Bett.

Träume ich? Das kann doch nicht sein!

»Trijn …« Ich bringe nicht mehr als ein Flüstern zustande und strecke die Hand nach ihr aus.

Sie schließt ihre beiden Hände darum. »Guten Tag, meine Liebe. Wie geht es dir? Du warst sehr krank.«

Es ist Trijn, kein Zweifel. Ihre Stimme ist vertraut, ebenso das Gesicht. Dennoch starre ich sie an wie eine Erscheinung.

»Durst …«, presse ich hervor.

Sie steht auf, schenkt einen Becher voll und hilft mir beim Trinken. Dünnbier. Es schmeckt so gut wie noch nie, ich leere den ganzen Becher.

»Noch mehr?«, fragt Trijn.

»Nein danke. Der Hals tut kaum noch weh, und die Kopfschmerzen sind weg. Nur müde bin ich, so müde.«

»Kein Wunder. Aber jetzt, da du kein Fieber mehr hast, wird es dir bald besser gehen.«

Fieber ... Noch immer befürchte ich, dass ich fantasiere, dass es nicht Trijn ist, die da bei mir sitzt.

»Wie kommt es, dass du auf einmal hier bist?« Meine Stimme klingt noch heiser.

»Ich habe mich um deine vorzeitige Entlassung bemüht. Und es hat geklappt. Nun bin ich hier, um dich abzuholen.«

Fassungslos schaue ich sie an.

»Hast du gehört, Geertje? Du darfst gehen! Ist das nicht wunderbar?« Trijn strahlt mich an.

Nein, das kann doch nicht sein ... Vermutlich habe ich Wahnvorstellungen infolge des hohen Fiebers.

Aber Trijn bleibt Trijn, und sie wiederholt ihre Worte.

»Wirklich wahr? Ich darf gehen?«, flüstere ich.

Sie nickt. »Ja, sobald du wieder gesund bist und reisen kannst.«

Ich will mich aufrichten, aber ein Schwindelanfall hindert mich daran. Trijn bettet mich sanft zurück auf das Kissen.

»Nicht heute, Geertje, das wäre zu früh. Es könnte dein Tod sein, jetzt tagelang in einer Kutsche oder einem Boot zu sitzen.«

»Lass uns gleich aufbrechen, bitte! Sonst überlegen sie es sich vielleicht anders und behalten mich hier.«

»Keine Sorge, ich habe es schwarz auf weiß, dass du entlassen wirst.« Sie hält mir ein Blatt hin, ich will es lesen, aber die Schrift verschwimmt vor meinen Augen.

»Steht das tatsächlich da? Wie kann das sein, so plötzlich?«

»Das erzähle ich dir später. Heute Nachmittag, wenn ich wiederkomme. Jetzt musst du ruhen.«

Ruhen! Als könnte ich nun noch ein Auge zutun!

»Sorg dafür, dass wir noch heute eine Kutsche nehmen können!«, flehe ich und umfasse ihren Arm.

Trijn streichelt liebevoll meine Wange. »Ist gut. Und wenn es heute nicht klappt, dann morgen. Ich besorge schon mal Proviant für unterwegs. Aber jetzt musst du unbedingt schlafen.«

Mit einem Mal überkommt mich eine solche Müdigkeit, dass ich nicht mehr imstande bin, Einwände zu machen. Die Augen fallen mir zu, und ehe ich in den Schlaf gleite, murmle ich noch: »Danke.«

Als ich die Augen noch einmal kurz öffne, ist Trijn verschwunden.

Auch wenn es mir unmöglich schien, schlafe ich doch eine Weile. Beim Erwachen fühle ich mich viel besser. Zwar bin ich noch müde und geschwächt, aber alle Schmerzen sind wie weggeblasen.

Ich sehe mich um. Wo ist Trijn? Habe ich vielleicht doch geträumt?

Beunruhigt richte ich mich auf und suche mit den Augen das Zimmer ab. Elsje kommt gerade mit einem leeren Nachttopf herein und eilt herbei, um mich davon abzuhalten, aus dem Bett zu steigen.

»Das solltest du nicht tun«, sagt sie. »Nicht ohne Hilfe.«

»Wo ist Trijn? Wo ist meine Freundin?« Meine Stimme überschlägt sich.

»Sie spricht gerade mit den Vorsteherinnen. Und gleich kommt sie mit dem Doktor; der soll feststellen, ob du kräftig genug für die Reise bist.«

Kräftig genug oder nicht, ich bleibe keine Minute länger hier, als ich muss.

»Ich fühle mich sehr gut. Wo sind meine Kleider?« Ich hebe die bloßen Beine über die Bettkante.

Wieder hält Elsje mich zurück. »Einen Augenblick noch. Ich hole Selichje.«

Selichje, Margaretha Vroesen und der Arzt – alle kommen, um nach mir zu sehen. Trijn ist auch dabei, bleibt aber neben der Tür stehen. Erst als der Arzt mich untersucht hat und nickt, holt Elsje meine Kleider.

Ich darf gehen!

Mit Trijns Hilfe kleide ich mich an. Auch wenn ich mich längst nicht so gut fühle, wie ich vorgebe – ich muss hier weg, ehe jemand meine Entlassung rückgängig macht.

Noch etwas unsicher auf den Beinen, suche ich meine paar Habseligkeiten zusammen und verabschiede mich von Lena, Selichje und den Vorsteherinnen. Schnell muss es gehen, schnell! Ich beeile mich so, dass ich kaum erfasse, welch großer Moment das ist. Am Ende händigt man mir noch meinen Schmuck und mein Geld aus, dann gehe ich an Trijns Arm durch die Gänge und schließlich durch das hohe Tor ins Freie.

Ins Freie!

Ich bleibe stehen und blicke mich nach allen Seiten um. Es ist ein gewöhnlicher Wochentag, auf der Straße herrscht reges Treiben. Ich sehe Schauerleute, Männer und Frauen mit Handkarren, Dienstmädchen auf dem Weg zum Markt, eine Herde schnatternder Gänse, die vorbeigetrieben wird – es sind fast zu viele Eindrücke.

Der Himmel ist ein wenig bewölkt, und es geht ein leichter Wind, der sich wie ein Streicheln anfühlt. Zwischen den Wolken tut sich ein Spalt auf, Sonnenstrahlen fallen herab, direkt auf mein Gesicht. Genussvoll schließe ich die Augen und spüre, wie meine blasse Haut zu prickeln anfängt, wie mein geschwächter Körper nach mehr Sonne, nach Wärme lechzt.

Ich bin frei.

Frei!

Trijn legt mir den Arm um die Schultern. »Komm jetzt, Geertje. Ich habe eine Kutsche auftreiben können, da drüben wartet sie.«

Tatsächlich, es sind nur ein paar Schritte!

Trijn hilft mir beim Einsteigen, und als ich mich gesetzt habe, schaue ich aus dem Fenster, hinüber zum Zuchthaustor. Ich sage mir in Gedanken, dass ich frei bin, wirklich und wahrhaftig frei, und dass ich jetzt gleich mit meiner Freundin nach Edam fahre.

Aber es kommt mir immer noch unwirklich vor. Ein Teil von mir ist noch im Zuchthaus, denke ich. Er bleibt vielleicht für immer dort, und ich werde nie mehr die Alte sein.

»Meine Mutter, Pieter ...«, sage ich zu Trijn. »Wie geht es ihnen?«

»Dein Bruder fährt immer noch zur See.«

»Und meine Mutter?«

Dass ihre Augenlider kurz flackern, ehe sie den Blick senkt, sagt mir alles. »Sie ist gestorben, nicht wahr?«, sage ich leise. »Es ging ihr schon vor fünf Jahren nicht mehr gut.« Ich mache die Augen zu, um den Schmerz aushalten zu können, der wie eine Welle über mich hereinbricht.

»Wann?«, presse ich hervor.

»Kurz nach deiner Festnahme. Sie hat nicht mehr erfahren, dass du ins Zuchthaus gekommen bist.«

Das ist mir ein Trost. Und auch die Erklärung dafür, dass ich nie etwas von ihr gehört habe.

Trijn ist ebenfalls eingestiegen und hat sich neben mich gesetzt. Der Kutscher schließt die Tür.

»Wir fahren nur das erste Stück mit der Kutsche«, sagt Trijn, »danach nehmen wir eine Treckschute. Das geht schneller und ist billiger.«

Ich lege meine Hand auf ihre. »Danke für alles, Trijn. Du hast mich gerettet. Du hast mich *wirklich* gerettet!«

Sie lächelt mir warm zu.

Wir fahren aber nicht sofort los; der Kutscher muss anscheinend noch etwas am Zaumzeug richten. Das gibt uns Gelegenheit, ohne Räderrattern und Hufgetrappel noch ein paar Worte zu wechseln.

»Wie hast du das nur geschafft? Ich dachte, ich müsste bleiben, bis ich alt und grau bin.«

»Es war nicht mein erster Versuch, dich freizubekommen«, antwortet Trijn. »Ich habe Briefe geschrieben und auch die Vorsteherinnen aufgesucht.«

»Davon hat mir niemand etwas gesagt!«

»Vielleicht wollten sie dir keine falsche Hoffnung machen. Mir haben sie gesagt, ich solle mich an die Bürgermeister von Gouda wenden. Das habe ich getan, aber ich wurde abgewiesen.« Trijns Stimme hat einen ärgerlichen Unterton. »Ich wollte schon aufgeben, da bekam ich einen Brief von der Aufseherin.«

»Von Selichje?«

Trijn nickt. »Sie schrieb mir, um deine Gesundheit stehe es schlecht und das sei oft ein Grund für eine verfrühte Entlassung, weil du dann ja nicht mehr arbeiten kannst. Sie riet mir, noch einmal mit den Bürgermeistern zu sprechen, und sie wiederum wollte sich bei den Vorsteherinnen für dich verwenden.«

Ich traue meinen Ohren nicht. »Und ich war mir sicher, dass alle mich längst vergessen haben!«

»Aber nein. Ich dachte, Rembrandts Wut könnte sich inzwischen vielleicht gelegt haben und er würde mit sich reden lassen. Viel Hoffnung habe ich mir nicht gemacht, aber versuchen wollte ich es wenigstens. Darum bin ich nach Amsterdam gegangen.«

»Du warst bei Rembrandt? Was hat er gesagt?«

»Er wurde fuchsteufelswild, als ich von meinem Vorhaben erzählte, dich aus dem Spinnhaus zu holen. ›Das würde ich Euch nicht empfehlen!‹, schrie er mich an. ›Wenn Ihr da hingeht, wird Euch das noch leidtun!‹«

»Und dann?«, frage ich atemlos. »Was hast du darauf gesagt?«

»Dass ich mich von ihm nicht einschüchtern lasse und durchaus Zeugen beibringen könnte, die gegen *ihn* aussagen.«

Ich muss lachen, vor Aufregung ganz schrill.

»Anschließend bin ich wieder nach Gouda gefahren«, sagt Trijn. »Im Rathaus empfing mich ein anderer Bürgermeister als zuvor – einer, der gerade erst sein Amt angetreten hatte. Von Rembrandt lag bereits ein Ersuchen vor, dich mindestens so lange im Zuchthaus zu behalten, bis dein Bruder von seiner Schiffsreise zurück ist. Wahrscheinlich hat er gehofft, Pieter würde noch einmal gegen dich aussagen.«

Das versetzt mir einen Stich. »Also haben sie sich tatsächlich gegen mich verschworen. Dass Pieter mich so hintergehen konnte!«

»Rembrandt hat ihn unter Druck gesetzt«, sagt Trijn. »Man hat mir erzählt, Pieter wollte nicht, dass du eingesperrt wirst, daher hat Rembrandt ihm gedroht, andernfalls auch ihn ins Gefängnis zu bringen.«

So etwas habe ich vermutet, dennoch macht es den Verrat nicht besser.

»Ich will nicht schönreden, was er getan hat, Geertje«, sagt Trijn. »Aber bedenke, dass Pieter eine Familie hat, für die er sorgen muss. Wäre er im Gefängnis gelandet, dann ...«

»Ich weiß«, unterbreche ich sie. »Trotzdem will ich ihn nie mehr sehen. Er hätte dich oder unsere Verwandten in Edam benachrichtigen können, dann hätte er zumindest *etwas* für mich getan. Aber nun sprich weiter: Was hat der Bürgermeister gesagt?«

»Er war der Meinung, es sei nicht nötig, auf Pieters Rückkehr zu warten. Und es wunderte ihn, dass du offenbar einzig aufgrund der Aussage eines Familienmitglieds verurteilt worden bist, darum hat er sich noch einmal eingehend mit deinem Fall beschäftigt. Dass anscheinend außer deinem Bruder niemand wusste, dass du im Spinnhaus bist, hat ihn befremdet, ebenso das Auftauchen dieser Cornelia Jans in Edam. Ich habe ihm gesagt, du bist krank und solltest deswegen begnadigt werden. Daraufhin hat er mein Anliegen mit seinen Amtsbrüdern besprochen, und sie haben deine Freilassung verfügt. Ich durfte sogleich ins Spinnhaus, um dich abzuholen.«

Mir laufen die Tränen über die Wangen, und auch Trijn wischt sich die Augen. Dann blinzelt sie und wirft einen Blick durchs Fenster. »Ich glaube, der Kutscher ist so weit«, sagt sie.

Wir halten uns aneinander fest, als die Kutsche eine scharfe Wendung macht. Dann fahren wir den Groeneweg entlang, vorbei an Häusern mit Treppengiebeln, vor denen Dienstmädchen die Stufen schrubben und Hausfrauen miteinander plaudern, vorbei am Handkarren eines Bäckers, der lautstark seine Brote anpreist, vorbei an Kindern, die hinter einem flüchtenden Huhn herrennen.

Am Ende der Straße biegen wir rechts ab, und dann kommt auch schon das Stadttor in Sicht. Langsam fährt die Kutsche in den dunklen Durchlass, kommt an der anderen Seite heraus und rumpelt über eine Holzbrücke.

Wir haben die Stadt verlassen. Um uns breiten sich sonnenbeschienene Wiesen aus. Die Flügel der Mühlen drehen sich schnell im frischen Wind, und über den blauen Frühlingshimmel ziehen kleine weiße Wolken.

Ich nehme Trijns Hand und drücke sie fest.

Sie drückt meine und sagt: »Es ist vorbei, Geertje. Wir fahren nach Hause.«

31. Mai 1655 – Geertje Dircx wird aus dem Zuchthaus entlassen.

(Eintrag im Resolutionsbuch der Bürgermeister von Gouda)

Dank

Im Zuge meiner Recherchen für dieses Buch habe ich viel über Geertje und Rembrandt gelesen, unter anderem die Bücher, die im Quellenverzeichnis aufgelistet sind. Ferner habe ich Dokumente zurate gezogen, die mir Mitarbeiter verschiedener Archive zugänglich gemacht haben.

Der Historiker John Brozius hat für mich im Hoorner Stadtarchiv Informationen über die Gastwirtschaft *Het Morriaenshooft* und über die Familie Beets/Groot aufgespürt.

Pauline van den Heuvel und Jirsi Reinders vom Amsterdamer Stadtarchiv ließen mir Kopien von Unterlagen zum Rechtsstreit zwischen Geertje und Rembrandt zukommen und sorgten dafür, dass ich auch die Originale einsehen konnte. Nicht zum ersten Mal haben sie mich bei Recherchearbeiten unterstützt; auch diesmal bin ich ihnen sehr dankbar.

Von Coretta Bakker-Wijbrans und Maarten de Gids vom »Streekarchief Midden-Holland« (dem Bezirksarchiv in Gouda) bekam ich Unterlagen über Geertjes Zuchthausaufenthalt.

Und ein besonderer Dank geht an Epco Runia, Leonore van Sloten und Martijn Bosch vom Rembrandthuis, die mich mit einer Fülle an Informationen versehen haben.

Wie immer hat meine Lektorin Monique Postma mich großartig unterstützt. Mit ihr konnte ich darüber sprechen, wie ich die Geschichte anlegen wollte, und dank ihrer Kommentare zum Manuskript konnte ich den Text abrunden. Außerdem sind die Arbeitsbesprechungen mit ihr stets ein Vergnügen, was auch nicht unwichtig ist. Meine zweite Lektorin, Liesbeth Vries, hat mit scharfem Blick für den letzten Feinschliff gesorgt. Beiden gebührt mein Dank. Ebenso Sabine Mutsaers, die mit der Schlussredaktion betraut war.

Sylvia Beljon, Ko Barhorst und mein Mann Wim haben dankenswerterweise die Druckfahnen mitgelesen.

Und schließlich danke ich dem gesamten Team des Verlags Ambo|Anthos – was habe ich für ein Glück, mit so vielen netten, engagierten Menschen zusammenarbeiten zu dürfen.

Quellenverzeichnis

Bikker, Jonathan: *Rembrandt. Biografie van een rebel.* nai010 Uitgevers, Rotterdam 2019

Driessen, Christoph: *Rembrandt und die Frauen.* Verlag Friedrich Pustet, Regensburg 2011

Kroniek van het Rembrandthuis, 2006/1–2

Natter, Bert: *Rembrandt mijn vader, verteld door Titus van Rijn.* Thomas Rap, Amsterdam 2005

Roscam Abbing, Michiel: *De schilder & schrijver Samuel van Hoogstraten 1627–1678, Eigentijdse bronnen & œuvre van gesigneerde schilderijen.* Primavera Pers, Leiden 1993

Runia, Epco (Hrsg.): *Museum Het Rembrandthuis. Rembrandt's social network. Familie, vrienden en relaties.* WBOOKS, Zwolle 2019

Schama, Simon: *Rembrandts Augen.* Siedler, Berlin 2000 (Übers.: Bettina Blumenberg)

Schwartz, Gary: *Das Rembrandt-Buch. Leben und Werk eines Genies.* C. H. Beck, München 2006 (Übers.: Rosali und Saskia Bontjes van Beek)

Vis, Dirk: *Rembrandt en Geertje Dircx.* »De identiteit van Frans Hals«, »Portret van een schilder« und »De vrouwen van de kunstenaar«. H. D. Tjeenk Willinck en zoon, Haarlem 1965

Wijman, H. F.: *Een episode uit het leven van Rembrandt: de geschiedenis van Geertje Dircks. Jaarboek Amstelodamum* 60 (1968), S. 103–118

Zonruiter, Pieter Johannes: *Titus: de zoon van Rembrandt.* J. N. Voorhoeve, Den Haag 1955

Nachwort

Ehrenrettung von Geertje Dircx

Eigentlich verwundert es, dass kaum jemand den Namen Geertje Dircx kennt, während Saskia (van Uylenburgh) und Hendrickje (Stoffels) als Ehefrau respektive Geliebte Rembrandts sehr wohl bekannt sind. Auffallend ist auch, dass Geertje bisher noch nie die Hauptfigur eines Romans war. Dabei ist ihre Lebensgeschichte durchaus bemerkenswert und außerdem ein Paradebeispiel für »Girlpower« im 17. Jahrhundert. Bei Ausstellungen und Gedenkveranstaltungen ist jedoch nur selten von ihr die Rede – und falls doch, dann meist im negativen Sinn.

Der Grund dafür könnte sein, dass der niederländische Nationalheld Rembrandt in diesem Drama eine fragwürdige Rolle gespielt hat. Mir liegt nicht daran, ihn schlechtzumachen, und mir ist bewusst, dass mein Roman die Interpretation einer Wirklichkeit ist, die wir nicht kennen. Wir wissen nicht, ob Geertje Rembrandt geliebt hat oder ob sie eine Opportunistin war, und auch nicht, ob er sie geheiratet hätte, wäre da nicht die Bestimmung in Saskias Testament gewesen. Wir kennen weder die Gedanken noch die Gefühle der beiden, aber es gibt Fakten, die für sich sprechen.

Diese Fakten sind erst seit relativ kurzer Zeit bekannt. Obwohl an Rembrandts Leben und Werk seit Jahrhunderten großes Interesse besteht, gelangten erst 1965 alle amtlichen Schriftstücke, die Auseinandersetzung zwischen ihm und Geertje betreffend, an die Öffentlichkeit.

All die Jahre davor war Geertje eine ausgesprochene Negativfigur. Sowohl in der Literatur wie auch in Theaterstücken hat man sie stets als opportunistische, rachsüchtige alte Hexe dargestellt, die es auf Rembrandt abgesehen hatte und ihm schaden wollte, sodass dem armen Mann schließlich keine andere Wahl blieb, als sie in eine Anstalt einweisen zu lassen.

Dass es sich in Wirklichkeit anders verhielt, konnte man nicht wissen, denn die notariellen Archivalien von Amsterdam waren der Allgemeinheit damals nicht zugänglich.

Wie H.F. Wijman in seinem Artikel »Een episode uit het leven van Rembrandt: de geschiedenis van Geertje Dircks« (sic!) (Eine Episode aus dem Leben Rembrandts: Die Geschichte der Geertje Dircks) schreibt, gingen die Historiker, die sehr wohl Einsicht in die genannten Archivalien nehmen konnten, ziemlich selektiv vor, indem sie ausschließlich Passagen öffentlich machten, die Rembrandt gut dastehen ließen, und alles Übrige ignorierten.

Aber nicht alle verschlossen die Augen. Im Jahr 1920 veröffentlichte der Haarlemer Archivar C.J. Gonnet eine Notariatsurkunde von 1656 über Geertje. Daraus war ersichtlich, wie »heftig und unbeherrscht er [Rembrandt] auftreten konnte, wenn seine Wut erst einmal entfacht war« (Zitat Wijmans).

Diese Information ist in der Zeit danach nicht in die biografische Rembrandt-Literatur eingeflossen. Die Verfasser zogen es vor, das Thema Geertje Dircx auszusparen.

Man kann es den Romanschriftstellern der ersten Hälfte des 20. Jahrhunderts darum nicht verübeln, dass sie Geertje als erpresserisches, hysterisches Fischweib darstellten, denn die gesamte Aktenlage wurde, wie erwähnt, erst in den 1960er-Jahren allgemein publik.

Es war Dirk Vis, der damals die Gerichtsakten sowie notariellen Dokumente zu Geertjes Fall »wiederentdeckte«. Aufgrund dieses Materials konnte endlich ein deutliches Bild von Geertjes Konflikt mit Rembrandt entstehen.

Es erstaunt, dass viele Historiker und Museen sich nach wie vor nicht mit den Fakten befassen wollen, an denen kein Zweifel besteht. In Ausstellungen über Rembrandt und sein soziales Umfeld, sprich: Familie, Freunde und Bekannte, wird Geertje zumeist ignoriert beziehungsweise negativ dargestellt.

Der Historiker Jonathan Bikker bezeichnet sie in seinem Werk »Rembrandt. Biografie van een rebel« (Rembrandt. Biografie eines Rebellen) als »manipulative Frau, die Rembrandts schlechteste Seiten zum Vorschein brachte«.

Und in einer Publikation des Amsterdamer Rijksmuseums, die als Beilage verschiedener Zeitungen erschien, schreibt Jane Turner, Leiterin des »Rijksprentenkabinet«: »Sie [Geertje] erpresste Rembrandt danach ihrerseits, indem sie in ihr Testament aufnehmen ließ, dass Titus sie beerben solle und nur im Fall einer Heirat Anspruch auf ihren Besitz, einschließlich Saskias Schmuck, erheben könne.«

Ich habe mir Geertjes Testament genau angesehen und keinen solchen Passus darin gefunden. Viel eher sieht es so aus, als hätte Rembrandt Geertje, die damals krank war, zum Notar gebracht und ihr die testamentarischen Bestimmungen diktiert, um Titus' Erbe sicherzustellen. Denn wäre Geertje ihrer Krankheit erlegen, so wäre Saskias Schmuck ja an ihre Verwandten gegangen, was er zweifellos verhindern wollte.

Aber nicht alle Historiker ergreifen Partei für Rembrandt. So schreibt etwa Gary Schwartz als Rembrandt-Biograf: »Es ist eine schlimme Geschichte, über die unter Kunsthistorikern große Uneinigkeit herrscht. Manche, so auch ich, entnehmen ihr, dass Rembrandt unberechenbar und rachsüchtig sein konnte, und zwar in hohem Maße.« Christoph Driessen vermerkt in »Rembrandt und die Frauen«, der Maler sei »im Laufe seines Lebens in nicht weniger als 25 Rechtsstreitigkeiten verwickelt« gewesen und nennt sein Auftreten Geertje gegenüber »gnadenlos«. »Er war zum Hass fähig«, heißt es bei Driessen, »und das über Jahre.«

Gründe genug für mich, Geertje nach fast vier Jahrhunderten zu ihrem Recht kommen zu lassen.

Was wir über Geertje wissen

Das Schöne am Schreiben über historische Personen ist, dass meist viele Quellen vorhanden sind und man sich von den Ereignissen leiten lassen kann. Man muss sich aber an die Wahrheit halten – jedenfalls sehe ich es so –, auch wenn das manchmal von Nachteil ist.

Was also wissen wir über Geertje?

Im Grunde nicht besonders viel. Ihr Geburtsdatum ist nicht bekannt. Historiker sind beim Rückrechnen von ihrer Eheschließung aus zu dem Schluss gekommen, dass sie um 1610 herum geboren sein muss. Ihre Eltern waren Dirck Pieters aus Edam und Jannetje (Jenneke) Jans aus Kwadijk, und sie hatte auf jeden Fall einen Bruder namens Pieter.

Ihr Elternhaus stand laut einer Urkunde »außerhalb der Middelijer Poort« – so wurde die Westerpoort, das westliche Stadttor Edams, genannt. Von dort aus führte der Weg zum Dorf Middelie und dann weiter nach Hoorn.

Weil ich wissen wollte, was unter »außerhalb« zu verstehen ist, habe ich Stadtkarten von Edam aus dem 16. und 17. Jahrhundert zurate gezogen. Aus ihnen geht hervor, dass es jenseits des genannten Tors schon früh Bebauung gab, gelegen an den Straßen Groot Westerbuiten und Klein Westerbuiten. Links von Klein Westerbuiten befand sich im 17. Jahrhundert am Purmer Ringdyck eine Zimmerei. Damals wohnten die Zimmerleute mit ihren Familien auf dem Gelände, und da Geertjes Vater Zimmermann war, liegt es nahe, dass die Familie dort wohnte.

Irgendwann zog Geertje von Edam nach Hoorn, wo sie im Gasthaus *Het Morriaenshooft* Arbeit fand. Es stand an der Oude Noort, der gegenwärtig unter dem Namen Grote Noord bekannten Einkaufsstraße. Da mich die genaue Lage interessierte, hat der Historiker John Brozius alte Besitzurkunden für mich gesichtet und herausgefunden, dass es das siebte Haus vom Geldersesteeg aus war; heute lautet die Adresse Grote Noord 35. Im Januar 1642 gehörte es einer Frau namens Aecht Carstens – eine schöne Entdeckung, denn so konnte ich Geertjes Arbeitgeberin bei ihrem richtigen Namen nennen.

Am 26. November 1634 heiratete Geertje den Schiffstrompeter Abraham Claeszoon. Das geht aus folgender Niederschrift hervor:

(1602–1634/35):
Abraem Claesz, Junggeselle aus Hoorn, wohnhaft am östlichen Hafenende
und
Geertjen Dircx, Jungfer aus Edam, allhier wohnhaft im Morriaenshooft *an der Oude Noort*
haben bei mir ihre Eheschließung am 26. November anno 1634 in Swaegh beurkunden lassen.

Lange hat ihre Ehe nicht gedauert. Abraham fuhr zur See und kam auf einer Reise um. Nach seinem Tod wurde Geertje Kinderfrau bei der Familie Beets. Pieter Beets betrieb am Luijendijk einen Holzhandel und wohnte mit seiner Familie am östlichen Ende der Oude Doelenkade. Seine Ehefrau hieß Geert Groot-Beets; der Namensähnlichkeit mit Geertje wegen habe ich sie Geertruida genannt. (Wahrscheinlich ist sie mit mir verwandt, denn meine Vorfahren stammen aus der Umgebung von Hoorn und meine Mutter heißt Geertruida Groot. Genaueres werde ich hoffentlich noch herausfinden.)

Über Geertjes Zeit bei der Familie Beets ist leider nichts bekannt. Es dürfte ihr dort gefallen haben, sonst wäre sie wohl nicht jahrelang geblieben. Und als sie später ihr Testament aufsetzen ließ, vermachte sie Trijntje, dem jüngsten Kind des Ehepaars Beets, hundert Gulden sowie ihr Porträt. Ihre Stellung verließ sie vermutlich, weil die Kinder größer wurden und keine Betreuung mehr brauchten.

Um 1640 ist belegt, dass Geertje bei ihrem Bruder lebte. Dessen Wohnort wird »zu Bloemendael in Waterlant« genannt – Bloemendaal gehörte damals zu Ransdorp, und Waterland ist eine Region nördlich von Amsterdam. Über Pieter ist bekannt, dass er Schiffszimmermann war und irgendwann in die Dienste der Vereinigten Ostindien-Kompanie trat. Ich habe mich bemüht, herauszufinden, ob er verheiratet war, aber vergeblich. Weil es mir recht naheliegend schien, dass er Familie hatte, habe ich ihn mit Frau und Kindern ausgestattet.

Vermutlich 1642 ging Geertje nach Amsterdam, um als »Trockenamme« – so nannte man Kinderfrauen, die Säuglinge nicht an der Brust nährten – bei Rembrandt van Rijn zu arbeiten. Ihre Stellung trat sie kurz vor oder nach dem Tod von Rembrandts Ehefrau Saskia an. Weil Saskia längere Zeit krank war und Rembrandt darum eine Betreuerin für den kleinen Sohn benötigte, bin ich davon ausgegangen, dass Geertje bereits vor Saskias Tod ins Haus kam.

Welche Rolle Geertjes Bruder Pieter in dem Drama mit Rembrandt spielte, lässt sich nicht sagen. Hat er seine Schwester dazu angestiftet, Saskias Schmuck zu verpfänden, oder kam Geertje selbst auf diese Idee? Haben die beiden eventuell gemeinsame Sache gemacht?

Letzteres ist am wahrscheinlichsten, denn am 2. März 1656, also *nach* Geertjes Entlassung aus dem Spinnhaus, ließ Rembrandt Pieter ohne Angabe von Gründen festsetzen. Pieter bekam lediglich gesagt, er solle »von der Wahrheit Zeugnis ablegen«.

Pieter sagte aber nicht gegen seine Schwester aus, zumal das Schiff, auf dem er als Zimmermann arbeitete, bald auslaufen sollte.

Bedauerlicherweise sind nicht alle Unterlagen zu diesem Vorkommnis erhalten, somit ist lediglich bekannt, dass Pieter festgesetzt wurde, nicht aber der genaue Grund für die Verhaftung. Gut möglich, wenn nicht gar wahrscheinlich ist, dass Rembrandt um eine eventuelle Verwicklung Pieters in die Verpfändung von Saskias Schmuck wusste und er von ihm eine neuerliche Aussage zuungunsten Geertjes erzwingen wollte.

Im Resolutionsbuch von Gouda ist verzeichnet, dass Geertge Dirx (sic!) »am letzten Tag des Monats Mai 1655 aus dem Zuchthaus entlassen« wurde. Geertje kehrte danach mit Trijn Jacobs nach Edam zurück. Nicht nur diese Freundin hatte sich für sie eingesetzt, sondern auch eine zweite namens Trijn Outgers. Es war aber Trijn Jacobs, die nach Gouda reiste, und weil so viele Trijns in dem Buch vorkommen, habe ich mich auf sie konzentriert.

Wieder in Edam, klagte Geertje erneut gegen Rembrandt,

diesmal wegen unrechtmäßiger Gefangensetzung aufgrund verleumderischer Aussagen. Am 6. Mai 1656 suchte sie zusammen mit Trijn Jacobs und Trijn Outgers den Edamer Notar Claes Keetman auf. Trijn Jacobs gab dort an, Rembrandt habe versucht, über seine Handlangerin Cornelia Jans an belastende Aussagen über Geertje zu kommen, aber »in ganz Edam« sei niemand dazu bereit gewesen.

Etwas später, am 8. August 1656, tauchte Geertjes Name in einer Liste von Gläubigern Rembrandts auf. Sie ging jedoch leer aus, weil Rembrandt mittlerweile bankrott war. Geertje selbst dürfte es da schon gesundheitlich nicht mehr gut gegangen sein. In einer Gläubigerliste vom 19. September 1656 steht sie noch einmal – als letztes Lebenszeichen gewissermaßen –, in einer später erstellten Liste findet sich ihr Name nicht mehr. Man geht davon aus, dass sie in der Zwischenzeit verstorben war; es könnte aber auch sein, dass sie die Sache nicht weiter verfolgte.

Geertjes Porträt

Ich habe mich sehr bemüht, herauszufinden, ob ein Porträt Geertjes existiert. Hierzu gibt es diverse Vermutungen, aber leider keine Gewissheit. Dass Rembrandt die Frau, die er liebte oder zumindest sehr gernhatte, irgendwann porträtiert hat, wäre naheliegend. Eventuell hat er es getan, und das Bild ist nicht erhalten geblieben. Oder er hat Geertje in einem anderen Gemälde »versteckt«.

Von zwei Zeichnungen Rembrandts heißt es, dass sie Geertje darstellen. Auf der einen – sie hängt im British Museum in

London – ist eine Frau in nordholländischer Tracht zu sehen, auf der anderen, im Teylers Museum in Haarlem ausgestellt, wohl dieselbe Frau.

Auf der Rückseite der ersten Zeichnung steht »de minnemoer van Titus soon van Rembrandt« (= die Amme von Rembrandts Sohn Titus); darin sehen viele den Beweis, dass es sich um Geertje handelt. Der Text stammt jedoch nicht von Rembrandt selbst. Außerdem könnte die Abgebildete auch Geertjes Vorgängerin sein, also die Kinderfrau, die sich kurz nach Titus' Geburt um Mutter und Kind kümmerte.

Laut dem Rembrandt-Kenner Otto Benesch ist diese Zeichnung 1636 entstanden, das heißt, etliche Jahre, bevor Titus zur Welt kam. Gut möglich, dass die Person, die das Blatt hinten beschriftet hat, sich irrte und es sich um die Betreuerin von Rembrandts und Saskias erstem Kind (Sohn Rombertus, 1635 geboren und verstorben) handelt.

Auch von der auf einem Bett liegenden nackten Frau auf Rembrandts Gemälde »Danaë« nimmt man an, dass es Geertje ist, aber weil das Werk 1636 entstanden ist und somit zu einer Zeit, als Rembrandt Geertje noch nicht begegnet war, kann das nicht der Fall sein.

Es muss aber ein Porträt von Geertje gegeben haben, denn in ihrem Testament ließ sie vom Notar festhalten, sie vermache ihr »contrefeijtsel« (= Konterfei), ihr Bildnis also, Trijntje Beets, der Tochter des Pieter Lambertszoon Beets in Hoorn.

Geertje hat Trijntje wohl sehr gerngehabt, denn sie hinterließ ihr auch noch hundert »Karolusgulden«. Um welches Porträt es sich bei dem im Testament erwähnten handelt, konnte man allerdings nie herausfinden.

Vermutet wird außerdem, dass Geertje für das Gemälde »Sara erwartet Tobias« Modell saß. Die Datierung jedenfalls – um 1645 – würde passen. Da Rembrandt sowohl seine Ehefrau

Saskia wie auch seine Geliebte Hendrickje gemalt hat, besteht Grund zu der Annahme, dass er auch Geertje verewigt hat. Und sei es nur, weil es im 17. Jahrhundert nicht viele Frauen gab, die bereit waren, halb oder ganz nackt zu posieren.

Und dann gibt es noch das Bild »Junge Frau an einer halb offenen Tür«, von dem ein Ausschnitt für den Umschlag dieses Buchs verwendet wurde. Es hängt im Art Institute in Chicago und ist 1645 entstanden, zu einer Zeit, als Rembrandt und Geertje noch nicht im Streit lagen. Von wessen Hand das Gemälde stammt, steht nicht fest. Lange hielt man es für ein Werk Rembrandts, später dann ordnete man es Samuel van Hoogstraten zu.

Für beide Annahmen spricht etwas. Von Samuel van Hoogstraten existiert eine Serie ähnlicher Porträts, zu denen das Bild mit der jungen Frau gut passen würde. Andererseits hebt es sich von den anderen durch seine wesentlich qualitätsvollere Ausführung ab.

Wie Simon Schama in seinem Buch »Rembrandts Augen« schreibt, ist Rembrandts persönlicher Pinselstrich unverkennbar, etwa beim fein gearbeiteten Haar der Abgebildeten, den schönen Schatten auf ihrem Gesicht, insbesondere an ihrem Mundwinkel, und bei der subtilen Beleuchtung des rechten Oberlids. Diese ausgefeilte Malweise passt nicht zu den Hoogstraten-Porträts.

Als weiteres Argument führt Schama an, dass die junge Frau nicht geradeaus blickt wie die von Samuel van Hoogstraten gemalten Personen, sondern mit leicht skeptischem Ausdruck ein klein wenig zur Seite. Und von Rembrandt ist bekannt, dass er gern variiert hat.

Meiner Ansicht nach spricht viel für Schamas These, dass van Hoogstraten das Gemälde begonnen und Rembrandt es vollendet hat. Fest steht auf jeden Fall, dass es sich um ein Bild aus Rembrandts Werkstatt handelt, daher könnte es gut sein, dass beide – der Meister und der Schüler – daran gearbeitet haben.

Bleibt die Frage, ob die Frau tatsächlich Geertje ist. Die Waterlander Tracht spricht dafür. Allerdings wirkt die Frau sehr jung, etwa wie eine Zwanzigjährige, und Geertjc war 1645 bereits fünfunddreißig Jahre alt. Aber wenn man bedenkt, dass sie keine Kinder geboren hat, könnte es durchaus sein, dass sie auch in diesem Alter noch eine schlanke Figur und eine jugendliche Ausstrahlung hatte.

Junge Frau mit roter Halskette, Rembrandt, ca. 1645;
Metropolitan Museum of Art, New York.
© *Aus der Sammlung von Rita and Frits Markus,*
Nachlass von Rita Markus, 2005

Rembrandt, Hendrickje, Titus und Samuel

Nach dem Tod seiner Mutter im Jahr 1645 kehrte Samuel van Hoogstraten (1627–1678) nach Dordrecht zurück und gründete in seinem Elternhaus, dem »Haus zum Elefanten« in der Weeshuisstraat, eine eigene Malschule. Am 18. Juni 1656 heiratete er Sara Balen. Die Ehe blieb kinderlos. Samuel machte sich einen Namen als Maler, Dichter und Kunsttheoretiker. 1678, im Jahr seines Todes, verfasste er ein Werk mit praktischen Ratschlägen zur Malkunst, betitelt mit *Inleyding tot de hooge schoole der schilderkonst; anders de zichtbaere werelt*. In diesem Buch finden sich auch Reminiszenzen an seine Lehrjahre bei Rembrandt. So heißt es etwa, wenn er seinem Meister lästig fiel, indem er zu viele Fragen stellte, habe dieser geantwortet, er möge sich damit begnügen, ins Praktische umzusetzen, was er bereits wisse, dabei würde sich ihm das, was noch verborgen sei und wonach er jetzt frage, schon beizeiten offenbaren. Van Hoogstraten erwähnt außerdem, sein Lehrmeister sei sehr streng gewesen, er habe von ihm, der in Tränen aufgelöst war, gefordert, erst die Fehler an seinem Gemälde zu korrigieren, ehe er etwas zu essen bekam.

Hendrickje und Rembrandt scheinen ein glückliches Paar gewesen zu sein, wenn man davon ausgeht, wie oft er sie gemalt hat. Aber ganz unbelastet war ihre Beziehung sicherlich nicht. Die Streitigkeiten mit Geertje dürften für Spannungen gesorgt haben, und Hendrickje erwuchsen aus ihrem Verhältnis mit Rembrandt Probleme. Am 2. Juli 1654 sollte sie vor dem Kirchenrat erscheinen, weil sie mit Rembrandt »in Hurerei« zusammenlebte. Sie ging nicht hin und ignorierte auch zwei weitere Aufforderungen. Am 23. Juli schließlich fand sie sich doch vor dem Rat ein. Sie bekannte sich schuldig, woraufhin ihr untersagt wurde, weiterhin am Heiligen Abendmahl teilzunehmen; darüber hinausgehende Folgen hatte ihre »Sündhaftigkeit« nicht.

Sie war zu diesem Zeitpunkt bereits von Rembrandt schwanger. Am 30. Oktober 1654 wurde ihre Tochter Cornelia in der Amsterdamer Oude Kerk getauft. Rembrandt erkannte die Vaterschaft an und ließ das Mädchen unter dem Nachnamen van Rijn registrieren.

Im Jahr 1656 wurde er für bankrott erklärt und musste mit seiner Familie umziehen. An der neuen Adresse in der Amsterdamer Rozengracht eröffnete Hendrickje zwei Jahre später mit Titus' Unterstützung eine Kunsthandlung, die sich erfolgreich etablierte. Hendrickje und Titus waren gemeinsam Eigentümer, Rembrandt wurde als ihr Angestellter geführt. Auf diese Weise hatten seine Gläubiger keinen Zugriff auf die Einnahmen.

Rembrandt und Hendrickje waren fünfzehn Jahre zusammen, als sie am 24. Juli 1663 im Alter von siebenunddreißig Jahren starb, vermutlich an der Pest, die im Sommer 1663 ausgebrochen war. Rembrandt selbst starb wenige Jahre später, am 4. Oktober 1669, und wurde in der Amsterdamer Westerkerk beigesetzt.

Die gemeinsame Tochter Cornelia war erst vierzehn, als sie Vollwaise wurde. Sie heiratete sehr jung – noch keine sechzehn Jahre alt – den Maler Cornelis Suythof. Das Paar reiste auf einem Schiff der Vereinigten Ostindien-Kompanie nach Java, um sich dort niederzulassen. Ihre beiden Kinder, Rembrandt und Hendrickje, erreichten das Erwachsenenalter nicht, und Cornelia verstarb mit gerade einmal dreißig Jahren 1684 in Batavia.

Auch Titus war kein langes Leben beschieden. Er heiratete 1668 Magdalena van Loo. Sie war mit ihrem ersten Kind schwanger, als er am 4. September 1668, also kurz vor seinem achtundzwanzigsten Geburtstag, an der Pest starb.

Ein halbes Jahr später – am 22. März 1669 – brachte Magdalena eine Tochter zur Welt, der sie den Namen Titia gab. Titia war erst wenige Wochen alt, als ihre Mutter starb. Ein Onkel nahm sie zu sich, sie wuchs in dessen Familie auf. Im Alter von siebzehn Jahren heiratete sie François van Bijler. Die Ehe blieb kinderlos, und sie starb 1725.

Damit war die Linie von Rembrandts Nachfahren erloschen. Sein Name aber und die Namen derer, die in seinem Leben eine Rolle spielten, sind bis heute in Erinnerung. Einzig Geertje ist in Vergessenheit geraten.